围城门

田品◎著

百花洲文艺出版社
BAIHUAZHOU LITERATURE AND ART PRESS

图书在版编目（CIP）数据

围城门 / 田品著. -- 南昌 : 百花洲文艺出版社,
2020.12
ISBN 978-7-5500-3974-2

Ⅰ. ①围… Ⅱ. ①田… Ⅲ. ①长篇小说－中国－当代
Ⅳ. ① I247.5

中国版本图书馆 CIP 数据核字 (2020) 第 245115 号

围城门 田品 著

出 版 人 章华荣
责任编辑 杨 旭
装帧设计 树上微出版
出 版 者 百花洲文艺出版社
地 址 南昌市红谷滩新区世贸路 898 号博能中心一期 A 座 20 楼
电 话 0791-86895108（发行热线）0791-86894717（编辑热线）
邮 编 330038
经 销 全国新华书店
印 刷 武汉市卓源印务有限公司
开 本 710 毫米 ×1000 毫米 1/16
印 张 18.5
版 次 2021 年 1 月第 1 版第 1 次印刷
字 数 275 千字
书 号 978-7-5500-3974-2
定 价 58.00 元

赣版权登字 05-2020-286

网址：http://www.bhzwy.com

目 录

序　言

人，生而有情。情断断续续、缠缠绵绵，像山中的迷雾一样将人笼罩。行走在其中的人，只能在现实的关系中努力保持自身的情绪平衡来存活。

《围城门》让真实的情感像潮水一样向书中的主人翁涌来，每个人都在潮起潮落中寻找着自己的情感归宿。他们的个性是鲜活的，情感的纠葛是突出的。有时活得明白，有时走入了死胡同，有时浑浑噩噩，最终都活得不三不四。

人生没有一个固定的模式，即使将人生固化为一种模式，我想这个模式也要被另一种模式打破。

在空闲时间，看看这本书，你会发现这里面能找到自己的影子，而影子无时无刻不在追随着阳光下的自己。

第一章

1

木青云和白江河此时正在古老的茶山中考察茶源。在茶山不仅有着千年的古寨，还有着千年的古树，更有着朴素的人。那山、那水、那人给茶山带来了生机，生机如同满山的古树茶一样散发着香气。

木青云和白江河坐在古老茶山的田埂上，看着黝黑而朴素的茶农们在茶地里采摘嫩嫩的茶叶，眼睛里看到了希望：他们要在这些纯天然的茶中采购一批，运到海洲去销售。白江河一想到这些茶叶会慢慢地变成一沓沓的钞票，内心就丰富了起来，眼神里也有了光。

这时白江河道："老木，你说我看到了啥？"

"女人，黑油油的女人！"木青云道。

"能不能谈点高雅的！"

"你说，什么叫高雅？"木青云眯着双眼以两人比较默契的语调道。

白江河眼睛一放光，对木青云道："我怎么看着这满山的茶，好像看到了满山的钱一样！"

木青云又默契地道："对，帅哥说得对！"

"你现在再考虑考虑！"木青云又思索地说道。这是他第十次这样说了。他的意思是白江河不急于投钱，因为白江河家里有一个管事的太太，事无巨细，让白江河一定要将家里的各个方面的关系、利弊，考虑协调好了后再决定是否投钱。他对白江河是挺放心，但是这个事情又不是一个人的事情。做生意这种事，赚了皆大欢喜；若搞砸了，白江河在家与爱人的关系可能会搞不好。

"滚！正儿八经的，跟你说正事呢！"白江河也以他们默契的方式幽默地回击道。

“这只是第一步，后面还得销售。”木青云看着远处沉思着说道。

“啰啰唆唆像个娘们！”白江河道。

白江河知道生意有赚有赔，但茶叶呢，销售不出去，可以长久地保存，不会贬值。

“男子汉做事顶天立地，吐个唾沫是个钉！”白江河信誓旦旦地道。

“再考虑考虑，再琢磨琢磨。”木青云道。

“不用考虑了！我已成竹在胸。”白江河道。

这时，夕阳的光芒从古树茶的树梢上照射了下来，照在他们交谈的身影上。他们边交谈着，边看着那个黑黝黝又透着一种童真天然的女孩。

一会儿，木青云站了起来，看着被夕阳映照的古树茶园，茶园被风吹着像海江水面上的波浪。

“干啥去？”

“放水！”

木青云戴着草帽，穿着那一双已经沾满了泥垢的运动鞋，一条白色毛巾搭在腰上，行走在凸凹不平的山地上，像浪花一样散漫地走在那一道道山沟上。

白江河也跟了上来道：“又要到哪去扫荡？”

这个山寨他们用了近半个月的时间在到处游荡，一来考察茶源，二来货比二家，第一次做茶一定要找到好的茶源。

木青云没有回应，而是走到一棵树下，解开了裤腰带，撒起了尿来。

白江河也跟了上来，也放起水来了。

边放水，边往茶山姑娘的茶园眺望。

“看啥？怕被村姑看到，影响你高大的形象吗？”

尿在茶山中喜悦而又欢喜地流动，好像将在海洲那种郁闷的情绪、紧张的生活节奏用一泡尿全给解决了。

而眼前的这棵古树在他们的灌溉下，也显得郁郁葱葱，霸气十足。

“我们到底定哪批茶源呢？”白江河道，“再不定下来，假期马上就到期了。”

这时一只喜鹊从树顶上飞过，发出了“嘎嘎嘎”的声响。木青云抬头看了看那里的喜鹊，又看到这棵郁郁葱葱的古树，道：“发发发，就它了！”

白江河没有明白他的意思，愣了一下：“啥？”

“就它了！”白江河见木青云昂着头看着眼前的这棵古树茶道。

古树在深山中愈发地充满了生机，香气更加弥漫。

众里寻他千百度，蓦然回首，那人却在，灯火阑珊处。

当他们驻足谈论这棵古树茶，要将这片古树包下来，单独做一批茶时，远处一个身影越来越靠近他们。当他们注意到她时，她在夕阳的余晖中露出了羞怯的笑容，这笑容使她看起来那么美，美得让人是又惊又喜。好似知道有人在看她，她闪躲了，去了另一块地方。她以为他们看不到，而在高处的他们是一览无余，她也是放下了裤子，开闸放水。

“嘿，你的女神，跟你步调一致哦。”白江河对木青云道。

“可远观不可亵玩焉。”他说出这话，好似心中释放了好多的情绪，也想到了很多的情感经历，似一个江湖老手，又不全是一个江湖老手，仿佛还带有一种真情体验在其中，像徐徐展开的画卷。

来考察的这段时间里，木青云差一点有了爱情，他遇到了黑而气质脱俗的茶山姑娘，他看见她黝黑的脸蛋眼睛就闪闪发光。若不是木青云有了家庭以及过往的那段刻骨铭心的感情经历，那么一段美好的情感会升腾在整个茶山之中，像清晨的雨雾一样笼罩着茶山。

“呵呵呵……”木青云笑了，他知道喜欢是喜欢，但迈出那一步在他脑海里是不可能的。他在成家之前有段刻骨铭心的情感，那女子有魄力，风风火火，可是因为父亲、母亲坚决不同意他们的这段感情，最终两人还是无奈地分手了。而现在的妻子精明但不强悍，漂亮且脱俗，他心里也挺满意。

白江河也知道木青云对家庭很负责，虽嘴上有些不着调，但内心还是忠于家庭，守得住自己的精神阵地的。但是，木青云曾经的感情历程与现在的家庭生活状态，他不知道。

白江河看着远处在田埂上蹒跚走来的家珍，感到家珍有种大地的柔和亲切之美，有种童真也有种充满生命力的韧劲在身上。她的身影像是茶山中的一抹霞光，又像含苞待放的梅花，有那种“俏也不争春，只把春来报。

待到山花烂漫时，她在丛中笑”的感觉。

家珍走到他们面前时，他们正在想如何找到这棵树的主人。家珍听后，带他们爬上了那棵古树，指着在茶田里收茶的老汉，老汉头上包着一块白色的毛巾，腰上系着一条毛巾，时不时用腰上的那条毛巾去擦脸上的汗，有点像革命时的八路军。

“就是他！”

木青云在树枝上望着那个老农，不一会儿摘下草帽，道：“那是你爹！”

家珍咯咯咯地笑了起来道：“嗯！”

白江河笑道：“知道了！”

家珍是家里的女孩，排行老大，还有一个弟弟，家中的事情都是男人说了算，即使女人的主意再对，也是不行的，谈到家里的大事更是插不上话。

他们从古树茶处往山下走，家珍还是像以往一样不停地问木青云海洲的大城市是如何的，好奇的眼睛好似穿越了时空到了繁华的海洲，有一种彰显生命力的好奇。

木青云就跟她海阔天空地聊着：很高的楼，很多的人；一年四季春常绿、四季如画的城市，人们都忙忙碌碌，又力求寻找自己的归宿。家珍听木青云描述的画面，带着一种憧憬的心情吐露道：“我一定要走出这茶山，去海洲！”白江河、木青云听了很欣然。而这时，家珍又道：“但我父亲想让我在这里找个人嫁了，在当地生个孩子，世代地守护着这个茶园。”一种黯然伤神的情愫在她整个身体上流动。

可能她内心的世界，在家人的思维灌输下已经种满了满山的茶树，虽然有时有风吹过，满山的茶树摇摆得像海浪，但最后还是归于平静，她虽对父亲的这种念头深感疲倦及愤怒，但在实际行动上还是像茶树一样矗立在那里。

“命运掌握在自己手中，怎能做别人的精神奴隶。”白江河平静斯文的外表下有一颗激昂的心，在对别人不能抗争现状时，他总能给予一些直达心底深处的正能量。他决定要为家珍说说话。木青云也认为是这个理，也决定加入这场谈判。

他们找到老汉，老汉黝黑的皮肤下，眼睛像茶树一样伫立，好似只知道守护着这片山林，不知道外面的世界。

木青云对老汉道：“我们想将这棵茶树包下来，今年做这批茶。”老汉听了后，脸上的皱纹都绽放了，因为他最希望的就是自己精心打理的茶叶被人看中能卖出去，那样他心里的满足感最多，那种成功的满足感像雨后的江水往岸边漫一样充溢。

最终，老汉同意将这批茶源以50万元的价格包给他们。木青云道要给60万元。要求确保采集质量及抓好制作环节，确保制作效果，并确保不能换茶或者掺茶。老汉执意不收多余的钱，道：“我崔老汉祖辈子在这茶山，挣的都是良心钱！”他认为只要答应了，自己一定能做到，做人诚信比天大。执拗几个回合，执拗不过老汉，他感觉老汉像一头黑牛，在夕阳下带着那倔强的一牛到底的牛脾气在茶园的地上耕地，耕起的地像海洲海江水面上掀起的波浪。随后，木青云提出了一个请求：让家珍出去看看外面的世界，毕竟她还年轻，出去了一辈子才不会有遗憾！

老汉抽起了旱烟，蹲在田头上不哼一声。这种情况下，家珍只有一种淳朴的乡村之气，没有了清风斗明月的劲头，在她看来不听父亲的话就等于不孝，而孝敬父母就是顺从父母、听父母的话。看到父亲在田头上抽着烟，一声不吭地在散发着内心的情绪，她安慰道：“海洲太远，我不去了！”

木青云听到这话，道：“家珍别说话，你本心不是这样的！”

白江河也用手指做了一个让家珍不要讲话的动作。

家珍低下了强装喜悦的头。

白江河陪老汉抽起了烟，一会儿老汉打开了话匣：“不行！”老汉认为去了外面，外面的世界很精彩，在精彩的世界里人们容易迷失自我，也容易流连忘返！而她出去了，这片茶山怎么办？这个自留地，等他们老了谁来耕守？祖祖辈辈都是靠茶山过来的，一个女孩子走出茶山，就像泼出去的水，永远也回不来了。在茶山，虽然没有外面世界的精彩，但也是岁月静好。

“可以有！”白江河从茶的销售渠道分析了几个环节，做茶叶不仅是有种植这个环节，还有好多环节需要做，做大市场，赚足了钱，这个茶园总会有人来接手的。

老汉一声不吭。木青云和白江河苦口婆心地说了一大通，看老汉油盐不进就沉默了，家珍也沉默了。

“别人干活，你们在这里爽，公道不公道？”一个声音从他们前面传了过来。

“家强，来，坐！”家珍示意他弟弟坐下来。

老汉低下头，又抽起了烟。老汉说不是不让孩子走出去，而是他预知不到未来，自己心中害怕，怕外面的世界。他感觉还是在这个山上，靠山吃山来得踏实。

家强也坐在了田埂上，上下打量着木青云道：“海洲人就是不一样！”此时，木青云瘦弱的身板显得那么的有精神气，尽管白皙的脸庞被太阳晒得有些发红，但是帅气依然存在。

“羡慕了？”白江河道。

“嗯！”家强点了点头！

“可以去海洲发展啊！”白江河道，并说了很多富丽堂皇且使年轻人向往的话。

家强听了后，道：“大媒人，你说得对！”

老汉听了后，张开了嘴巴：“茶园怎么办？”老汉对心里没有底的事情不会去做，他想到女儿和儿子，如果都出去的话，茶园将来谁来打理！将来自己无能为力了，茶园怎么办？他们怎么办！这不知是一种自私还是“一亩三分地”的思想。白江河和木青云给他们又说了，可以以“茶园＋互联网＋城市体验店”的方式来运营，届时，生意做大了，也可以将茶山托人打理，来销售，进行公司化运营。

家珍和家强以现在的见识，虽然听不太懂他们所说的，但他们能感受到茶园可以采用另一种方式来运营。

木青云又道：“你爹比我大十几岁，你看看他现在的精神状态，你们愿意将来和他的精神状态一样吗？”

“如果你们想走父母这样的路，你们的未来一眼能望到头。”木青云看着家强并使了一个眼色给家珍。

家强性子烈，立即跟老汉起了冲突：“当初我想外出，你不让，就说这茶山怎么办？而现在我姐姐要出去，你也不同意。当初我娘外出了让你出去，你就不出去，娘不就一直没回来吗？我现在和玲子结婚了，将来有孩子了，我也会让孩子走出这个大山，我的看法也是也支持姐姐走出茶园。出去好啊，老爹，您别固守自己的观念了，现在这茶山有我和玲子呢。姐出去见见世面，也好。将来我的小孩子长大了在外面也有个奔头，找他姑去。”

家珍听了家强的话，内心很高兴。而崔老汉一直在抽着烟。他此时此刻脑袋里转的是，年轻时家珍母亲就去了城市，而出去了再也没有回来。他一直抽着烟，吧嗒吧嗒一口一口地抽，就是不说话。外面的世界，老汉没出去过，只是以旧眼光来阻碍年轻人走前方的路。其实就算年轻人走出去，试了，不行，自己也算尝试了，心中不会后悔，将来再回来打理这茶园也不错。而此时崔老汉只是在茶园的田埂上心思沉重地抽起了浓浓的烟。

2

夜幕慢慢降临，整个茶山在夜晚凉风的吹动下，一浪高过一浪的树叶在沙沙沙地响。像海洲的海江，在渐黑的夜里发出阵阵海浪声，此起彼伏。

从远处望去，整个茶山零零星星地散落着一些灯光，像天上的星星。

木青云看着整个茶山想，住在这里的人和住在山外的人的观念就是不一样啊。

夜已深，整个茶园像被涂满了乌贼喷出的墨一样漆黑，唯有山坡处的一户农家传来光亮。

“这 60 万您收下！”木青云将一大袋子钱放在了老汉的桌子上，老汉只收了 50 万，其余的执意不收。木青云对老汉说，这多余的 10 万，不是给他的，是给家珍外出学习的钱，毕竟年轻走出去看看，一辈子才不会有遗憾。即使用不到，不出去，再还给他就是了。

老汉低下了头，又抽起了烟。过了许久，烟雾弥漫了整个房屋，崔老汉道：“出去了，将来会怎样？谁能有把握？”

木青云听了后，也沉默了。过了一会，道：“明天我们就要回去了，你记得外出，不管怎么说出去了总比他们在这儿好，对你的将来也好。”

夜色在加深，只能听到轻微的鼾声和山中的蝈蝈声。老汉在山中的屋子里一口一口地抽着烟，烟圈在空气中打着转，让他回想到了自己年轻时，那会儿他也想出去，但是家里人极力地反对，他渐渐就打消了这个念头，而对外面内心害怕了起来，久而久之到现在已经被这个生活模式套牢了，自己的人生也成了父母的生活的延续品。

第二天，送别时，崔老汉黝黑的脸在阳光里笑得十分生动，脸上的皱纹像被风吹过的茶园那样在欢喜雀跃，这笑容中有纯厚泥土的芬芳，也有像古树一样伫立的呆僵。

家珍、家强执意要送他们一程。他们的身影，在茶山的路上摇曳着。

“你一定要出去，看看外面的世界。”木青云对家珍说，“外面的世界有无限的可能，要走出大山才能拥有不一样的空间，才能拥有不一样的人生感受。”

“嗯！”家珍声音低沉但内心中有了些坚定，因为她看到了美好的未来……

木青云和白江河转过头去看老汉，只见老汉在山丘上变成了一个遥远的身影，他的身影和远望的茶山仿佛永远化成了一体。

而家强总是一路送一路感激白江河，有些质朴的真诚，在木青云看来，这就是大山深处人的一种淳朴情感。

等家珍与家强的背影离他们远去，木青云问白江河：“家强怎么那么感激你？”

白江河就讲述到：“当初我大学毕业志愿在这里支教时，就住在崔老汉的家里。那时，家强挺想走出大山，到外面去看看，那时，崔老汉就是不同意。他经常找我聊天。我说哪里有哪里的好，我不就是从大城市上学后过来的吗？后来，家强爱上了一个姑娘，姑娘很乐意，而姑娘家里却很不乐意，姑娘的母亲说：‘嫁到家强那里十一点钟了还见不到太阳！除了山沟沟就是山沟沟。’家强和姑娘就是拗不过他们。于是，家强经常找我诉说烦恼，诉说他对姑娘的情感。”

那时，白江河看着这座起伏的高山，每逢风吹过，就能听到沙沙沙的响声，这让他感到很舒服，也很欣慰。这里除了这些东西，就是孩子童真的眼睛，他喜欢这里。

白江河听了家强对那姑娘的爱意，就说：“我去给你说个媒吧。”

家强用摩托车载着白江河去了那姑娘家，东西当然少不了，可玲子的母亲就是不待见家强那个地方。

白江河听了他们的讲话，道：“玲子和家强是真心相爱的，为什么不能成人之美呢？”

玲子母亲道：“到了那地方都是黑天了，一辈子就在山里了。我不想姑娘过那样的生活。”

白江河说道：“你心坎上的檩是你心坎上的檩，你问过姑娘没有？”

玲子母亲道：“我养的闺女我还不清楚？我知道他们的事情。”

白江河道：“你这是在给他们的青春画坎设檩。人世间最美好的事情就是两情相悦。每个人有每个人的人生，不管什么样的人生，有爱的人生就是饱满的人生。”

玲子母亲听了白江河的话，打开了话匣子：当初自己与自己的爱人离婚，就是因为自己不肯走出大山去外面。那时自己的老伴在北方，也寄来了钱，让她做路费出去。可她就是怕，自己又不识字，出去了就是盲人一个，什么也不会。所以自己就在这个山沟里拉扯着玲子及哥哥们长大；而当老伴在外面有了人后，就提出了与她离婚。

她永远记着老伴回来离婚时对玲子说的话：“孩子不要怪我，不是我不管你们了，是你妈不带你们出去。”

后来，玲子母亲因为这个事情开始埋怨自己，以至于不让玲子在大山里生活。这与其说是对玲子的爱，不如说是对自己的失误的一种自责。

白江河对玲子母亲说：“离家近有近的好处，能照顾你，像我从几千公里外的地方来到这大山支教，想回去见见父母也不方便。” 玲子母亲听了这话，眼里出现了亮光，好像出现了一种神奇的力量。是的，年轻时没有了老伴的陪伴，年纪大了，别再没有了闺女的陪伴。最后，玲子母亲同意了家强和玲子的事情。

就是因为这个事情，家强对白江河格外的好。

事情就是这样的神奇，自己迈不过去的坎，非要让子女重蹈自己的路。哎，说多了都是眼泪啊。

后来，家强与玲子就成了。

3

茶山渐渐地远离了他们的视线，木青云回过神来对白江河说道：“在茶山这段时间挺快乐！好像没有了海洲那些不好的心事。”

白江河听了木青云的话，有点讽刺道：“你还有不好的心事？你什么都有，不为房、车愁，不为任何事忧，你说你有心事，是不是在矫情？”

木青云道：“难道我就不能有点不良情绪吗？难道不良情绪是你的专利？”

白江河质疑地道：“老木你住几千万的豪宅，价值连城的商铺在城市中像一个个的财神，每天钱像水一样哗哗地流进来，你还有不良情绪，我怎么听着就来气？如果像你这样条件的人，还有心事，那像我这样租房住的人又该怎么活？”

木青云道:“我虽然房产价值几千万，但生活水平与你的都差不多，吃的、喝的、用的，跟你也差不多，上哪儿去说什么都有？什么都有好似不是很妥当，有的只是吃喝拉撒睡，跟你都差不多，但能不能好好活，那不是我所能左右的了。”

白江河看着行驶大巴窗外的风景，道：“你这是典型的自我炫耀啊，真不想跟你说话，家产几千万的人，说跟两手空空的人过得一样，搞笑。”然后他话锋一转道：“别说有一搭没一搭的不快乐的情绪，想想我们的茶叶怎么销售出去吧？你那些高深的不良情绪对我说起来，我感觉你就是矫情！再矫情就是看不起我了哦。”

木青云又叹了一口气道：“我命是好命，但运不好，皇冠车在泥泞路上跑不过拖拉机，人为刀俎，我为鱼肉。这环境我没法改变，也改变不了。刚开始忍受，后来慢慢就接受了，现在是享受了，也等于是认命了。”

这时，白江河想起了木青云在海洲的生活状态不好，对工作也百无聊赖，不仅是进不了工作状态，他还感觉单位就是人间的地狱，自己既不能找到热爱的东西，又不能找到自己想表达的东西，内心很不舒适。他很反感很讨厌这种感觉。

想到这儿，白江河禁不住反驳道："哪里有那么多的不良情绪？你这是有一搭无一搭地刺激我。我在海洲连套房都没有，现在还在租房，你这样说是不是典型的炫耀，再说，我跟你没法聊了。观念不同，不能为盟。别矫情了！"

木青云笑了笑道："看你有支教的经历，有颗善良的爱心，我才跟你说这么多，单位的各种滋味你慢慢去体会吧！"

白江河道："矫情！"

木青云又笑道："权当是矫情吧。"

白江河说道："赶紧想想茶叶的销售路子吧。"

木青云道："这个茶叶钱赚也行，不赚也行。为的就是兄弟们一起找个事情做做而已。钱不钱的无所谓，要是销售不出去，这些剩余的茶叶，我全要了。"

白江河道："你这是卖弄财富吗？事情不是这样做的，我们既然要做，就要销售好，要不就不做。如果你自己都要了的话，那不是我提议做茶的初衷，也不是我的风格！"

汽车在山路上颠簸着像他们观念的碰撞一样踉踉跄跄。木青云自觉跟白江河交流这些无趣，于是从他带着的包里掏出一本经常看的书，看了起来。

白江河看到书的封面上写着：

举智光明俗见，举慧来明真谛；

智开则见识明，慧开则烦障消。

白江河笑了笑道："不能老看这样的书，看多了就会像茶山里的崔老汉，思维给捆绑住了，人就是活精气神。单位里那么大的平台，不够我们施展才干的吗？为啥一头钻进自我的心理围城呢？"

木青云也笑了笑道："崔老汉是什么人，我是什么人，论见识论财富他在我面前都不值一提。我们不一样，不是一个频道的人。"

白江河说道:“虽然外在不一样,但内核都是一样的。在大山有什么好处,自己不敢出去,反而让自己的孩子也要步自己的后尘。榆木脑袋不开窍。”

木青云道:“别老这么愤青。”

白江河道:“我说的是事实。你要将在茶山那种好的精神状态带到海洲来。茶山是个大自然的世界,而海洲就是一个竞争的有序世界。”

木青云道:“你这种人最可怕,初生牛犊不怕虎,乱拳打死老师傅!”

白江河道:“在茶山支教时我就当好一个教书育人的老师,为了爱情来到海洲我就要成为会赚钱的人、地位高的人、有思想的人、有学识的人……我想人的思维就是要与实际的生活相照应。”

木青云手捧着书,眼睛盯着书籍道:“你这是诡辩!”

白江河也看着他捧着的书反驳道:“我诡辩什么?”

木青云道:“我看你在单位里能折腾多久,最多也就折腾一段时间就消停了。你知道单位的水深水浅吗?”

白江河道:“家珍要出来茶山,她知道外面的世界水深水浅吗?在水中才能学会游泳!想多无益,只会把自己给糟蹋了。我会在单位里闯出一条路来。”

木青云笑了……

第二章

1

海洲是国际大都市、国际商贸中心、国际综合交通枢纽、国家综合性门户城市以及国家历史文化名城，经过改革开放以来的蓬勃发展，海洲的山河区 CBD 的摩天建筑群像一个个精神气雄壮的小伙子昂首挺胸立于大地之上，而与摩天建筑群隔江对望的就是海洲地标建筑——小蛮腰，她像一个亭亭玉立的秀色可餐的少女，婀娜多姿楚楚动人。

小蛮腰主体高近 600 米，天线桅杆高 146 米。塔身 422.8 米处设有旋转餐厅，是世界最高的旋转餐厅 。

金乐元与爱人江淼正在旋转餐厅点餐，他们正等着夏一情的到来。

海洲塔底下人头攒动，人群中一眼就能看到身穿红色裙子的夏一情，她像一朵美丽的红玫瑰，那么的引人注目，她精致又妩媚的脸庞仿佛美妙绝伦的良辰美景。她身后的燕子身穿一套黑色的职业装，眼睛里充满了灵气，浑身散发着一种精明干练的气质，有大都市女性白领的典型的特征，两人从远处看过去就是一幅美丽的风景画。

燕子迎上几步，追上了走在前面的夏一情喊了一声："夏总，上旋转餐厅的电梯是从这个方向过，咱们走过了。"

夏一情闻声后，跟着燕子往电梯处走，边走边道："我得先告诉你，我在这里只能待半个小时，一会王总有个饭局，我得去参加下。"

燕子看了看她，道："王总那里可不能耽误，这里有什么事您不好意思拒绝的，让我来说。我会三言两语将他们打发走的。"

夏一情笑了一下道："江淼的爱人金乐元求我帮个忙，他做了一批茶叶，想让我们公司给分担点，等我们公司楼盘销售的时候，采购一部分做公司礼品，也算是个顺水人情。带你来就是看看价格别离谱，价格高了的话你压压价。”

燕子迟疑了一下，她想到爱人白江河也去茶山采购茶叶了，她本想推荐下丈夫的茶叶，而此时夏总这么一说，她感觉失去了先机。

“让你说个话，就难住了？这可不是你的风格。”两人边说边向旋转楼梯登塔电梯处走。

燕子道：“不会难住，会直说。”

夏一情道：“不行，还是铺垫铺垫比较好，一个江淼是我们公司的大红人，再一个他爱人金乐元前段时间在股市给我指导了几个股票，我发了点财，他炒股有一套，日后我还得让他多关照我呢。”

燕子道：“有夏总您的交代，我就知道如何去说了。”

夏一情道：“有你这个话我就踏实多了，斗而不破是我们的最高境界。”

燕子道：“夏总您嘴里说出来的都是金玉良言，吃饭的时候，我会将这个事情给捋得明明白白的。”

登塔处的人比较多，她们依次排队乘电梯去旋转餐厅。

观光电梯的速度像火箭升空一样，倏地一下就到了 422.8 米处的旋转餐厅。

她们刚出电梯口，久等多时的江淼就迎了上来，一看就是那种干练而泼辣的职场女性，睿智的目光里夹杂着些许冷酷。

“夏总，您受累了，没想到今天海洲塔这么多人，快到里面就座吧。”说这话时，她向燕子点了一下头，也算是有主有次，总之人都关注到了。

金乐元喝着咖啡，正望着海洲塔下的风景，从整个塔的云端往下望去，夜色中的海洲像一幕精彩的画卷，沿江路两旁的灯光有金色的、绿色的、橙黄色的，如同一条条五彩缤纷的巨龙，路上的车小得就像一只只爬行的蚂蚁。各式各样的建筑物的屋顶上的霓虹灯变幻莫测，构造出一幅幅精美的图案，有的像一只展翅欲飞的鸽子，有的像奔跑的五只羊儿，还有的像绽开的木棉花。对面的海洲国际金融中心（简称：海洲 IFC）在夜幕中更加的傲气凌人，像在那里办公的夏一情一样的有气质。

“夏总来了，还傻愣着干啥？”江淼道。

金乐元从使人流连忘返的景色中回过神来，站了起来满脸笑容地道：“夏总，您百忙之中来参加饭局，我就定了地标的云端餐厅。但没想到今天人这么多，您受累了。”

夏一情坐了下来，道：“风景不错，越是人多的地方，越有人气。不过，我在这里待不了多长时间，一会我还有个饭局。”

金乐元笑着道：“之所以在这里，是要选择与夏总您气质相配的地方。”

夏一情道：“怎么说？”

金乐元道：“夜幕中的海洲塔五彩斑斓，美丽极了！时而闪烁着红的光彩，时而变成了绿色，时而又闪着蓝色的光芒。在夜幕的映衬下，海洲塔犹如一位婀娜多姿的少女，在风中翩翩起舞，就像您一样。”

夏一情听了后，脸上绽放出了笑容。

而这时，燕子道：“夏总美丽漂亮是有目共睹的，可是你也不能守着你爱人这么的夸夏总啊，小心回家跪搓衣板！”

江淼也笑了，对着金乐元就道：“你等着，晚上回家去跪搓衣板。竟守着爱人的面，这么的夸人！要不是我和夏总是同事，我早就跟你翻脸了。”

金乐元道：“好好好，我回家就跪，回家就跪。”

大家都笑了。

大家寒暄了一会，说了一些不打紧的话。这时，夏一情看了看手上的名表，道：“再过十分钟我就得走了，有什么事情就说吧，咱们又不是一天两天的关系了。”

金乐元看了一下坐在夏一情身边的燕子。夏总看他有些犹豫就道：“这是我的助理，尽管说就行，不要紧。”

金乐元道：“我和朋友从云南古老的茶山订购了一批茶叶，想请您帮帮忙，你们公司能不能订购点？”

夏总道：“就是这个事？”

金乐元道：“嗯。”

夏一情对燕子道：“能办的就办，不能办的咱就再想办法。”

燕子心领神会地道：“夏总都表态了，你喝酒三杯吧。”

江淼笑道：“喝那么多啊？若喝那么多，不趴下了。”

燕子道：“这是诚意啊。夏总都一口气答应了，你还不得表示下诚意啊。喝好了后，我再和你谈价格。”

江淼看着杯子里的酒，知道金乐元如果这样喝下去，晚上又要在家搞得天翻地覆。就道：“你不是有两个朋友一会也过来吗？等他们来了，你们再表示下诚意就好了。一人一大杯，或一人三杯都行。也让他们认识下夏总和燕子。”

金乐元笑着道：“估计他们也快到了，他们刚从茶山回来，还在路上，没回家就先过来这里，你说这是不是诚意？”

燕子心想白江河也去了茶山，说今晚有个饭局，晚点回家。于是问道：“你两个朋友是干啥的？”

金乐元道：“我新闻中心的同事。”

燕子道：“你在新闻中心工作？”

金乐元道：“是。”

燕子笑了笑对江淼道：“咱们日常得多交流，你爱人在新闻中心工作我都不知道。”

江淼笑着将一军道：“嗯，得多向您这个大助理汇报，日后我将我家小孩的学校也向你汇报。”

听着江淼的咄咄逼人的语气，燕子笑而不语，她隐约感觉到金乐元和白江河做的是同一批茶。

夏总笑了笑道：“事情已经定了，我约了饭局，不能失约，先走了。”

燕子见还没有谈价格，想到夏总交代的，就道：“夏总有事要走，我也当着夏总的面，表个态。茶叶是生意，性价比要好。不能你们朋友来喝几杯酒就将价格门槛提高，再一个我们不能喝家长里短的茶，也不能喝了好茶，搞得一股铜臭劲。”

夏总笑了笑，道：“你们谈。”

说话间，站了起来要走。江淼送夏一情到观光电梯处。

电梯门开了，白江河与木青云从拥挤的电梯中刚一出来，木青云就看见在长龙中排队的夏一情。夏一情穿的一身红的裙子，将木青云的目光吸引住了。

白江河见木青云一直在看，就顺眼望过去，看到了夏一情在打着电话，并向电梯口走去，就道："又看美女呢？茶山里的村姑刚不看了，来到这里眼睛又拔不下来了。"

木青云看到了夏一情，精神恍惚了。

等夏一情入了电梯口后，木青云还一直呆呆地站在那儿。

白江河道："咋了？魂丢了？咱们来这里是忙正事的。你别见了美女就拔不下眼来啦。"

这时，木青云才回过神来。

两人往金乐元预订的餐桌走去。

白江河看到远处的女子，背影与自己的爱人相似，心想：燕子怎么会在这儿？

金乐元看到了他们，就向他们招手。

燕子一转身看到了自己的爱人白江河，牵起嘴角笑了起来。

"你怎么在这里？"走近的白江河道。

燕子笑了笑道："定茶叶。"

金乐元道："你们认识啊？"

白江河笑了笑："这是我爱人，我能不认识吗？"

金乐元道："真是世界说大就大说小就小啊。你这个爱人，不简单啊，刚才还让我表示诚意喝酒三杯呢？"

正说着，江淼回来了。

他们越聊越投机，越聊越有兴致。

而木青云坐在那儿好似有心事。

"老木，茶叶已经订购成功了，你说两句话。"白江河道。

"你们谈吧，大家都是一家人，我就不插嘴了。"木青云道。

木青云知道刚才遇到的就是夏一情。

2

小蛮腰不远处有一楼盘，环境较好，三面环水，北傍海江，东邻黄埔涌，坐享两公里沿江翠堤，可览市区最开阔壮丽的江景，此楼盘名字叫海江庭场。夏一情对这个小区并不陌生，每当王二会见重要客人时都会将贵客带入此楼盘小区内的会所。夏一情走过欧式经典庭院，穿过中央湖景区，到达小区楼王住宅。楼底下一石头刻字牌“豪庭大宅”，这自然之美和艺术之美与夜色中夏一情的一点红完美融合。夏一情持卡进入大厅，而后进入私家电梯厅，智能电梯卡直接入电梯，到达了801房。

夏一情进入房间，闻到一种香香的味道，这种味道有些醇厚，像悠远山谷中的一种香，香但不张扬。而后映入眼帘的是满屋的淡红色肉色木纹家居，木纹清晰，有些明显的虎皮纹，结构细而匀，纹纹络络、断断续续很是美观;抬眼望去，豪阔开间，超大生态景观阳台，从阳台望去能一览海江夜景。

管家将夏一情的包接了过来，并给了一双拖鞋。夏一情换拖鞋时，宵姬迎了上来。

夏一情看到宵姬，内心一个问号升了起来：她怎么会在这儿？

“夏总您来了！”宵姬道。

夏一情笑了笑。

“王总与青总正在里面等您呢！”

夏一情听王二讲过几次青总，此人行事霸气又谨慎，与人接触基本不给情面，但是会给王二几分面子，因为王二这里有他的药丸子。王二是个生意人，有奶便是娘的本性，这次能将青运山介绍给夏一情，可能是有大项目又要筹划了。

夏一情进入餐厅，见个头矮小的王二旁坐着一个高等身材男子，戴一金丝眼镜，有些儒雅但眼神好似有些霸气。

王二一一介绍了双方，大家推杯交盏，把酒言欢。

他们听青运山讲着海洲未来的发展：“我们今天喝酒的这个地区将与海江新城、国际金融城三足并立，构成海洲发展“黄金三角”，海洲将从更高层次谋划推动本区域开发建设，将本区域打造成现代服务业融合发展、外向型和创新型经济集聚发展的高质量经济增长极，建设全球智慧城市的示范区。而我们单位的新闻中心也将在此区域拔地而起。”

王二听了后道：“听青总讲着这个规划，作为建筑的行业龙头，我们真想为海洲建设出点力。”

说到这儿王二话锋一转，向夏一情询问道：“夏总，我们开发的新世纪楼盘总体情况如何？”他说这话时，看了一下青运山。

夏一情知道这是要以点带面地向贵客证明自己公司的实力，接下来就是要处理攻关项目。

夏一情明白王二的意思，为了表现自己的公司实力及管理能力，就很流利且专业地说道：“王总您出差美国刚回来，这期间给您汇报工作，有时间差，您也是将项目全权委托我处理。本想明天向您专门汇报，现简要汇报下。新世界项目我们公司做好了六个方面的工作：一是组好合同管理规划。合理确定专业分包范围，正面清单以外的施工全部纳入总包管理范围，专业人做专业事。二是营销方面有突破。由区域公司营销部主责，本项目的营销要纳入整个集团的营销体系，运营实现营销的全面突破。三是产品设计要出新。要从三期项目未来经营角度出发，提升项目整体设计水平，要使老项目出新，要做到项目整体旧貌换新颜。四是做好财务资金统筹。要统筹利用‘项目自有资金、供应链融资、总包垫资以及区域短期资金支持’四个渠道，做好项目开发建设资金保障。五是抓好工程节点。区域公司运营部要以三期项目自身现金流回正为目标，合理控制工程施工节点，做好质量和进度的平衡。六是物业要提前进入。三期物业管理要综合考虑与未来公寓经营管理相结合，做好产品的定位优化。”

夏一情的非正式汇报完毕后，青运山道：“这夏总思路清晰，逻辑严谨，掌握东西全面。”

夏一情笑道：“做事情就要有做事情的样子，我们按照公司的企业文化，做一方工程树一个品牌，现在都是市场化、专业化运作项目，我们有实力。如果您单位项目有需要，我们会为您提供功能完善且品质优秀的建设方案及服务。”

青运山笑而不语，看了看王二。

王二笑道："夏一情是我们公司的粤港澳大桥，能上天入海，连接四面八方，关键是办事可靠。"

青运山笑了笑，没有说话，儒雅的笑中，眼神里带着一些坚定。

夏一情对王二道："能来您这里的都是贵客，都是大人物，认识青总也能沾沾大人物的人气。"这时她又看着青总道："今天跟王总汇报，也听说了您单位需要这样的业务，如果需要我们帮忙，我们会免费给予前期策划。"

青运山见夏一情这么能左右逢源，道："一回生，两回熟，今天我们在这里好好喝酒，不谈工作了。"

王二道："不谈工作了，在我这个地头，要尽好地主之谊，咱们吃好喝好。"

夏一情道："认识青总等于为自己的世界开启了一扇窗，能看到不一样的世界，也能得到更多的机会、帮助，希望能沾上你的贵气。"

王二将话接过来道："你搞公司管理的唇枪舌剑，别把青总给难为倒哦。"

这时，管家将澳洲托运来的海参端了上来，他们喝了起来。而期间宵姬基本没有说话。

酒后，王二和夏一情送青运山和宵姬到楼下，他们寒暄了一会后，青运山和宵姬就离开了。

王二看着消失在夜色中的青运山与宵姬的背影，对夏一情道："宵姬26岁，来到我们单位三年了，与青总关系密切，今天这个饭局就是青总组织的。餐桌上我们谈的项目比较多，但醉翁之意不在酒，他是借谈项目让我们关照宵姬。"

夏一情疑问道："关照宵姬？"

王二道："是的。宵姬想进步，想做公司的总监，青总出面主要是想让我们解决这个问题。"

夏一情道："总监位置不是给江淼留着的吗？"

王二道："宵姬资历浅，一下上来难以服众，我与你先通个气。"

夏一情沉默。

王二递给夏一情一根烟，夏一情没有接。

王二自己点起了烟，抽了起来："江淼是能干，是公司的骨干，但是她只是有能力，却不能获取资源。宵姬虽然年纪轻轻能力不强，但她是150亿的综合体大项目的居间人，我们做公司就是做利润，近期给宵姬提为总监。等项目拿到手后，宵姬也就立功了，等项目完成后，她也就历练出来了。"

夏一情道："宵姬与青总的关系是多么亲密，能有那么大的能耐？"

王二道："你什么时候变得这么八卦？我跟你说这个是要你执行，而不是来怀疑我的判断！"

夏一情笑了笑，道："酒这个东西能把人搞得神志不清，你和青总喝的是一醉方休的劲，我哪知道你说的是酒话还是真话？"

王二道："看你一副为江淼说话不甘心的样子，能给你路子的是我，能给我带来资源的是青总，而居间人就是宵姬。江淼先委屈一下啦。"

夏一情道："你满脑子都是利益关系，将人当作物。我不也就是你的一张花枝招展的王牌吗？"

王二笑道："这么大个公司要运作，我这个位置担不起人情，能担得起的就是利益。"

此时的夜色很浓，浓得像王二此时的心，而夏一情的心虽然像车灯一样的明亮，但是这光亮依旧抹不过这浓浓的夜色。

夏一情从小区的会所出来，想到江边去透口气。

这时电话铃响了。

她一看是高朗的电话，很无奈地接了起来。

"这么晚了，还不回来，又在跟那个男人厮混？"

夏一情无奈地扣掉了电话，自从她和高朗结婚以来，高朗就变了，变得疑神疑鬼。

3

夏一情饭局结束了，而江淼他们吃饭也快结束了。吃饭期间，他们将茶叶价格及采购事项，捋得清清楚楚，从海洲塔看下去在海江夜游的船只来来回回欢喜雀跃，江淼望着这些船只，在夜幕中像一个个快乐的音符，提议道：“大家难得这么有缘，我有个提议，饭后我和金乐元请你们去海江夜游，看大家是否有时间。”

燕子和白江河欣然答应。

而木青云好似很有心事，从嘴里吐露出几个很低沉的字：“你们去吧，我沿江走走，一路就回家了。你们玩好。”

他们面面相觑，不知道木青云是怎么了。

白江河道：“你厉害啊，住在江景大宅，可以看最开阔的江景。我们奋斗一辈子，也买不起你这样的豪宅。”

木青云笑了笑，一副心不在焉的样子。

夜色有些深，沉沉的像大雨来前的天空，让人透不过气来，让人感到压抑、苦闷。而此时木青云的心像在游走。

木青云走在江边，看着江对面的海江新城的高楼大厦，他想起了以前和夏一情在那儿游玩的情景。

那时，他吹着自在的口哨，开着自编的玩笑，骑着单车，载着年轻漂亮梳着两个马尾辫的夏一情，他们迎着风儿在江边玩耍。夏一情对木青云说：“将来我会拥有自己的公司，会成为千年商都的一位巾帼英雄。”木青云笑了，那时她感觉一个女孩子那么柔弱的身体想要撑起这么大的抱负，他不相信。

夏一情道：“我是孔雀能开屏，而你就是我开屏的见证人。”

木青云道：“能不能你来载着我啊，我载了你一大会了，有些累了。”

夏一情道：“呵呵，一个大男人还不如我这个小女子，我来载着你。”

就这样，他们迎着风，在风中快乐地徜徉。

想起这个场景，他嘴角轻轻地上扬。

夏一情去过木青云家三次，每去一次都是给夏一情减分，最后分数成了负数，而他们的关系也戛然而止，像一根冰棒被一下子掰成了两段。

木青云的母亲第一次见到夏一情，感觉她是一个活泼、开朗且有掌控力的女孩子。木青云以往在家里是什么事情都不干，而夏一情来家里后，他是忙上忙下，简直判若两人。

木青云的母亲脸上有些闷色，但没有直接表达出来。夏一情走后，木母道："你这个女朋友啊，你掌控不了。"

木青云笑道："她就是那么个个性，我们在一块很高兴。"

木母又问道："她家是什么背景？"

木青云说："小洲村的村民。"

木母沉默后道："这个女孩子跟你不合适。"

木青云笑了笑道："我们很好，您为什么这么说？"

木母道："她的掌控力太强。等她来到家里以后，这一家我看没人说得上话。她将来会成为与我对峙的人物。"

木青云笑了笑，道："我娶老婆是跟我过日子，又不是跟你过日子。"

他母亲道："娶老婆是个大事，人生的几件大事：他乡遇故知，金榜题名时，洞房花烛夜，都是人生的大事。每一件大事都要慎重考虑。"

木母对夏一情深有不满，但又不知如何说服木青云，只能将一肚子的不满向下班回来的木父道："青云的女友来了，偏高的个头，姣好的面容，但性格方面不是省油的灯！"

木父听了后笑道："青云感觉好就好，要不他怎么会往家带呢？"

木母道："青云被她摆活得来来去去的像个孩子，我从来没有看到青云如此的被人支使来支使去的。第一次上家里来就肆无忌惮，将来到家里来还不上房揭瓦了。"

木父听了后道："这次我没有见到她，下次让青云再带回家来我看看，这个女子是什么样的人物？"

第二次，夏一情到了木青云家中，饭后木父提议打麻将，一家几个人打麻将，乐呵呵的。

令木父没有想到的是，夏一情不仅会玩麻将，而且是一点余地也不给他们留，麻将桌上得理不饶人，赢得是盆满钵满。

木父脸上有愁色，木母脸上已阴云密布。

木青云送夏一情回去的路上，道："今天你在麻将桌上的表现，让我父母不悦，你也不给老人家几分面子。"

夏一情笑道："能玩就玩，不能玩就不玩。娱乐和尊敬是两回事，本来是娱乐的，而搞成了不娱乐。难道他们不是自相矛盾吗？”

木青云道：“你现在还未进家门，若进了家门他们还不认为你会掘地补天啊？”

夏一情笑了笑道：“日后和你生活一辈子的是谁？是你父母还是我？”

木青云道：“上次你来我家时，我母亲感觉你来我家没把自己当外人，对我呼来唤去，她对你很有看法。”

夏一情笑道：“你们家的事情真多，我没有感觉到哪里不合适。将来一家人相处要本真，若躲躲藏藏、遮遮掩掩那是打太极，不是一家人的状态，一家人就是一个锅里摸勺子，哪有勺子不碰锅沿的。”

不管木青云如何说，夏一情一直坚信：两人相爱默契是最主要的，对老人家的孝道也是必要的，但是一家人相处就要本真地相处。

木青云回到家，父母一致意见就是这个女子难以把握，而木青云感觉两人在一起像快乐的风肆无忌惮地在天空中快乐地飞翔。

这时江边有人卖矿泉水，木青云买了瓶水，坐在江堤边的石凳上，看着海江中夜游的船只，自己的思绪又回到了他与夏一情的过往。

冰镇的水从口腔到喉咙再到肚子里，一路的冰爽让他感到些许惬意，但是他还是没能回过神来。

在他父母坚决不同意的情况下，他被迫与夏一情分手了。分手后，他再也没有体会到那种让他有生命活力、像电流一样一阵阵冲击着他内心的快乐了，他仿佛没有了对生活的热情。

此时，他又感觉过往与夏一情的恋爱像欢乐的风，肆无忌惮地在天空及旷野中激荡，恋爱的感受让整个世界都充满了明媚的阳光。

他又喝了一口冰爽的矿泉水，这让他有了些身心愉快的感觉，但是过往的埋藏在心底的记忆，像海江水一样汩汩地流了出来，此时他好似多了些莫名的自责与痛苦。

分手后，他吃啥喝啥都一个味，没有了欢乐的感受。有时感觉生活没有意义，百无聊赖地任自己打发着时间，一点主动性也没有。

后来，家人给他介绍了很多的人，他都没看上，也没有燃起生活的热情。

直到他遇见了华悦蓉，他向她说起了不想恋爱的感受。华悦蓉说：“我来不是来恋爱的，是来谈婚论嫁的，我也失过恋，知道人不能总是停留在过去里，过去的好的坏的过去就过去了，生活还得继续是吧？你那么坦诚地对我说了自己的过往，我也不想向你隐瞒什么，同是天涯沦落人，相逢何必曾相识。这次认识算缘分，你如果还爱那个女的，你就去追回来。但是希望你不要被困于那些不愉快的回忆和纠结中，因为那样无法拥抱新的生活。”

也许就是这样的坦诚，可能也是上天安排的缘分。后来他竟然经常约华悦蓉吃饭，一来二去，他们就成了。原本只是找华悦蓉说内心的话，没想说着说着成了自己的爱人。华悦蓉对他说，要走出来，你不走出来，说明你没有力量走出来，也没有力量去迎接未来的生活。木青云问她：“为什么你能走出来，你的男友伤你那么深？”华悦蓉直言不讳地说道：“我从小的时光就很快乐，家人一直是我最好的伙伴和最好的陪伴者，当我有困难时，他们总对我说要跨过去只有靠自己，而且那时我很快乐，因为有快乐，我就能够自己把自己的不良情绪给廓清。”

木青云慢慢有了一种感觉，像一种心灵的释放，仿佛自己从一个小黑暗屋子里突然来到了明媚的阳光别墅旁。所以他就经常约华悦蓉吃饭。因为，那种感觉不会让他感到窒息，且有心灵疏导！就这样，不知不觉中他和华悦蓉就成了。

4

木青云回到家，正好遇到华悦蓉和母亲在争吵。真是，怕什么来什么！在茶山快乐的心，又被这样的争吵，驱赶得支离破碎。

木青云感到眼前华悦蓉和他母亲的对峙，让自己很气愤、痛苦。华悦蓉刚强的心好似一块钢铁，那么硬，那么冷，将他与母亲都推到了一边。

木青云实在难以接受这个状况，道：“我们家有几套房子，咱们先分开一段时间吧，这样的争吵生活中我总是迁就你们，不是迁就母亲就是迁就你，我感觉自己这个和事佬快要崩溃了。家里房子也多，你当作去度假休息会吧。

正好孩子也在放假，等假期结束了，你再回来吧。”

华悦蓉听了后，道：“我也想出去透透气了，跟你母亲一块生活真是很糟糕，什么事情她都要控制，一旦她控制不了，出现在她视野范围之外，或心力掌控之外，她就会崩溃。我很理解她的心，但是她这个性格我改变不了，一旦不按照她的要求做事，她就会崩溃，我感觉跟这样的人一块生活像一场灾难。”

木青云道：“那你出去先暂住段时间吧。大家都喘喘气。”

华悦蓉道：“你要搞清楚，我才是要跟你生活一辈子的人，要出去也是你妈出去，房子也不少，钱我们出。”

木青云道：“老爸不在了，你让我妈出去住，像话吗？”

华悦蓉听后说道：“每个人都要学会独立，孤单是人的一个常态，将来我们也会遇到这个问题，没有人会逃避掉这个事情。我也不是不孝顺，但是我们现在的状况出现了问题。我一直以来想和你们分开住，你们就是纠缠在一块。不是没有房子，而是，你们就是喜欢在这里面待着。你们一家人老把我当外人，你也搁着我那么远。”

木青云道：“我看你是胡搅蛮缠，你吃好的喝好的住好的玩好的，国内及国外你哪里没去？你还这么委屈，我对你不好吗？”

此时，华悦蓉道：“我为什么要出去，你不知道吗？我在你们家里的气已经受得够多了，不出去透口气想憋死我啊。”

两个人越吵越大声，越吵越伤感情。

再这样下去，时间会将他们爱的最后的温度都拿走……

而他们就是这样僵持着，老妈的控制本性和华悦蓉生命力的抗争，就像一个火炕，让木青云在炕上是翻来覆去地难受……

他看见他们水火不容的样子，自己也懒得去管了。他到了卧室，坐在卧室的观光椅上，从这里能看到整个海江的夜景。夜色中海江的澎湃像木青云此时的心绪，这时他又想起了夏一情……

第三章

1

位于新闻中心大楼处的东边约50米处有一仓库，工作休闲之余，木青云、白江河、金乐元、火麒麟等人就来到这里喝茶畅聊时光，这种时候总是充满了快乐，时间总是过得很快，所以白江河就将这个仓库叫作相对论的风水宝地！

仓库里的主人名字叫纪实，来到这个仓库有10多年的时间了，按照纪实的话，到他退休时，这个仓库就陪伴了他20年，在这些岁月里，他惯看单位的秋月春风。

纪实整天的沉迷于自己的世界当中，一辈子就活在他内心的小天地里。对外界要么横眉冷对，要么指点江山激扬文字，感觉他自己是凌驾于任何人之上；而自己不受别人尊重时，他就要么愤慨，要么自我安慰。

这天，天气闷热，不一会儿，天空抖了一下，雨淅淅沥沥地下了一会。雨后的天气，并没有一丝清凉，而是愈加的使人闷热。老纪呆呆地坐在仓库办公室的椅子上，心中有种莫名的失落感和惆怅感，这种感觉让他好空虚，好无聊，他不知道能干什么，也不知道该干点啥。虽手头有好多的积压的事要忙，但是这些东西使他打不起兴趣来。老纪也经常问自己：像他这个50年代的人，一辈子大风大浪也多了去了，到了这个岁数应该算是活明白了，但是现在看来，他活成了一团麻。忙碌一辈子了，马上退休了，应该好好过好最美不过夕阳红的生活了，但是，不知怎的，老纪不甘心，内心很渴望有种生命力绽放的感觉，那种感觉就像美丽的百合花在清风晨阳中有香气地绽放，但是好像他将日子过成了苍狗。老纪百无聊赖地神游了一会。打了一个哈欠。起身，倒了一杯茶。茶叶在水中慢慢舒展着，像他游荡的神思慢慢回过神来。老纪将茶杯放在桌面上，像一摊泥一样坐在椅子上，又似醒似睡地看着布满茶垢的茶杯里舒展的茶叶。老纪看着这个仓库，被他整理得像领导的办公室，这就是他的根据地，他在这里战斗了十几年了。之所以有这个待遇，是老大哥青运山照顾他。老纪和青运山一起来的新闻中心这个单位，但是随着岁月的流逝，他们的处境大不一样。青运山上去了，现在是单位二哥，马上就成为单位一哥了，而老纪还是原地踏步。年龄大了，在这个单位也疲惫了。在十多年前，青运山当新闻处处长时，老纪申请来到了这个仓库，因为，他想自己静静，远离那些繁杂的事物，关键是一代一代的人都上去了，而他还是原地踏步，他不想去理那些烦心事了。

当老纪来到这个仓库，看着单位人事的起起伏伏时，他内心还是挺有波动的。但是他得自己安慰自己，自己给自己调节情绪，自己给自己做心理疏导。他是这样安慰自己的：世界上没有两片完全相同的树叶，尽管树上每一片叶子都是相似的，但确确实实你从这相似的叶子中找不到完全相同的两片树叶，每一片树叶有每一片树叶的活法，每一片树叶有每一片树叶成长的特色。人也是如此，有的人像枝头的树叶，有“近水楼台先得月，向阳花木易为春”的成长经历；有的人，像树根部的树叶，很多时候发生的事情由不得自己决定，比如说来了一只羊，将其吃掉；而有的人，在树干的中段，说上不上，说下不下，虽有“力拔乾坤之力，雄踞华夏之才”也不能木秀于林。每个人都想成为那最高处的醒目的树叶，向往蓝天，向往自由，向往幸福的生活，而现实就是大多数的人，事与愿违，诸多事情，让人无奈，让人怀疑人生，甚至心痛泪流。

老纪安慰自己、疏导自己的情绪是一方面，但是骨子里还是不服气的，老纪自以为自己能够当上领导，他是领导的料，因为他讲话就是有领导范，很拉风！而像青运山这样的人，在他看来是不适合当领导的。他想：可能是老天的安排，你适合干什么，而老天就不让你干什么；你不适合干什么，老天偏让你干什么！

老纪看着茶杯中的茶叶在舒展，想起了木青云与白江河。他想他们应该快从茶山回来了吧，回来后，他们指定会过来他这里坐坐。他想：茶山这个大自然应该能将木青云的不开心给洗刷干净吧。

2

去茶山之前，木青云总对老纪说起华悦蓉和他母亲在家剑拔弩张的家事，老纪对他说："清官难断家务事。女人嫁给你就是想做个孩子，让你宠着她，那她就会顺从你，毕竟她能嫁给你，就说明她信任你，觉得你可以依靠。"

木青云道："哎，烦死了，这种滋味很难受！"

老纪道："将这些事情摊开来看，这不过是时间长河中的一个小插曲，都是一家人生什么气？"

木青云道："我感觉人就是对最亲的人容易发脾气，好像亲人生来就是被蹂躏的！他们那些情绪的坏垃圾统统都往你这里倒，我又不是垃圾桶。"

老纪道："现在不是施行垃圾分类吗？你也可以将那些情绪分分类，哪些是绿色环保的，哪些是有害的。那样你就不会生气了。"

木青云道："我真是受够了。我快崩溃了。我自己的情感没人理会，我都是在迁就着他们。现在没有人值得我说说心里话。跟您聊聊您别见怪。"

老纪道："跟我还客气，客气以后别来我这里了。看你这种状态，我看你要好好地改善下，要不身体受不了。"

木青云道："是啊，受不了也要受。"说到这时，木青云眼睛看着仓库外的花，好像在神游。老纪知道，一个女人在脆弱的时候，能够发脾气，能够将情绪宣泄出来，但是一个男人在出现了坏情绪时，向谁去诉说？

老纪感到木青云长久的压抑情绪会给他带来一些不好的状况，就对他说道："你每天去跑跑步，散发一下心里的不愉快，人长久的情绪积压，就像海江的淤泥一样越积越多，海江到了一定时候还要清淤呢，何况人呢？"

木青云道："我不喜欢运动，只喜欢自己静静待着。"

老纪道："不要梦想什么事情都完美。一个家庭不吵闹不拌嘴，可能吗？这个不正是希望从浑浊的源头流出清澈的泉水，扭曲的形体有笔直的影子，这可能吗？"

老纪沉默了一会儿，又道："当一切事情发生后，不要从你的世界观来窥探别人的世界，也许你的观点，正是错误的呢？也许你的观点表达出来，会造成不良的影响呢？”

木青云只是在喝茶，没有回老纪的话。

老纪看到眼前的这个年轻人这么无助，他身上的生气好似慢慢地在下降，整天一副脱离世界的样子，同情涌上心头。

过了一会，老纪道：“这次你去茶山定茶叶是好事，大自然有种神奇的魔力，能将人的不良情绪给洗涤掉。”

木青云道：“放宽心吧，一句话：天知道、地知道、我知道、你知道……顺应道德的人才会昌盛，不遵从道德的人必然灭亡。不管是社会、家庭还是个人这个都是准确的。时间会证明一切的。”

然后他叹了一口气道：“但愿这批茶叶能让我提提精神气吧。”

老纪百无聊赖地神游了一会，看到仓库外面的花，在炎热的天气下有些蔫了，他的神思好像从神游中回来了。他喝了口茶水，伸了个懒腰，起身去给花浇浇水。

仓库门口有两处鲜艳的花，这个美景是青运山设计的，当初留设这样的设置，是为了他和老纪的兄弟情。

老纪正在浇仓库门口的花时，看到一群人围着青运山，好像青运山在检查工作，并且进行点评。也许他看到了老纪，过了一会他过来仓库了。

看到青运山过来了，老纪笑了起来，并且嘲讽起他来：“你这是当了官了，不理我了，连老大哥也忘记了。整天的眼睛只往上看，你那样往上爬，什么时候是个头？”

他笑了笑道：“事情多，忙不过来，我也想过来找你聊天。”

老纪道：“我知道你忙，刚才看到一群人围着你，你给他们讲话来着。”

青运山道：“那是工作。”

老纪道：“你在那些琐碎的事情中，烦不烦？那些事情会不会将你的精神给搞得乱七八糟？”

青运山道：“忙碌成为一种状态后，不忙反而感觉内心不舒适，事情在推着人走，不会去考虑那么多了。”又问道，“近来你如何？挥毫泼墨的如何了？”他说到这个，嘴角笑了起来。老纪知道，他是拿老纪开玩笑，因为想问老纪小说写得怎样，又不好意思开口，就直接将小说说为挥毫泼墨了。

老纪道：“一直在写，最近又有了新的感悟！”

青运山笑着问：“什么感悟？不妨说来听听！”

老纪道：“通过你当上官这么多年来的变化，我发现你们这些人有个独处的习惯，你们慢慢地会变得很冷，就打算写一点，熟人当了官以后变冷的感受。”

青运山听了后笑了起来，他端着杯，喝着茶，道：“人的心是慢慢成熟的，当一个人心态成熟了、有了自己的内在后，就慢慢感觉到独处的可贵了。”

老纪问道：“怎么理解？”

青运山道：“因为自己有自己的想法，独处就是免除了别人对自己的一些想法的冲击甚至是迫害。因为人都是有想法的，越是走得近越会将自己的缺点暴露给别人，平日里都好好的，但是一旦有事，别人就会将你说的话或你做错的事，拿来攻击你。而独处，就能免除这一块的事。你不去和人接近，别人怎么知道你的心思呢？”

老纪道：“你说的人那么坏，不会也包括我吧？”

青运山道：“不是说人坏，而是说人就是具有这一类属性。在职场中，有了利益冲突时，就会出现一些不可控的事件。当自己独处起来，有自己的内心想法时，就会有丰富的内在，做起事情来就有底有方向。”

老纪道：“难道你自己就封闭在一个心理狭小的空间里？”

青运山道：“不是一个心理狭小的封闭空间。而是，自己有自己的精神高地，且能处理好自己的事情及内心。不是将自己封闭起来，封闭起来人就会出现问题。要与外界保持客观联系，只有保持客观的联系，才能够处理一些事情。而在这些事情的处理过程中就会与人发生连接，与人接触就不会让人自己封闭。人是要抱团取暖的，但是抱团取暖要保持一定距离，防止被火烧伤。一旦被烧伤了，就会对人抱有失望及敌意，那是不可取的。最好的办法就是学会独处，不独处时就要学会客观地处理事情。”

老纪道：“你跟领导相处也这样吗？不会奉承拍马吗？”

青运山道：“由事情为牵引，找到认知的相同点，解决事情推动工作。没有刻意去讨好他们的观念。讨好他们，就等于贬低了自己，就会出现一种自我的否定感，我不喜欢这种感觉，更不喜欢这样对待自己。所以我都是由事情牵引，客观来处理关系。”

老纪道：“你可能要当一把手了，小心你这样处理事情，领导不提拔你啊！”

青运山笑了笑道：“封侯非我愿，但愿海波平！”

老纪笑了：“你这家伙，一派官话，说话这么的不客观，真没意思！”

青运山道：“你想想是不是越与别人交往，就越要处理别人的一些言论、行为和情绪，比如老大哥您现在对我的误解，我得消化。”

老纪笑了，道：“你说的有道理。我来这个仓库后，接触人少了，也少了是非，自己心情也好多了。这个得谢谢您啊。”

青运山道：“那是你自己的福气。人要保持对别人的观点多一些宽容与冷漠，唯有那样才能够在内心获得自己的精神高地，要不然，若关注那么多的观点人会被粉碎得支离破碎。像老大哥您的一些话，总是充满了攻击，我都淡然处之，也不会受到伤害，如果我太在意你说的话，就等于把你看得很重，如果将你看得很重一定是我们关系比较近，才有那样的感受。除此之外，无有其他。”

就在老纪和青运山聊的过程中，白江河进来了。他一看见单位的二哥，立马精神了起来。说了很多介绍自己的话。青运山见这个小伙子这么能聊，寒暄了几句，就起身走了。而白江河感觉认识领导能开拓视野，能够打开自己的心理格局，是个好机会，在领导面前拼命自我推荐！

3

海洲城市新中轴线广场——花城广场，每逢周末老纪都约青运山清晨在这里跑步，偌大的一个近 60 万平方米的公园，加上无限的江景及对面的小蛮腰，还有一派高楼气息的多幢建筑，在这里跑步感觉成了一个气势宏伟的高人。

自从在仓库第一次遇见青运山后，白江河就加入了这个周末跑步队伍。

这天青运山没有来跑步，白江河问老纪："青总有什么事？今天不来跑步。"

老纪一边跑步，一边对身旁跑的白江河道："老青今天有点事，他做事情就是今日事今日毕，卷头无积压。这不刚才给我电话，说在忙新建新闻中心的事情呢。"

白江河放慢了脚步道："新闻中心建设？"

老纪道："我们单位要启动一个新闻中心建设项目，老青现在负责这一块，等一哥退了，这个二哥就是一哥了，现在关键时刻不能闪失！"

白江河驻足，感叹道："项目要建设？好事啊。青总他懂专业知识吗？加班能干什么呢？"

老纪道："领导就是个万金油！什么都会点，钻研钻研就精通了。"

白江河点了一根烟，道："你说青总是怎么当上这么大的官的呢？我现在真搞不明白。"

老纪笑笑说："你这个问我算是问对人了。我们一块来的这个单位，他马上就成为一哥了，而我却是发挥得很稳定，一晃悠成了老头子了。"说到这儿老纪叹了一口气。

白江河笑道："你说这些人是吃什么长大的呢？怎么就能当上那么大的官？"

老纪道："官大？大个屁！向上一看，一堆人，向下一看，一堆人。都是相对的。"

白江河反应了片刻，道："你想不想成为那样的人呢？"

老纪道："说不想那是假的，我是吃不到葡萄就说葡萄酸。"

白江河道："为啥吃不到葡萄呢？"

老纪道："这都是命，以前别人给我算过，说我一辈子没有官运。"

白江河疑惑地道："算卦？那些东西都是忽悠人的，如果他们能算准，为啥不去算彩票？我不信这些东西，相信算命的都是宿命论。人是要根据实际来做出一些反应，思维和实际要做到有机的统一。我认为命运就像导航路线图，如果开车的人中途转换路线，那么命运就不准了。所以，如果信命要可信可不信，但是不要迷。一旦迷了，人就宿命论。你就是犯了这个错误，才没有给自己去博取成功的机会。”

老纪道：“我年龄大了，也快退休了，说这些只有满肚子的遗憾。”

白江河笑了笑道：“不要满肚子遗憾，现在时代这么好，好好享受下生活吧，写写你的小说，过好平凡的日子就好，现在单位的未来是我们年轻人的，世界是你们的也是我们的，但归根结底是我们的。”

老纪听了白江河的话，愤慨地道：“能不能是你们的，还得看我们的。”这时他望着远处的海洲塔叹了一口气又道：“以前我也是后浪，我现在被拍在了沙滩上了。”说到这儿，眼神有些暗淡，过了一会又道：“你们这一代人，既幸运又不幸运，幸运的是赶上了好时代，努力奋斗终究是比上不足，比下有余。不幸的是你们没有经历过激烈动荡的年代，缺乏经历和阅历，导致大部分人认识肤浅，你以为你想干什么就能干什么吗？”

白江河道：“老哥，你怎么突然这么愤慨呢？到了您这个年龄阶段心态应该很平衡了，为啥这么愤慨？我就是要成为呼风唤雨的人，这难道有问题吗？”

老纪道：“你几斤几两自己不清楚吗？你们有些年轻人满脑子是利益得失，地位高低，说的是民族文化，做的却是西方的制度和处事规则，自认为是讲科学懂管理，最后还是做事浮躁，不愿调查研究，只想靠权力服人。”

白江河看着老纪一肚子的委屈就道：“老纪，人首先是一个动物，再一个才是人，在工作、生活中有动物性、有人性，也有文化、制度属性。”

老纪道：“人和动物的区别有很多，但最重要的是精神思想，和由此产生的文化。文化本身就是精神领域冥想演化的成果。你知道中华文明为什么能够长久不衰吗？”

白江河抽了一口烟看着老纪道：“为什么呢？你说说你的看法。”

老纪顿了一下道：“中华文明是把自然作为主体，人只是自然的一个最具代表的类别，为什么呢？因为人是文明、文化的载体，讲究厚德载物。”

白江河听了后道：“文明、文化只是闲着没事总结出来的一个观念性的东西，而真正的文化就是在现实中很好地活着。”

老纪将烟头往地上一扔道："你说的有些道理，但是我跟你说，在单位你千万别成为别人眼里的老实人，到头来，自己啥也不是，只是被老实人这个头衔给拴住一辈子。"

白江河说："老实人？什么叫老实人？真正的老实人要能掌控局面，该一团和气就一团和气，该真刀真枪就真刀真枪地干！"

老纪说："我现在说这些没有多大意思了，我过好自己的生活就好了。"

他看着蓝天白云，过了一会儿说："你小子来跑步是想和青总建立关系？"

白江河道："谁不想进步，现在到了社会面对的是一本活书，要活学活用，只有靠自己来读这本书……"

老纪摆摆手说："想是一回事，做到是另一回事，人都是命运决定的。"

白江河说："命运，命运，你说的命运只是一个心理安慰的借口而已。"

老纪说："也许吧。"

白江河把烟头扔进了垃圾桶里，说："我初来乍到，靠的就是你们这些人，您和青总有些交情，您帮我说说话。"

老纪有意味地一笑，话里有话地说："是不是想做点事、当个官啊？"

白江河眼睛一亮，道："您老是火眼金睛。"

老纪说："得了吧，能不能靠得上，还得看你自己的能耐，我只能是穿针引线，约你们交流交流。"

白江河说："我跟着您是给您烧香拜佛，佛祖您显显灵！"

老纪笑道："中午我约老青到空中一号吃饭，你们趁机多聊聊，聊多了，他也就知道你的脾气及性格了。"

白江河拉着老纪道："那还不赶快约？我们去空中一号去看看食谱！"

老纪意味深长地说："也不用那么着急嘛！"

白江河道："任何事情都是好好处理就行了，我不比任何人差，也不比别人低一等。接近领导就是要尽早，晚了，一切机会都会失去的。"

老纪道："你是想求领导帮帮忙给你谋个官职是吧？"

白江河道："有这个想法也不为过。是功利性的求，也是内心思想状态的追求。仅此而已。别把自己想得那么崇高，我们都是俗人，内心里还有些饿鬼吃食的残忍，做个堂堂正正的人有时也要露出自己狰狞的面目。"

4

青运山在空中一号指着窗外的景象对老纪道："现在这个地区还是一片不毛之地，过几年这里将是海洲的风水宝地，未来会有一座座建筑拔地而起。"

老纪和白江河看着窗外远处的空地，除了几处高高低低的破房子，没有看出什么惊喜的地方，但是海江的汹涌澎湃的气势尽收眼底，好一派一览无余的视觉享受。

青运山喝了口茶看着白江河道："未来我们的新闻中心也将在此拔地而起，你们年轻人成长起来，将来就会在这里办公了，你们赶上了好时代。"

"看不出什么好看的来，除了几栋破房子和一些荒草地外，真的看不出未来它会是什么样子的。"老纪道。

"将来这个地方会像一座桥飞架南北，天涧变通途，不仅会成为CBD，而且未来这个地区将高标准创新配置教育科研、金融商业、人才配套服务、人才住房等配套设施，从而整体提升地区商业服务、科技创新、教育培训等综合服务功能级别，构建智慧城市管理系统，提高CBD地区城市建设与城市管理的运行效率，努力成为建设与管理智慧城市的示范区，配备全国领先水平的创新服务设施。"青运山道。

白江河头脑中想象了一个画面，他仿佛看到了一座座高楼拔地而起像青山一样矗立，而这海江环抱式地流淌过该地区给这个地区热闹的办公、科技，增加了许多的生机。

于是道："青总您是领路人，我借您和老纪友情的东风在这里凑凑热闹，我也想为单位建设出份力。不知道这项目班子将来能不能让我也参与下，锻炼下能力，开拓下眼界，丰富下阅历。"

青运山没有看白江河，而是看着老纪道："老大哥，知道你为什么一辈子在单位不显山露水吗？"

青运山没有理会白江河，让白江河心中有一种慌张，也有一种不知所措的焦虑。他想可能青运山在想自己是不是那块料，有些紧张。他表面很平稳，内心却在慌张地听他们的谈话。

老纪道："我一辈子了，要是有山山水水早已经出来了，哪像现在，留下一肚子遗憾！"

青运山笑了笑对老纪道："圆规为什么可以画圆？"老纪表情有点懵，但是他知道青运山开始讲大道理了。讲道理是青运山的一个特点，也是一个优点。

青运山道："因为脚在走，心不变。"

又反问道："你为什么不能圆梦？"

然后顿了会又道："因为心不定，脚不动！"

这时，上来一道骨头汤，老纪道："先喝汤，骨头汤补钙。"

而这时，青运山看着端上来的骨头汤道："老大哥你年轻时得补精神上的钙，因为你那时骨头是软骨，软骨不能让你有精气神，不能让你做事坚强有力，更别谈无坚不摧、无往不胜了！如果你年轻骨头硬，精气神就强，就能任尔东南西北风，能够做到风雨不动安如山。"

老纪一听到补钙，笑了笑道："年轻骨子里不缺钙，但精神上好像缺钙。而现在上了年纪就得补钙，补了钙一口气上五楼，腰不酸，腿不软了，走路也虎虎生风了。"然后反问青运山道："这个钙与身体的钙不一样，这个精神上的钙得补，但是补什么，我很困惑！"

青运山道："补什么，你困惑？在单位里一辈子还不明白？"

老纪道："有时清楚，有时糊涂，有时难得糊涂，有时难得明白。真是不明白，现在真的困惑了。"

青运山道："心中有盏明灯，这盏明灯如同大海中航行的灯塔，让人不忘记自己的初心，做事情就像钉子一样，一锤一锤地敲得严严实实的。"

老纪听后说道："老青，你这家伙年轻时就是个铁人，不简单，我一直不认为你是缺钙，感觉你是打了鸡血，吃了伟哥！"

老青哈哈大笑了起来，道："我是正儿八经说道的，先别将话题岔开。先说说你为什么蹉跎了一生！"

老纪沉默了。

然后青运山看着白江河道："在单位里如果出了事情，你会不会第一时间冲上去，永远吹冲锋号，不打退堂鼓！而这个劲头，不是一下子的事，不是一阵子的事，也不是一两件事，而是一种长期的高昂的状态。”

白江河思索后道：“会！”

青运山听了后点了点头，又对老纪道：“在哪山唱哪歌！在哪山砍哪柴！不要凡事都绝对，不要凡事都那么古板教条化，你要知道单位的历史及人员升迁的历程，将眼光放到过去与现在，你就能知古鉴今，知道别人怎么做的，总结下经验，就能找到方式方法，就能突破、破除你这种宿命的思维！”

白江河认真听着，老纪也在听着没有打断他的话。

“明者因时而变，知者随事而制。老纪你怕得罪人，也怕越职责，怕这怕那，干不成事。这是一种思维的迷惑与保守！这种观念也是一种思想僵化的表现，要针对实际摸准规律，找到站位，以先前未有的勇气及锐气来开拓自己的路子。”

白江河点着头道：“嗯，嗯！”

青运山继续道：“要将思维提高一个维度，这样就能站得高看得远，看清脉脉络络，才能对整个盘子里的一二三四有个观念的把握，也能找到自己应该往哪里迈！在突出问题上特别要运用这种思维，这样才能突破各种难点，在把握全盘中推进各项所要做的事情！”

“你要知道，与人相处做事是必不可少的，也是不可缺的，特别在利益、名誉面前，争位置面前。人的想法不一样，一种米养百种人，千人千想法，万人万模样。不了解这个，容易造成人与人之间的摩擦，要认识到做事的这种复杂性，且要有蹲在点上找到解决问题的科学方法。唯有心中有法，才能心中有剑，方能做到手中有方法，手中有利剑！做事忍是可以的，但忍不能没有原则与底线，唯有这样才能把握主动权，才能不至于丧失生命力，不自我怀疑。”

老纪听着他的话，感觉有道理，但可能做起来就不一样了！

“现在干工作，规章制度一定要牢记，不能触碰法，要在法制的轨道上学会用政策、理论，解决实际问题，这样才不会触犯一些红线！”

白江河好似听明白了他的话，道：“事情是人干出来的，只要找出干事情的方式方法来，就能干出事情来！”

青运山道：“能干出事情来，就能不怕流言蜚语，也不怕各种冲击！要知道，只要去做，就能出来智慧与才干，就能练就解决各种问题的能力！”

老纪道：“这点我不认同，怎么只要去做就能出真知才干？你看现在多少人都整天干活，可又有多少人有才干、智慧？不还是照样像毛驴拉磨一样，在拉那个圈吗？”

青运山看了老纪一眼道：“脑袋一辈子一根筋！不能对各种实际的事情做出反应，总结规律及方法！”

老纪听了后有点气愤，就道：“你如何解释、如何做呢？”

青运山道：“做事就得有看家本领，有了看家本领就等于心中有粮内心不慌，就能做出各种各样的美味佳肴来！而你的看家本领在哪里？”

这一问老纪，老纪想了半天，没有回答出来，于是反问道：“什么是看家本领？你的看家本领在哪里？”

青运山道：“遇到事不怕事，不烦事，以事为牵引去做好事，只有在做事的过程中，不断解决一个又一个的问题，才能出真知才干！才能有好的思维及方式去影响实际的事物，按照自己的思维去做事！”

老纪道：“你这不是说事在塑造人？”

青运山听了后道：“不能说事在塑造人，但事对人有影响。关键是人做事要有恒心，不能做做停停、进进退退、反复无常，没有一个安身立命的标准，也无中心点。那样的话，不但事容不下你，人也难以容纳下你。但物对于人的影响也是极大的。”

老纪道：“是这么个理！那说明了什么？这就是看家本领？”

青运山没有直接回答，而是继续说道：“比如说吃饭，不吃饭人就会饿死，而当吃了饭后，还想炒两个好菜，而有了好菜后又要搞一壶小酒喝喝，对不？”

老纪听了后道：“是这么个理！”

青运山笑了笑后道：“这里面是不是饭菜的质量决定了人的思维呢？本来吃个饭就可以了，上来好菜后，又要喝酒，喝了白酒后，还想喝红酒，喝了红酒后，还想喝洋酒？是不是物对人的想法的一个决定呢？”

老纪道："有道理。"

同时又问白江河："你认为呢？"

白江河只是在听，没有说话。

青运山道："工作中领导为物及名誉的掌管者，因为他不仅能决定人的利益分配，也能决定人的升迁，所以领导是一个物质的集中体现！为什么自古以来，很多人都想当官，因为他们都是想拥有物质或拥有那种更大的自由与便利！这就是物欲化的人。比如说，老纪你一辈子对我说，你没干成事，其实你骨子里对受人尊敬有一种期待。其实，人们本不是期待你的能力、水平，而是期待你所处的位置、物质及名利的集中体现，如同饭菜给人以意欲的延伸。人人都想得到你的位置，等于人人都想吃到好菜，好饭，好酒。"

这时，白江河问道："都想那样，但是人的欲望是没有穷尽的，怎么办？"

青运山只是喝酒而没有回答白江河的问题。

老纪看气氛有些沉默，就道："比如在驴子面前放一个萝卜，萝卜就会引诱驴子一直在拉磨打转，转圈圈！这就是最直接的，而人比驴子要聪明，但也是受像萝卜一样的东西牵引。"

青运山道："不谈论人与驴子有什么不同！要认识到，物对人都有吸引力，这吸引力就是方方面面的。"

……

白江河看着面前谈着自己观点的青运山，也看着面前满头白发的老纪，他看着他们，仿佛看到了老纪自己的思维意识一直在打圈圈，而青运山是深入地学习吸收新的东西去认识，靠认知去突破自己的圈圈。这时青运山道："事情是人办的，不管什么样的事情都是人为办成的，事在人为！"

第四章

1

奇怪的是，从茶山回来的这段时间，木青云没有去老纪的风水宝地去坐。

老纪也是给木青云打了几次电话，木青云总是说忙。而老纪很纳闷，难道去了一趟茶山他就变化这么大，这是什么原因呢？

一日快下班时，老纪问过来坐的白江河："木青云最近忙啥呢？自从去了一趟茶山回来，也没来我这里坐坐，按照往常他基本每天都会过来这里，难道我有得罪他吗？"

白江河道："最近他工作上有点事情，等忙完了，就会过来了。"

老纪道："什么事情呢？"

白江河道："从茶山回来，他那里有个竞聘的位置，他自己这段时间也是关注着呢。"

老纪听了后，沉默了。

2

木青云回到家，看到家人，与自己的母亲交流起这次竞聘的事情。他母亲的观点是你自己是成年人了，自己的事情自己能有个决断，可以不必考虑她的意见。她毕竟年事已高，不能干涉他的决定。说完这些话，她看着桌面上的扇子，扇子上写着一首歌：

《知足歌》

人生尽是福，唯人不知足；思量肩担苦，步行便是福；
思量走路苦，骑驴便是福；思量饥寒苦，饱暖便是福；
思量疾病苦，健康便是福；思量露宿苦，藏头便是福；
思量荒乱苦，平安便是福；思量无业苦，佣工便是福；
人生能几时，不要不知足！

木青云和母亲谈完竞聘的事情后，回了房间，他感觉空荡荡的，就给正在参加同学聚会的华悦蓉打了个电话，问什么时间回来、需不需要去接她，她回答不用了，有同学送她回来。

在同学送华悦蓉回家的路上，华悦蓉向他们说了自己内心的委屈，说她老公木青云什么都好，就是在父母面前像一个没有主见的未断奶的孩子，就是这一点，让她想起来就一肚子火。

她委屈地说道：在他父母面前，只要亮出自己的想法，他父母就真的会生气，有时甚至会哭，不得已木青云还得给他们道歉。每次都是这样的情况，这个家庭与她的家庭完全不一致。她在家里与父母的相处是想说什么就说什么，与父母的关系像朋友，可以对不同的事情有不一致的意见。而在木青云家里则是有规矩的，这个规矩就是木青云的一味顺受，对的永远是他的父母，木青云在父母面前像是一个巨婴。所以，他感到木青云在外老好人的表象——对什么事情都是无所谓、什么事情都是好好好，跟他的父母是分不开的，与父母对他的态度有关。

她认为木青云 40 多岁正是年富力强的时候，应该有大的发展。现在有了这份家底，既然在单位里找不到合适的价值感，那就出来社会自己干，闯一闯。在单位里就那样了，出来还可以有新的机会。木青云的父母的老观念则是家里房子好几套，商铺好几套，每天上下班就挺好，家庭日子过得温馨。她认为木青云的父母不了解木青云。但是，木青云成了他父母控制的玩具，说起这些她来气得很。

同学则羡慕华悦蓉可以不上班，同时有那么多的租收，比她们上班好多了。管那么多的事情干啥，反正自己拿着钱，想去哪里去哪里，该花就花，又不是没有钱，干涉他们的生活干什么呢！

而华悦蓉听了同学的意见后，望着车窗外想：他们不了解我的感受，没有说下去的必要，生活如饮水，冷暖自知。其实，她虽是女儿身，但是心里有个江湖心，自己放弃了当初的工作，在家带娃，现在内心很后悔当初的决定。

华悦蓉回到家约晚上十点钟了，进了房间后，看到木青云的母亲正坐在客厅的红木座椅上看电视。她看见华悦蓉就说："今天的牛肉很好吃，我给你留了一些，你尝尝吧。"

华悦蓉的直接反应就是，自己刚吃过饭，都吃不下了。就道："晚上我又不是没吃，而是在外面吃了，不用留了，留了明天也得扔！我们家不吃过夜饭的。"

木青云的母亲被当头一棒，一片热心，迎来了一盆凉水。

华悦蓉进房间去换衣服了。木青云看到这个情况，就跟着去了卧室。

木青云对华悦蓉有点情绪激动地道："你不会好好说话吗？吃一口又怎么了？我母亲为让你吃到这样可口的牛肉，忙活了一晚上呢！你说不吃就不吃了？"

华悦蓉直接给怼回去了："我已经吃饭了，本来就不饿。为什么还要去吃呢？"

木青云道："那你也应该好好说话啊，为什么就那么怼人呢！"

华悦蓉生气地道："我哪里怼人了，你们家怎么这么多事，不按照你们的意思就不能生活了？你要搞清楚，我自己有自己的感受与想法。"

木青云又要反驳。

华悦蓉道："要吃你去吃，要表演你去表演，我不去！你的那一套我做不来！看着你就来气。"

华悦蓉看着木青云，想着他在父母面前就是一个没有主见的人，一点也没有自我！

她又看到了在客厅的木母，想这个老女人就是一个控制欲极强的女人。

她知道，木青云活了这么多年，没有活出过自我！现在虽然衣食无忧，有一定的存款及财产，但木青云已经基本是个废人了！

原本华悦蓉还想去客厅看电视，被木青云这一搞，气不打一处来，连卧室也不出了。

木青云说："父亲去世了，只有母亲一个人，你得照顾到她的情绪，你去安慰一下母亲吧？"

华悦蓉道："这是两回事情，你搞不懂吗？关心是关心，而控制是另一回事！"

木青云又要说，华悦蓉表明了态度："别这样搞了，我很累，不想和你吵架，你出去吧，我要洗澡了，很累！"

木青云从卧室里出来，来到了客厅，看到坐在椅子上的母亲。母亲眼角有点泪，木青云内心更加生气，感到华悦蓉太不懂事，于是安慰道："华悦蓉她不懂事，在她那个家，娇生惯养的，性子直，您别生气！"

木母没有说话，只是眼睛直直地看着电视屏幕。

木青云看到木母在伤心，又说道："华悦蓉让我帮她盛点过去吃，现在在洗澡呢。"

木母道："她自己没长手脚啊，让你盛过去吃！"

木青云道："出去同学聚会，忙了一天，也累了。"

木母道："谁不累啊？又不用上班，就是平时看个孩子，现在孩子都去夏令营了，她有什么累的？"

面对木青云的解释，木母一肚子委屈及气愤都对木青云洒了出来。"你父亲跟我相依为命了这么多年，现在走了，只撇下我。我现在是个多余的人了。不管怎么对你们好，你们也看我不顺眼，我明天回自己家，不受这份气！这不明摆着赶我走吗？"

木青云道："妈，您这是什么话？就是一个简单的牛肉，怎么搞出这么多事情来。"

木母眼里含着泪花，道："你感觉我烦了？老了，拖你们后腿了是吧？"

木青云道："这个家就是您的家，父亲不在了，您儿子在哪里，您的家就在哪里。"

木母听了后，没说话，又含着眼泪看电视了。

木青云看到这样一幕，内心很不好受。他去盛了碗牛肉，在客厅里吃了一会儿，而后又端着碗去了卧室。

木母看到木青云吃着牛肉，感觉自己还是个有用的人，内心很舒适。

而木青云对母亲感到很愧疚，父亲走后，所有的重担都压在了自己身上，真是“人到中年万事忧”啊！

华悦蓉刚冲完凉，在卫生间用吹风机吹着头发。木青云端着牛肉碗道：“你尝尝不？”

华悦蓉道：“说了不吃，就不吃，你怎么那么啰唆！”

而木青云道：“母亲好不容易做了，你吃一点吧，老人家心里也好受！”

华悦蓉感觉有一种情绪左右着自己，就脱口道：“你不感觉你现在的性格跟你父母强势的性格的压迫有关吗？”

木青云愣了一下，不知道华悦蓉为啥突然冒出这么一句话。

华悦蓉继续道：“我和你妈，在对待孩子上的观念是不一样的。她教育小强要完全服从，不服从就从道德制高点去压制他，让他感到内心愧疚，这样下去小强对新事物就不会有开拓能力，这是一种很坏的教育。我不想咱们的孩子将来像你一样，被她教育成一个对任何事情都没有反抗能力的巨婴。”

木青云听了很气愤地道：“我怎么没有开拓能力，这些家产不是我挣来的吗？”

华悦蓉道：“这些是你挣来的，但是挣这些家产的念头，是你父亲在位时想出来的，你只是他的一个棋子而已。谈什么你挣回来的。家产是你挣回来的，但是实际上这个主要想法不是你的，而是你家人的。只是你有了那么好的一个机会和权利空间可以利用，你搭上了顺风车而已。”

木青云道：“你不赚钱，还横竖有理啦！别指指点点的，好好带好你的孩子和处理好家人的关系就行。”

华悦蓉道：“当初我就不应该从单位辞职来家里照顾小孩，你们的这种观念我完全接受不了！一家人应该是其乐融融的，有啥说啥，而你们要么道德绑架，让人产生愧疚感；要么，压制对方的想法，不让别人有自己的想法，不把别人当一个人来看。”

木青云听了华悦蓉的反驳，感到这个女人事情可真多。一家人日子好好的，搞什么名堂，非要搞得鸡犬不宁。他懒得跟她理论，就想到客厅去。华悦蓉看见木青云要出去，立马提高了嗓门，将木青云吓住！

“站住！你是不是不敢跟我继续理论下去？”

木青云一愣，没有作声。

华悦蓉继续道：“你现在与你同事及家人的处理关系模式是一样的，当你内心有情绪时你发不出来。”

木青云道：“我不想和你发。”

华悦蓉道：“不是你不想和我发，而是你没有这个力量发出来。这个源头就在于你父母对你的教育。”

“我现在再跟你重申下咱们孩子的教育问题，孩子是我来管，就完全让我管，你们不要用行动及自己的想法来干涉孩子的想法。特别是你妈！”

木青云道：“老人家爱孩子，会亏待了孩子？”

华悦蓉道：“不是说亏待孩子，而是让她看小强，小强的活力会慢慢消失，会变得很乖，但是长大后没有自己的真实想法，会很可悲。现在孩子在青春叛逆期，会有一些倔强，你说往东走，本来他想往东走，而最终他会往西，这是建立自我的一个过程。在这个阶段别压制他，因为这些行为让他感到不舒服。而你妈老压制他，用道德帽子来扣他！最终导致现在，他就是跟你妈对着干，跟我对着干，跟你对着干。其实，这是好事，因为他在自己成长。我自己经历过青春期，知道在自己发脾气的同时明白自己很安全，同时也跟大家保持距离。我现在的教育就是不压制他，保持跟他的良好关系，给他一个稳定的家庭生活空间。所以，你妈老是道德绑架，不给他自主的权利，不给他选择的余地，不给他喘息的空间，这是错误的。这样下去，小强会长大但不会成长。你妈的教育方式是让自己舒服的一种方式，而不是科学地让小孩成长的一种方式。

木青云听她的歪理论，一套一套的，内心很烦道：“好吧！”

华悦蓉道：“改天我找个机会跟你妈好好谈谈。哎，算了，还是别谈了，谈也谈不出什么结果来。”

木青云没有搭理她，从卧室里走了出来，跟木母说了下，华悦蓉感觉这牛肉可好吃了，改天我们再做着吃。

木母听了，内心很舒适，脸上的怒气也消了一半。问：“她怎么不出来说呢？”

木青云道：“在做面膜，玩了一天，有些累，一会就休息了。”

木母道：“整天的保养，给谁看？在家看好孩子就好。”

木青云没有作声，而是陪母亲看起了电视。

临睡觉时，木青云与华悦蓉说起了竞岗事情。华悦蓉斩钉截铁地道：“要争取！你上有老，下有小，为了生活得争取！”

华悦蓉得知木青云的母亲没有提出建议时，道：“一个不负责任的母亲，有什么事情让出主意时，只想着自己逃，不会换位的为儿子去考虑下。”

夜色在加深，浓得像墨一样涂满整个城市的夜空，此时木青云心情凝重，他既要想着单位的事情，又要身处在这样的家庭氛围中，心情像夜色一样深。

约过了一个月，经过竞选，木青云落选了。此时，他又像往常一样去了老纪的风水宝地。在那个仓库中，他能找到一些快乐。

3

这天，他们几人在开心地谈论一些口水话。特别是老纪，知道木青云败北了，就跟他聊了起来。

老纪对木青云道：“既然改变不了别人，就改变自己，生气忧虑伤身，对家庭不利。四十了，过了不惑之年，还能有什么想不通想不开的。在单位少说话，多来仓库和我们聊聊天。”

木青云喝着茶道：“老纪你怎么知道我的想法的？你这不行啊，我的想法你都拿出来了，你这不尊重我的隐私啊？”

老纪哈哈一笑后又道：“无论哪个时代哪个朝代，大部分能够善终的，都是处事讲求中庸之道的，儒家讲勿以恶小而为之，道家讲上善若水，佛家讲因果，名和利不用看太重，既要顺势也要顺道。”

木青云道：“我受你影响最深了，现在就是按你说的走了，正积极向养老靠近。单位没有自己的立足之处了，本来自己想加把劲干好活争点荣誉、搞个领导岗位，可总有人就在背后使绊子，真想一枪毙了他们。”

老纪听了后道：“你还争荣誉？你是年轻，还是腿长啊？老子说，不争是争，看开了吧，都是不惑之年的人了，别瞎折腾了，顺其自然吧！有为有不为才好。”

老纪道：“都一把年纪了，还争什么荣誉？”

白江河道：“看透了，你的人生就通透了；看穿了，你就到头了。这就叫看透不说透。不要以为别人不知道，机关工作的，有几个是笨蛋。领导有他的难处和处事规则，你没在位置上，有些东西你看不到，评价难免有失客观。”

木青云道：“心理习惯使然。”

白江河道：“你还得干点事，要不没啥意思，你那个岗位是大事办不了，小事不敢办。”

老纪道：“你这性格，我建议你少研究人和事，多看些书，多和我们聊天。”

木青云对白江河道：“领导的网名就叫无为，有好也有不好之处。反正挺复杂的。有时候我也在想，就是让我当个头，底下一大帮关系户，还真是像你说的，太难了……”

白江河道：“你那叫不坚持原则，做事情要有底线和原则的。”

木青云道：“我开会不喜欢发言，因为老要说那些套话奉承话，烦死人。偏偏领导还喜欢一人不漏。我开会也不得不发几句言。”

白江河道：“有话说就直说，只要没错能说到点子上就没什么。如果每一件事都能说到点上，做到点上，总会有大领导发现你的，是金子总会发光的。”

木青云道：“领导位置是不想了，现在争了一争，搞得我浑身一口气这么多天都没出来。要往上走什么时候是个头？还不如来老纪这里聊聊天呢。”

白江河道：“不争位置就争人格，要不就在尘埃里活着。”

老纪道：“这个社会不是非黑即白，一天中大部分人最喜欢的就是清晨和黄昏这种混沌状态。所以，新闻中心这么多年都没教会你这个道理，我很为你的心力担忧啊。”

这时木青云笑了笑道：“这个你就不要操心了。” 然后他陷入了沉思。过了一会儿写了一首诗：

自嘲

四旬已过，半生凉薄。也曾克己奋发，胸怀激荡。幻想红衣白马，气吐眉扬。终是柴米挫了锐气，染了风霜。江湖故人多年奔波，游子倦。午夜知音，书生一梦笑黄粱。举茶畅饮话心烦，终怕毛驴拉磨。

老纪看后道：“别去考虑这些不合自然的东西了，人就是以自然的标准，好好地顺心顺气地活着就可以了。如果说世界上有让人牵挂的事情，我想一定是爱人，为什么这么说？因为她们在无形的岁月当中，默默地承受着一些事情的洗礼、岁月的沉淀。让我们以昂扬的精神面貌，将我们美好的祝福送给最优美的、最美丽的天底下最可爱的爱人，让她们在时空中像玫瑰花一样美丽地绽放。”

木青云笑了笑道：“家庭的事情你就不用多心了，你还是先将你的小说写好再指导我。”

白江河听了后，哈哈大笑一通。

第五章

1

日子如白驹过隙，匆匆而逝，人人都想向外去追求幸福，而反观走过的路后，才发现幸福的追求是不容易的，向外求是不可能得到的，向内求也是很难在内心找到的。

茶山里的家珍想走出茶山，让生命的轨迹像茶山的古树在风中摇曳一样有起伏的波浪，她幻想着自己的生命能像海江的水一样波光粼粼。而此时茶山如何呢？茶叶做得怎样了呢？

此时的茶山，满满的翠绿古树被化作了一饼饼的圆茶。崔老汉脸上的皱纹在制作完这些茶叶后，舒展开了，像茶叶在晶莹剔透的玻璃杯中慢慢舒展开来一样。

这个日子比约定的日子提前了一周，因为下周，木青云就会来茶山拉货。

此时的家珍，内心一直想象着海洲的景象。她想去海洲，更准确地说，她想走出大山，去看看外界的繁华。她内心想象一坨茶叶在水杯中慢慢舒展，将全身的紧巴化作在水杯中舒展且在舞蹈的茶叶。

茶叶树在秋风中摇曳。此时的茶山充满了活力，像海江的波浪一浪高过一浪。

时间挺快，一辆货车悠哉悠哉地行驶在茶山崎岖的道路上，像一个醉醺醺的人踉踉跄跄地来到了崔老汉家。

家珍迎着明媚的晨光往车的方向看去，木青云和崔老汉正在交谈，而木青云身边有一个挺阳光的小伙子。眼前的这个小伙子和春光融合在了一起，像春天的一抹暖阳，使她心里多了些温暖。

“好似在哪里见过，怎么如此亲切？”家珍内心自然感觉到。

家珍看着这个小伙子好似很熟悉，有种亲切感，仿佛这个小伙子有种像大地一样刚强的力量。

眼前的这个小伙子就是有点憨厚，看着有点傻傻的。

他们交流了一会，木青云和火麒麟提出来要到茶山转转。

2

木青云和火麒麟在茶山中驻足，看到茶山的一草一木，他们两个内心很喜悦。他们都以一种轻松的心态、以一种出世的心态来看待这个大山，感觉很惬意，那种惬意使他们忘记了积压在心头的心事，再也没有那么多的事务性的东西捆绑着他们，两人感觉像是活神仙。火麒麟看到眼前的一景一物，不良情绪一点点释放。

看着家珍在茶园的身影，火麒麟想到了宵姬，想到宵姬现在怎么变得这么满身的铜臭味儿，他又陷入了迷茫，而迷茫的同时他也恨自己，他恨自己的唯一理由就是自己赚不到钱，都是钱惹的祸，才让时间这个魔法师造出了苦涩的事实。

火麒麟看着落日的余晖洒满在整个茶园中，此时的家珍和余晖及广阔的茶山一起，显得那么地动人又不乏一种纯真的美。

于是，火麒麟禁不住问木青云道："木哥，一个男人赚不到钱，女人和他在一起会幸福吗？"

"不管你是学富五车，还是才高八斗，没有赚到钱就不是英雄，只有赚到了钱才英雄气长，儿女情短；而赚不到钱，英雄气就短，儿女情就长。"木青云边看着远处走来的家珍，边笑着对麒麟这样说道。

"每个人都不一样吧？"火麒麟道。

"你觉得呢？"木青云反问道。

火麒麟想了想宵姬，感觉她给自己上了一堂生动的教育课，而他也是只有郁郁寡欢了。

火麒麟看着从远处走来的家珍，感觉家珍仿佛有种大地的柔和之美。

家珍走到火麒麟面前，感觉这个人怎么这么温暖、阳光，好像是久别的一家人。此时，他们眼神交汇，好似在进行很多的情感交流。

此时，崔老汉给木青云打电话，让木青云去看看制作好的茶饼，木青云见此情况就因要看茶饼而先走。

家珍和火麒麟坐在茶山的田埂上迎着晚风，在夕阳的余晖下看着远处的天际，也感受着这茶山的宁静。两人说话那么温暖又那么的接地气。家珍在火麒麟面前好像越来越温柔了，而火麒麟在家珍面前好像也越来越温暖了。

远处飘来了一片乌云，不一会儿雨势从淅淅沥沥到滂沱大雨，而他们也从田埂到了茶园的茅草屋里。

"真幸运，没有被这大雨淋成落汤鸡！"家珍道。

"是啊，真是天公不作美啊。"火麒麟道。

家珍道："天公作美，你不感觉在这里看着茶树接受雨露的滋润自己心里也鲜活了起来吗？"

火麒麟看着满山的茶树，心里有了生命成长的奇妙感觉。

这时，家珍道："火麒麟哥，以前我小的时候经常在这里看雨，所以我能发现一些生命中的美。"

火麒麟道："嗯。"

家珍继续说道："其实，我很想去大城市，因为人活一辈子总要走一走，看看大千世界的美好。"

火麒麟看着此时的家珍，仿佛看到了宵姬，家珍此时的向往和大学时宵姬的向往是一模一样的。

于是道："出去是好，但是理想是丰满的，现实却是骨感的。"

家珍听了后，笑道："为什么这么说？"

麒麟道："你知道我为什么去海洲吗？"

家珍笑着道："我很想知道，但是你不说我怎么知道呢？"

麒麟沉默了一会儿道："你说想外出到大城市，你那种渴望的神情让我想到了我的前女友。"说到这儿，他停顿了，有点出神地看着外面的风和雨，此时风和雨扭打在一起将满山的茶树吹拂得像暴风雨中的江河。

过了一会儿麒麟又道："大学时，她很想到海洲去发展，而我感觉那是猛龙过江的地方，两人有些观念的分歧，但是最终她毕业后还是去了海洲。而毕业时，我没有那么大的志向，就去了京南。"说到这儿，他点起了一支烟，看着胸前的乾隆通宝的铜钱，陷入了沉思。

家珍道："哎，你看那个乾隆通宝很入迷啊，别走神。听你这样讲话，感觉别别扭扭的，好像发生了一个天大的事一样，你要么讲，要么别讲，你这样吞吞吐吐的，憋得我好难受。"

麒麟此时笑了笑，看着胸前的乾隆通宝道："这个乾隆通宝我在大学恋爱时送给了我女友，在海洲我们分手后又回到我这里了，现在看着这个有些感触。"

"两个人分手了，感情过去了就过去了，还留恋啥？能在一起就不会分手，都是缘分惹的祸。"家珍道。

"不是缘分惹的祸，而是钱惹的祸。"麒麟道。

家珍道："钱？"

麒麟道："是的。"他吸了一口烟后继续说道："我和女友在大学时有诗意的春光。记得，在大学，那天我们在操场上散步，我用草编织了一个草戒指。她问我：'你这是干什么？'我说：'现在我还没赚钱，等赚钱了，给你买个钻石的戒指，钻石代表着美好的爱情，代表着爱情的忠贞和纯洁。而此时此刻我没有钱，我要用这个草戒指来代表我的心，如果你愿意，我们就可以系住一生了。'那时她很感动，感觉好幸福。但是很机智地道：'别画饼充饥哦，还是见到实物好，因为我相信贵重的东西能代表人真诚的内心。'我听了她的话后，从脖子上摘下了自己戴的这个乾隆通宝，道：'从6岁起它一直跟着我，跟了我这么多年了，现在我把它给你，等我买了钻戒，你再还给我！'"

家珍仔细地看了看这个乾隆通宝，圆形方孔钱，边缘已经磨损，就道："这个乾隆通宝是你们情感的一个见证，是吧？"

火麒麟道："是的。"然后他又自言自语道："通过中间这个孔，能看到女友站在那儿，我从孔中能看到她，她从孔中能看到我。我们是彼此的唯一。"

家珍看着火麒麟有些深情也有些悲伤就安慰道：“那时你们是不是很美好？后来大学毕业后，就分开了吗？”她又疑问道：“你大学去了京南，她去了海洲，为啥你现在在海洲工作呢？是不是中间经历了一些事情？”

火麒麟道：“钱！都是钱惹的祸。”

家珍道：“你张口钱，闭口钱，看来钱将你锁住了。”

火麒麟道：“是的。如果我有钱，我们就会在一起；而没有钱解决不了实际问题，她最终到了能给她提供帮助的人的身边去了。”

家珍道：“你说得很含糊，我听不明白。”

于是火麒麟又说道：“别说你听不明白，就是我现在也搞不明白。我在京南打工三年没有立足社会、干出一番成绩，而当我来到海洲这个魂牵梦绕的地方，一切又改变了颜色，一切的变化让人难以置信，纵使电视剧中的情节再跌宕起伏，现实也比电视剧中的情节更加的错乱无序。”

“你快说啊，急死人了。”

火麒麟就道：“你想听我就给你讲讲吧。”

于是火麒麟讲述了他前前后后的事情，期间他挺伤心，家珍也不时地安慰他。但火麒麟讲的所有事情都是一个脉络，就是围绕着钱，大体他的成功就是有钱，有钱能让鬼推磨，不，更准确地说是有钱能让磨推鬼。

期间火麒麟声情并茂地讲着自己经历的事，家珍认真地听他讲故事，过去的事好像电视连续剧一样徐徐展开。

火麒麟讲道：“在京南我一直忙碌打拼，想能够成就一番事业。但是，努力了几年还是平平常常。三年前的春节，我从京南踏上了北上的列车，回到了自己的出生地——一个偏远的小山村。在外打拼三年，一无所有地回到家。哥哥已婚，且侄子都会打酱油了。父母脸上皱纹增多，头发变白了不少。我看到这个情景很感触。当家人见到我后，抱头流泪道：不能为了事业，家、父母、亲情都不要了。一家人在一起感慨过后，得知我上了这么多学，还不如初中就辍学回家挣钱打工给我供学费的哥哥，心里的期望值掉在了地上，像玻璃掉在水泥地上，啪的一声碎了。随后几天对他们我的态度发生了大的转变，这种转变可能是因为恨铁不成钢。我本来就倔强，一再感受这种气氛，压抑得喘不过气来。”

家珍听着很认真道："怎么会有这样的家人？"

火麒麟道："家人对我有期望，我辜负了他们对我的期望。所以就……"

这时火麒麟从口袋里掏出被雨淋湿的烟，用打火机点了起来，烟被雨淋得稍微有点湿，火机的火焰在烤着香烟，像他的思绪被自己强烈的情感肆虐一样。家珍看到火麒麟正在沉思，感到话讲了一半还没讲完，又把她给憋急了，就道："你快讲啊，是不是你又说到痛点了呢？"

火麒麟笑了笑道："嗯。我想到了一幕，现在也不能释怀。"

家珍道："说来听听。"

于是他又讲道："大年二十九，我在家里看着在院子里东奔西跑的鸭子，神情有些游离。嫂子看出了我的心思说：你受过教育，见过世面，只要你好好努力，会出人头地的，就像丑小鸭会变成白天鹅。嫂子说这话时，我哥哥火风和父母听到了我们的谈话，一脸不屑的表情。我哥指着在院子里嘎嘎嘎叫的鸭子，道：这个鸭子能变成白天鹅吗？麒麟别做梦了，踏实一点吧，赶紧回来在我们县里找个事做，娶个老婆结婚过日子吧。咱们祖祖辈辈都是农民，出不来个富人，踏踏实实过日子，别想入非非了！丑小鸭能变成白天鹅，是人家的老子、老娘是白天鹅，我们呢？我父母一听，感觉哥这样说话话里有话，侮辱到了他们，特别是当着媳妇的面说他们，这个脸面丢不得，必须立规矩，把颜面扳回来，于是大发雷霆。一家人吵吵起来：不就是你结婚没有给你置办上间屋吗？而我哥说是为了让我踏实过日子，并不是说父母，说的是个理。这一吵，我在院子里不知所措了。明显感到我和他们已经不是一个世界的人了。"

这时，他狠狠地吸了一口烟，然后道："人一旦格局大了，再回到起点，是不可能的了。"

家珍道："他们吵架，你就干看着吗？不拉架吗？"

麒麟道："我拉架了，就在我要拉架时，父亲将我推了一把，眼神狠狠的，透露出一种异常失望的愤怒……"

然后他看着茅草屋外面的茶山，深吸了一口烟后又道："这一架更加坚定了我要出人头地的决心。日后不混出个样子来，即使病死在街头我也决不回家！我总在想一个问题。”

家珍道：“什么问题？”

火麒麟道：“如果贫富之间有一道墙，一边是穷人，一边是富人，别人都说贫富难以改变，但是有些穷人已经翻过墙到了富人的行列，我不考虑原本就富的人，而只考虑穷人中那一部分人过去了的人，他们是怎么过去的呢？”

火麒麟讲到这儿时，眼神很坚定，看着家珍又道：“我坚信，别人能过去，我也能过去。如果我不去尝试下，就只能将这个遗憾带到棺材里去。我想到父母这一辈子，又想到哥哥嫂子现在的生活，我接受不了将来我也成为他们的影子，我想我不能过那样的生活，即使死了我也不过那样的生活，因为那样的生活即使生命存在着，对我来说其实已经死了……”

家珍很认可麒麟的观点就道：“你说的我很认可，我也有这样的情结。”

火麒麟又道：“我坚信我自己能成功。你知道除夕夜晚，我梦见了什么吗？”

家珍瞪大了好奇的眼睛道：“梦见了啥？”

火麒麟道：“除夕之夜，我心里波澜起伏，在炕上辗转反侧，正似睡非睡之间，梦见了一条小鱼从小溪逆流而上，遇一瀑布，猛身一跃，借瀑布之势，化为一龙，能大能小，能升能隐；大则兴云吐雾，小则隐介藏形；升则飞腾于宇宙之间，隐则潜伏于波涛之内。细眼寻去，龙化身一条大江，头落至一高山，身流经万里，尾至浩瀚海洋。”

家珍道：“你说的很梦幻啊。小鱼变成龙，龙又化身为一条大江，感觉好梦幻。”

火麒麟道：“这个梦我一直牢记在心，感觉这个梦是给自己的一个寓意，自己能成，能行，能成功。”

家珍道：“我相信你能成功，就像我能走出这个茶山去海洲大城市一样。”

火麒麟看着家珍道：“听到你有这样的志向，我当年确实不如你。当时大学毕业时，我害怕去海洲。”

家珍道：“为什么？”

火麒麟道：“外面的世界很精彩，外面的世界也让人很无奈。”

家珍又问道：“那你为啥来了海洲呢？”

火麒麟道：“因为我父亲的一席话，让我觉得我要来海洲找我女友。”

家珍道：“你父亲对你说了什么话？”

火麒麟看外面的雨下得紧，就道：“我慢慢和你说吧。一男一女在这里，不能没有个话头聊。”

于是，火麒麟抽着烟，回忆道：“记得那是大年初二，北方下了一天一夜的大雪。大年初三，北风如刀，寒风刺骨，大地银装素裹一片娇娆。我自己呆呆地在院子里看着雪景。父亲看着我想安慰我，但是倔强的他也不知怎么安慰我。就在院子的雪地上，写自己看《三国演义》写的诗词。”

家珍道：“你说的挺有画面感。”

火麒麟继续说道：“父亲写了一手好字，字如行云流水又不乏一派倔强，我看着父亲在雪地上写字的背影，感叹一个有才华的人就这么被这个空间给锁定了。”说到这儿他话锋一转道：“你知道，我为什么说我父亲有才华吗？”

家珍道：“自己的父亲当然有情感认同了。”

火麒麟道：“不是，我现在还记得父亲写的两首诗词。一首是：黄巾起义，风云起，尘土飞扬。天地乱，祸起萧墙，群雄逐鹿。壮士战场奋力厮杀，洒热血各为其主。勇无谋，丢了性命，一切空。何氏愚，犹可恨；何进昧，乱天下。最可恨，貂蝉美色无声离间。流霞寄英雄之志，沧海抒壮士道义。看演义，品各场战事，何其欢。另一首是：一分二分三分法，应取时中。三国英雄，胆略飞扬视死归。文韬武略骇浪，博弈洪流。洪流滚滚，淘不尽众位英雄。”

家珍听了后道：“我虽然听不太懂，但是感觉能写出来，还是不简单的。”

火麒麟道：“是的。我现在的理解就是他将日月过成了蹉跎，在蹉跎中虚度了过往的岁月，辜负了自己的才华。写写诗词，算是一种情感寄托吧。”

火麒麟接着又说道：“我看着我爹年迈的身影，鼻子禁不住一酸，从屋内拿了一件军大衣给他披在身上。这时，父亲态度有些缓和，跟我在雪地里说了一些他内心的话。这些话，就像脚印踩在雪地上，在我心里留下了深浅的痕迹。我至今不能忘怀。”

家珍道："是的，父母对我们说的话都是从自己内心里流露出来的，即使不对，也是对我们好。"

火麒麟道："嗯。我记得我父亲说过自己一辈子没混出个样子，说我跟他不一样，我还年轻，应该去闯一闯。"

茅草屋外面的雨越发地紧了起来，如同火麒麟此时的情感。火麒麟看着雨浇灌着整个茶山，茶山的树在风中摇摆不已，又道："我爹对我说人这一辈子到不了远方，也有一首写不完的诗。人生没有不遗憾的。但是，他要告诉我一件事，这件事就是人错过一辆车可以等，但是错过了一个人就是一辈子。"

家珍道："是不是他说错过了一辆车可以等，错过了一个人就是一辈子这句话，让你决定去海洲找你女友的？"

火麒麟道："嗯。其实，另一方面也是我内心很不平衡。"

家珍道："内心不平衡？"

火麒麟道："嗯。"

"为啥？"

"因为，我那么努力了，还是没混出个样子来。"他吸了一口烟，吐着烟圈，好像在自嘲。

家珍看着烟圈在空气中打转，道："我爹说：人就是在内心中找平衡点，人的欲望强烈了就痛苦。人活着是命运，是天意，人争不过命，也主宰不了命运。"

火麒麟笑了笑道："我爹也说过这样的话，他说：人生就是一场修行，就是一场悟道，就是一场领悟，人更重要的是在做人的过程中体会人间的沧桑。"

家珍这时咯咯咯地笑了起来，道："真是两个好爹啊。"

火麒麟此时也欣慰地笑了。

家珍道："我是想走出大山，可我父亲不让我走出去。你父亲至少让你往外面去闯。"

这时两人边看着茅草屋外面的大雨，边聊着，边感叹着。

火麒麟感叹道："闯也有闯的苦恼。有时努力了，会达到天花板，到了那时就会很痛苦。"

家珍道：“至少你能体会到闯的乐趣和达到高度的那种快乐。”

火麒麟道：“我们男人和女人还不是一样的。我们要赚钱，要养家，要顶天立地。所以，赚不来钱就等于生活在打磨我们。”

家珍道：“人有付出就会有回报。”

火麒麟道：“外面不是你认为的有付出就有回报的！外面是江湖，是弱肉强食。天若有情天亦老，人间正道是沧桑。”

家珍道：“我只想出去看看，能在外面自足，过好自己的生活。什么江湖，什么弱肉强食，我不理会。”然后她又叮嘱麒麟道：“麒麟哥，你在外面好好工作，别和人斗气；就是和人斗气，也千万别和钱斗气。看不过的人太多了，别要求每个人都做的和你一样，如果那样，你就是道德上和精神上绑架别人。有些东西不要绑架别人，人的思想不一样，心思也不一样。做好自己，凡事无愧于心就行了。有付出，别求回报，尽心就好了。不喜欢就别假装喜欢，真真实实的就行了。你一定要有个好身体，没有好身体，干啥都完了。”

麒麟道：“没想到你也能谈出一番哲学道理来啊。”

家珍笑了笑道：“人这一辈子别活得太聪明，太聪明了就活得累，在累中一辈子就耗尽了，就像我爹那样。我始终认为：当上帝给你关上某扇门时，也会给你开启某扇窗。要相信有路在脚下。”

火麒麟道：“你爹年轻时成功的心、自尊心应该都有！但现在应该没有了，好像被这大山给困住了。”

家珍道：“所以我说他自我认为太聪明。自从我想外出海洲以来，他一直对我说：力不能及的东西，不要刻意去追求，我们都帮不了你，外面的人谁会帮你？海洲那么大，你一个女孩子在外，谁会放心？我气不过他，就问道：为什么你就感觉我出去了就不行呢？他说：他一辈子的经历告诉他就是这么个理。”

火麒麟听了后，笑了起来，道：“我爹也对我说：能骑马就骑马，能骑狼就骑狼，但是你得能过了心理的关、素质关，还得能适应时代的发展，适应人际关系的关。在外面是好马，得遇到好伯乐，没有遇到伯乐，一般人很难让你靠。外面的圈子很难融，认识了，时间长了，也只是表面的朋友，关系再好，摸不到套路，也白搭。”

家珍听了后道：“真是两个好爹啊。不过你爹的观念比我爹的强。”

天空虽然下着雨，但是他们聊天的感觉像哗啦啦的小溪流，缓缓地让心里情绪的水慢慢地流淌下来，进行一个宣泄。

“你到了海洲，应该和你女友相处得更好啊，为什么最终分手了呢？”家珍好奇地问道。

火麒麟叹了一口气道：“我也没想到她怎么变化这么大！”

家珍看着有些困惑的火麒麟，听他继续讲道：“我多次想三年的时间，她怎么就变了一个人？一直百思不得其解。”

家珍道：“是她有了新的感情了吗？”

火麒麟道：“都是钱惹的祸。为了搞清楚，我多次去找她，她都不见我，最后实在躲不过了，就跟我摊牌了。说，你别来找我了，我实在不想见到你，见到你就想到了过去。我现在过得很好，我们已经过去了，人们总会忘记许多事情才能够成长，今天的我已经不是以前的那个宵姬了。”

说到这儿时，天空中一个闪电劈到了茶山，随后一阵阵雷声滚滚而来。火麒麟被这闪电和雷声惊了一下。家珍看到道：“别紧张，每次茶山下大雨时，都会有这种闪电和雷声的。”

火麒麟定了定神后，又接着道：“从她坚决的语气中，我知道了她的铁石心肠。可我就是想搞个明白，为什么会这样。你知道她说出了一个什么样的事情吗？”火麒麟看着家珍这样问道。

家珍道：“什么事情？指定是不简单的事情吧！”

火麒麟道：“嗯。是的。她流着眼泪对我说，她来海洲后的第二年，家里父亲得了重病，王总知道后，就给了她一些金钱的资助，她知道这是为什么，她也不想接受。但是，一想到她父亲治病需要钱，她就不能遵从自己的本心。钱她用了。后来她也怀了王总的孩子。王总也给她买了房子……”他说到这儿，又狠狠地吸了一口烟。

家珍道：“王总是谁？是她的公司老板吗？”

火麒麟道：“嗯。”然后自责地道，“我就是没有钱，如果我有钱，这样的情况会发生吗？”

家珍道：“这个事情不能这么说。她做出的事情不能成为你对自己的精神惩罚。”

火麒麟道：“王总他是一个年近六十的老头子了，宵姬竟然还跟我说他是一个好人。我生气地质问她：好人，什么好人，有几个臭钱就将你买住了，你醒醒吧！如果他没有钱，他算什么？她反驳我道：事实就是现在这个样子，别说他有臭钱，人家的钱是辛辛苦苦挣来的，你知道在我最无助的时候，是谁帮助了我？是他给了我父亲新的生命！现在一切都瓜熟蒂落，尘埃落定了。我选择了这条路，我就走我自己的路。”

家珍听了后道：“事情很麻烦了。孩子就是他们最好的连接纽带，就像在制作一个瓶子，瓶子烧制出来了，已经成型了，没法改变了。在制造瓶子的过程中，她与王总也建立了感情，是不是？”

火麒麟道：“王总有家室，宵姬怎么会这样做呢？这个超出了我的认知！”

家珍道：“我听了也感觉不可思议，但事情是不是如你女友所说呢？”

火麒麟道：“应该是真的！我虽没有调查，但是她确实有一个孩子。”

“你还能接受她吗？”家珍问道。

火麒麟道：“不能。情感上很难接受这个现实。”

家珍问道：“宵姬是怎么想的呢？”

火麒麟道：“她对我说：我选择我的路，与你没有关系。之前大学毕业时，你为啥不能一块跟我来到这个城市，如果你来了，我至少有个心灵上的依靠。而那时，在我最需要帮助的时候，我找到了依靠，也有了生活的温度，你就不要来打扰我的生活了！我问道：难道我们的感情在这个老头子面前成了一道清风吗？她道：风过去就过去了，过生活需要温度，不只需要风，风可以带来一阵清凉，但是不能给予温度。”

家珍听了后道：“缘分就那么多，你们已经断了。她也是成了生活的一个牺牲品。没有缘分就不要去想了。这本身不是你的错。”

火麒麟道：“是怪我没本事！没有钱！”

家珍笑了笑道：“生活还得继续是吧？你未来会有美好的爱情的。”

火麒麟笑了笑。

他们看着茶山，就这样深深浅浅地聊着，不知不觉雨过天晴了……

第六章

1

木青云和火麒麟将一饼一饼的茶运到车上后，累得气喘吁吁，满头大汗。木青云有些虚弱，就坐在车边的石凳上休息；而火麒麟体格好一点，站在一边抽烟。而家珍一直坐在树荫底下看着他们劳作。

木青云看着满车的茶饼禁不住想起了白江河的话，就道：“白江河说看到这满山的茶就像看到了满山的钱，你感觉如何？”

火麒麟看了看满山的茶树后，眼睛也放起光来道：“是钱啊。我看着这样的茶饼，也是看到了钱。日后有什么好的项目需要我参与的，老大哥您得给我机会啊。因为我不仅要看到钱，而且要挣到钱，我现在是急需要钱呀。”

家珍听火麒麟说到钱，又咯咯咯地笑了起来。

木青云看到火麒麟，就道：“你这么年轻，张口是钱，闭口是钱。这可不行哦。”

火麒麟道：“您真是饱汉子不知道饿汉子饥啊。你家财万贯，房子几千万，商铺好几套。你的财富，我努力一辈子也达不到。你一个富人竟然对一个穷人说，不要谈钱，你这不可笑吗？”

木青云笑道：“事情不是你想的那样，即使我有钱，钱也真的不重要。”

麒麟定眼望着木青云道：“谁说钱不重要，一分钱难倒英雄好汉。有钱男子汉，无钱汉子难。你含着金钥匙长大，又有了足够的金砖，我有个锤子！”

木青云看着在笑的家珍，对麒麟道：“其实啊，任何事情都已经注定了。这一生发多少的财，当多大的官都是命中注定了。我今世的福分，是前世修的好，我现在修的是来世的福分。”

麒麟一听他这样说道：“老大哥，不要跟我说这么高大上的形而上的问题，我先解决了吃饱喝足的问题再说。这些东西，是你们吃喝不愁的人考虑的。我现在就是需要钱。”火麒麟又说到钱的事情，家珍又咯咯地笑了起来。

麒麟对家珍道：“你笑啥？我说的是个实在的理。你在大山里不需要多少的钱，但是要到海洲去，那里需要非常非常多的钱。没有钱在海洲是寸步难行的。”

这时家珍道：“我这次跟你们去海洲行不行？我想去看一看大都市是怎样的？”说到这儿她眼神里有些憧憬，然后话锋又一转道，“但是，我父亲这边会阻挠。”她对木青云这样说又看着远处的火麒麟。家珍突然对火麒麟产生了一种感觉：她感觉火麒麟在阳光下，那么温暖，那么亲切，同时，她对木青云好像又有一种难以言说的情感。

木青云道：“别担心，你父亲那边我对他说。”

木青云对崔老汉说道：“我们明天就要回去了。家珍一直想到海洲看看，你让她去看一看那个地方，也让她了却一番心事。让她去看看，也让她知道大城市里的不容易，只有外出看了，才能将大城市与山村的这种宁静惬意自给自足的生活进行一个对比。”

不知怎的，崔老汉想了想道：“让她出去看看也好。省得我说多少都是白说。”

汽车在路上颠簸，他们三人在拖车上赶路。从茶山这个快乐的源泉往外出发，先是走一些曲曲折折的泥泞路，再慢慢地来到了弯弯曲曲的小道，最后来到宽阔敞亮的高速路。

开车的路上，木青云作了一首诗，家珍嘎嘎地笑了起来道：“你这是做了什么东西啊。”麒麟道：“作诗是他的强项，他经常作诗。不是作个诗，就是写个词。靠作诗、词打发时间，像我父亲一样。”家珍听了以后，又笑着说道：“我爹和你爹都是好爹啊。木青云是好老大哥。我们心里最好的大哥。”火麒麟听到家珍这样说，就本能地从反光镜看着坐在后排座位的家珍，家珍也从反光镜中看到了麒麟的眼睛，四目相对，家珍脸上多了些红润。

2

家珍来到海洲，这里满是高楼大厦，车水马龙，到处都是一派繁华的景象。微风吹着路两边的绿色树木，每一片树叶都在空中翩翩起舞，像此时家珍的心在欢快地舞动。

木青云驾着车，火麒麟做着导游，家珍坐在后座，眼睛扑闪扑闪的像天上的星星，一眨一眨，亮晶晶……

火麒麟给家珍介绍海洲的旅游景点，说要利用这段时间带她去转转越秀公园、白云山风景名胜区、云台花园、莲花山、番禺宝墨园、华南植物园，还要带她去海江夜游……

家珍道："山和公园我就不去看了，我喜欢水，智者乐水，我想去海江看看，晚上有时间我们去海江夜游吧。"

火麒麟道："海江夜游是由来已久，极具特色的游乐项目，可以领略'珠水夜韵'的真实韵味，值得一看。"

木青云道："现在开车的人是我，我拉着你们看看海洲的江景，一会带你们去一个神圣的地方。"

家珍道："神圣的地方？什么好地方？"

木青云说："一会儿到了，你就知道了。"

火麒麟道："老大哥啊，您是不是要去海幢寺啊？要说神圣的地方，我想一定是那里了！"

木青云笑笑说："既然你都知道了，我一会带你们去喽。"

家珍道："海幢寺？是个寺庙吗？"

木青云道："是的。"

火麒麟道："他一说神圣的地方我就知道是海幢寺了，老木每周必去一次，这次去了茶山刚回来，就迫不及待地要去让精神神圣一次喽。"

他们边说着话，边欣赏着沿江路上的风景，时间过得很快，一会儿工夫就到了海幢寺。

3

海幢寺环境清幽、风景优美，为海洲市重点文物保护单位。寺院里万籁俱寂、庄严肃穆、神秘超脱，但园林景观依然如故。这里古木参天，绿树成荫，江风阵阵，令人心旷神怡。院内有鹰爪兰，还有三棵菩提古树，一株在寺北门内侧，一株在天王殿西南侧，还有一株在大雄宝殿后面的东南方。这里寺庙与公园交相辉映，既保留着古色古香的寺庙风格，又呈现出瑰丽多姿的园林景观。

每逢周末木青云就来这里参拜一次，只有这里才能将他内心的尘埃洗去，真是举智光明俗见，举慧来见识开。

家珍和火麒麟来到这里感觉这里氛围很宁静，走过大门看到灯杆上一些明心见性的标语，顿时有些明心见性的感觉。

就在这时，家珍看到了一棵树，这棵树有些神奇，不知怎么突然把家珍给吸引住了，家珍禁不住向木青云问道："青云哥，这是什么树？"

木青云看了看这棵参天古树就道："这是鹰爪兰，年代比海幢寺还要久远，因而有'未有海幢，先有鹰爪'之说。"

"为啥叫鹰爪兰呢？感觉这棵树很有来历。"

木青云道："是有来历。这株茂盛的鹰爪兰树下，曾发生过一个悲惨的故事。明朝末年，富人郭龙岳居住在这一带，其花园实际上是南汉时期千秋寺的旧址。郭龙岳生性暴戾，一天，他怀疑婢女兰香偷走了他的玉扣，连续几天对兰香严刑拷打，使兰香身心俱损。为表清白，兰香拜完菩萨，便纵身跳井自尽。两天后人们发现了兰香的尸体。为维护自己的声誉，郭命家人将这口井封了，不许家人再谈及此事。每天晚上，郭家上下人人都梦见兰香：有人说她从井中腾空而起，化作蛟龙飞走了；有人说她每晚都在园中浇花。人们的议论更使郭龙岳极度恐慌起来，索性叫人把水井填平……过了不久，填平的井上长出一株鹰爪兰树，后来该树越长越茂盛，很快便出枝散叶开花。郭一看见鹰爪兰就心惊胆战。后来鹰爪兰树越发茁壮成长，郭龙岳的家却一天天地衰落了，最后郭龙岳死于暴病，不得善终。"

说到这儿，木青云又道：“人就要向善，唯有一心向善，才符合人间正道。”

火麒麟道：“木哥就是个大善人，有钱每年都往寺庙里捐一些。”

木青云道：“善哉善哉！”

火麒麟道：“日后你有钱花不完可以接济给我，你帮助了我，也算是做了善事。”

木青云道：“捐给谁跟做善事没有多大关系，有时帮人能帮出仇恨来，所以，善和恶的度是很难把握的。”

家珍又一次笑了，她笑着说：“都是人间烟火人，为啥要专门去求善与恶呢？”

这时院内走来一位僧人，木青云走上前去道：“明智大师好，一周未见到您，近来可好？”

明智大师答道：“阿弥陀佛！好就是了，了就是好。好好好，了了了。阿弥陀佛！”

木青云把手中的茶叶递给明智大师，道：“这是我本次做的茶，明心见性茶，喝了此茶能解千百愁，万事忧。”

明智大师接过茶，看到茶叶饼上写着一个“禅”字，就道：“到见性阁喝茶叙事吧。”

他们三人跟着明智大师上了石台阶，从大雄宝殿的侧面而上，穿过一个凉亭，来到了一间题名为“见性阁”的房舍。进了见性阁迎面就看见墙上挂着一副横幅，上面写着“看花非花，看花是花”八个潇洒飘逸的大字。

家珍问火麒麟道：“这写了些啥？花是不是花？”

火麒麟认真地看了一下道：“是花也不是花，所以才叫非花是花。”

木青云听了后笑道：“所谓花是指我们人为主观认识。他的意思是：无善无恶心之体，有善有恶意之动，知善知恶是良知，为善去恶是格物。”

家珍和火麒麟听了后相互看了看对方，好像什么也没搞懂。

明智大师伸手示意说：“三位施主请坐。”待客人落座后明智大师用滚烫的热水，泡了茶，分别往茶杯里放入茶叶，将水倒入茶杯，盖上碗盖说：“这是借花献佛，借木总的茶给几位施主品尝。”

明智大师揭开碗盖，一股带着山野气息的清香扑鼻而来，只见碗中的茶汤呈淡绿色，碗底的茶叶在水中慢慢舒展。他端起茶碗喝了一小口，禁不住说了声：“好茶。”

木青云端起茶品了一口，此情此景令他心生感慨，不禁想起了茶山的满山古树在清晨的雨露中散发着香气的情景。

茶室的房子不是很大，四周墙壁上有一些佛教字画，屋内正中摆着一张老式方桌和四把木椅，四人围桌而坐，桌上放着明智大师写的一首词。

木青云不知道这首词的内容，就势拿过看了一遍，上面写道——

水为风鼓，激荡成之；
水中之泡，如梦如幻；
水泡脆薄，极易坏灭；
事情亦然，亦复如影；
依心为因，托事为缘；
因缘汇合，生之为果；
名之为果，却又成因；
说之为因，旋复招果；
因果本身，毫无定形；
事物运动，变化发展；
因中有果，果中有因；
事事如幻，幻化为梦。

老木喝着茶，认真地看着这首诗。

这时，大师看到木青云这么认真就道：“这个就是我理解的空性！”

木青云道：“嗯，刚才这首诗说得不错，有因果，有变化，有发展，大有妙用。”

他喝着茶又道：“比如这个茶杯，因为一种缘分将陶泥变化成了一个杯子，这个杯子是实实在在的，但是，我们用这个杯子是利用他的空间。没有空间怎么喝茶？所以这个杯子里的空也是一种空的表现形式，这个空就是用。茶壶也是，茶壶若中间不空，那怎么盛茶装水呢？”

火麒麟笑道：“空？空是用，空是空空如也？空了个啥？”

大师道：“茶杯掉在地上碎了，就不是茶杯了。茶杯从没有到制成到使用到碎了，最终是没有了茶杯。但你能说茶杯不存在吗？你能说什么都是空的吗？”

火麒麟听了后，没有说话，而是在思考着……

明智大师又问木青云：“这段时间悟到了啥？”

这时，木青云将自己所作的诗给明智大师看，明智大师拿着木青云递过去的诗看了起来，褶皱了的纸写着以下几行大字：

《行使大巴》

某时某刻，在那一刻，而另一刻，在另一刻；一刻时刻，不同时刻，那时那刻，在那一刻；过了那刻，又另一刻，刻刻在刻，此刻彼刻；此刻非彼，彼刻非此，此刻如泡，彼刻如影；

行使时刻，不在刻刻，刻刻虽有，刻刻如电；此刻成彼，彼成那彼，那彼非彼，彼彼相继；

那刻彼刻，有刻无刻，动在刻刻，刻刻起尘；刻刻无刻，刻刻彼刻，此刻彼刻，万刻无刻。

家珍看了看，看了半天只看到“刻”，一连串的“刻”，又笑了起来道：“大师，木哥一路上做了这首诗，这一连串的‘刻’，把我给搞糊涂了，不明白是什么意思？”

明智大师道：“这就是空性。”

火麒麟笑道：“空性？什么是空性？空性是不是说一切都是空的，一切都是没有的？”

木青云听了火麒麟的话，道：“不懂别信口胡言！”

火麒麟看着木青云道：“我自己是不懂。你管天管地管空气，你还管我说话啊。”

这时，木青云不去理会火麒麟了，而是让明智大师好好看看自己写的诗。

过了一会儿，明智大师看着诗道："这首诗讲的是一个运动呢，万事万物都在运动。"

木青云听了，笑了笑，道："大师说的是。"

家珍道："什么是运动？难道就是大巴行驶过了就过了吗？"

明智大师含笑而答："运动就是过去心不可得，现在心不可得，未来心不可得。"

木青云道："行驶大巴是无相，无形，是一切都是幻灭而已。"

明智大师说："木总此次外出回来，境界又提升了很多。"

木青云说："承蒙大师开示，惭愧！惭愧！天雨虽宽不润无根之草；佛法虽广不度无缘之人。我是装得像开悟，其实内心'嗔'字重。每周来到佛门净地拜见大师，只为讨得一个心安。"

于是，木青云讲起了茶山与海洲的不同，茶山主要是宁静像一片净土，而海洲像一个大染缸，自己置身于茶山中就忘记了海洲的烦恼，而在茶山待久了又会想念海洲的生活模式及家人，所以说，人就是很矛盾的。

明智大师听完之后道："木总，人就是在一个围城中，没进去的想进去，进去的想出来。只有跳出围城才能够活得自在？"

火麒麟听后质疑道："自在？跳出来就能自在？自在之道是什么？"

这一问使明智大师突然怔住了，他顿然感觉到这个小伙子的气势和贪嗔痴念，就道："清净为体，以心为本。心自在，人就自在。心清净，人就清净。"

火麒麟道："晚辈以为，任何事情都能用钱字能解决。你说的这话度不了我，只有人民币才能度我。我们说奋斗，说清净，说一切都是靠有钱；没有钱，什么奋斗、清净，都是一堆废话。"

明智大师说："以施主之参悟，钱就是一切，一切都用钱能来解决，那钱与人之间存在什么呢？"

火麒麟说："晚辈一介凡夫，活在尘世里，只有钱能让我在尘世活得舒服。"

明智大师略微思忖了一下，说：“自古以来都是千人千思想，万人万模样。施主你心安，则安；心不安，则钱再多也不安。”

火麒麟听了后，笑道：“要心安，就是要人民币，没有人民币，一切都没有，谈心安，那是一种奢望！”

这时，家珍又咯咯咯地笑了起来。

木青云看到家珍笑了起来，就道：“钱是社会各方面综合的一个衡量尺度，没有钱这个居间物，人就没有生命力，集体也没有生命力，说大了就是整个社会没有生命力。而钱又会让人在社会上产生竞争，竞争就会产生上中下等人，这是一个规律。但人的心又是攀比的，自己强不过别人就痛苦，最终心累、心苦，所以要修心。佛度心苦、心累，让人修的是一颗平常心。”

家珍只是在认真地听他们讲，没有说话，她感觉这些人怎么谈到这样的层面了，木青云就是谈淡薄，谈放下；而火麒麟则是向钱看，只要有了钱一切问题都不是问题了。

此时听了木青云的话，火麒麟道：“人是一种动物，跟猴子没有什么区别，唯一有区别的就是都是想往上走，都是想做最耀眼的星。”

明智大师笑了笑，说：“施主你贪嗔痴太重，回头是岸。”

火麒麟道：“我们整个社会的结构就是让人向上，而向上的衡量条件就是一切向‘钱’看，如果赚到了钱就是强者，赚不到钱就是弱者，当然这些钱都是通过合理的渠道获取。不仅是我这样，很多人都是这样，当然除了木总，木总已经家财万贯了。上而不能上，故自我安慰了。”

明智大师说：“钱会给人以生活的基础，但是活着并不是为了钱，衡量一切的也并不是钱，也不是赚到钱就是强者，赚不到钱就是弱者。但是赚钱有道德准则是对的。赚到钱了是人的福报，赚不到钱是人要修行。”

火麒麟道：“修不修行的我不知道，但是我知道赚不到钱一直在受精神和心理上的折磨。”

木青云道：“人赚不到钱首先要修身，自己修好了，钱自动就来了，是好事找人，而不是人找好事。钱是有腿脚的，你追她时，你修的不够，钱就跑了；而你修好了，钱就会自动过来找你了。”

火麒麟道："钱有没有腿脚我不知道，我只知道钱难赚。"

明智大师沉默不语，静静地看着火麒麟，过了许久黯然感叹道："赚钱的赚钱，开悟的开悟。"

木青云和了一句："阿弥陀佛。"

家珍听他们说了很久，自己静静地没有说话，因为她感觉佛门净地不能胡言乱语……

茶由深黄色变为了淡黄色，明智大师想泡第二杯茶时，木青云说带两位朋友去院里转转。

木青云在寺院转的时候捐了一些钱到捐款箱里。

火麒麟看着木青云捐钱的背影对家珍道："你说捐了这些钱能起到祈福消灾的作用吗？"

家珍笑笑道："不知道。"

火麒麟道："我也不懂，同时我还真的不明白，天底下那么多人，为什么生下来就不一样，有的人生在富裕家庭，而有的人奋斗一生还达不到人家的起点。"

家珍笑道："都是生命，不要攀比，自己活好就好，人原本也没有可比性。"

两人哈哈一笑。

木青云看到他们这么说，就道："佛说看山是山、看水是水，要依佛法如实观照，看山是山，看水是水。"

4

家珍来海洲，一直跟着木青云、火麒麟见识海洲的大城市的气派、海洲的名胜古迹和地标建筑，木青云忙时就让火麒麟带家珍去转转了。

在海洲塔小蛮腰上，火麒麟和家珍看到了海洲的夜景，夜景中海江的波浪像茶山被风吹过后一般此起彼伏，仿佛在快乐地歌唱。

家珍问道："麒麟哥，你有梦想吗？"

火麒麟笑了笑，道："哎哟，小时候有。小时候老师问我：长大了干什么？我又是当科学家，又是当飞行员又是当大工程师的。现在回头看看，我的理想一个都没实现。老师让我树立了理想，我的理想又还给老师了。我所追求的理想都没了，现在就是俗人一个。”

家珍听了哈哈大笑起来，笑完了一会，道：“我有理想。”

火麒麟笑道：“你有理想，啥理想？”

家珍笑道“我的理想，就是一个字。”

“什么字？”火麒麟问。

“你猜。”家珍笑着道。

此时，正好有一对年轻人在接吻，他们看到了后，目光相对，有些渴望，也有些羞涩。

家珍低着头道：“刚才那一对年轻人在干什么呢？”

火麒麟笑了笑道：“爱恋的一种表现，你看他们多么地忘我，一点也不顾忌世人的眼光。”

家珍道：“不害羞吗？这么多人都在！”

火麒麟道：“两个人热恋时，会不受理智的把控，那种激情就像海江的水一样澎湃。”

家珍道：“你跟你前女友之间的感觉也是这样的吗？”

麒麟道：“嗯。”然后他认真地看着家珍道：“你看到后，难道没有一种冲动吗？”

家珍咯咯地笑起来道：“不懂你说的。”

火麒麟道：“你别装，电视里不都这么演的吗？”

家珍道：“你好意思说。”

此时，两人四目相对……

过了一周，家珍回了茶山。家珍回去后火麒麟经常来老纪这里坐。

火麒麟来老纪这里坐时，总是说起家珍。老纪见过家珍。老纪印象中的家珍有股朴实的柔和之美，而不乏骨子里的倔强，特别是那深邃的眼神，老记感觉这个姑娘底子挺好。

火麒麟道：“心中的情绪有点像潮水，起伏不已。满脑子都是她。”

老纪道：“这是一种什么样的状态？”

老纪知道这确定无疑是一种情感状态。说起情感，他一直搞不懂，因为他生命过程很简单，成长经历也很简单，恋爱结婚也很简单。这一路走来，挺顺利，没有什么像电视剧或电影里的大起大落，日子平淡如水。和老伴不说相爱也不说不爱，但也算是感情真挚吧，就是正常人过的日子吧。像老纪那个年代都是组织安排或者父母之命媒妁之言，哪里有什么自由恋爱，但是，这日子不也是挺好的嘛。

火麒麟道："好像在做梦，就像她说的一样。跟她相处，没有拘束感，很亲切，像久违的一种默契的感觉，不知不觉这种感觉让我将自己心中的秘密全部吐露出来了，这些秘密除了我自己知道外，这个世界上也许只有她知道了。"

老纪听着火麒麟这样聊着，问道："你们是不是恋爱了？"

他道："不知道。但是有一种感觉，有天天都想找她的冲动。"

"你们发展到什么程度了？"

火麒麟笑了笑，道："接吻了。"

老纪突然看到一个画面：有一种澎湃的情感在他们身上流动。而家珍像一支优美的小提琴，吻得那么优雅，那么美。那种感觉，老纪无法用自己的感受来捋清楚，因为老纪毕竟不是火麒麟。

老纪又道："你们起化学反应了吧？"

火麒麟道："应该是。"

老纪说："你们什么感觉？"

火麒麟道："看到她时，我感觉有种亲切感。她像一朵美丽的百合花，那么洁白纯真且美丽。姑且叫作化学反应吧。"

他停顿了一会儿又道："化学反应真的很奇怪，可能是一种很奇怪的东西，只要一发生，后面就好像出现了一个新天地，开启了生命的一道门。而生命之门里的东西，只有在忙碌后的空隙中一个人静处时才能再次体会，能唤回自我的感受，当自己理智来临时又悄悄地消退。"

老纪听了他说的后道："你既然想她，为啥那么纠结呢？既然你们都年轻，你想她就去联系她。为何搞得自己那么纠结呢？相信自己想念的感觉，那真实感觉就是你心灵的呼唤。"

火麒麟道：“我不知道我和她要怎么发展，我在海洲又没有自己的事业！”

老纪道：“你们还年轻，真正的感情是美好的。不要去考虑那么多不纯粹的东西。当你凭着自己的感觉走时，你的心也就跟着走了。别用理性把握自己的内心情感，那样最终你会很纠结，搞得自己想太多，精力内耗，心力交瘁。”

火麒麟道：“是的。我知道这个道理，但自己就是会考虑很多……”

这时，火麒麟在沉默中。老纪看着他在思绪中徘徊……

老纪也在想：“我自己也是明白很多道理，道理都很懂，但是一旦遇到真正的事情也会有这种纠结的感受。”

老纪也知道：思考了太多而不迈出实际的步伐，那等于是自己在戕害自己。精神转了好几圈，而自己却还在老路上。这不是自己摧残自己，还是干什么？精气神都被自己给耗掉了！

老纪看着火麒麟还在走神中，就安慰道：“人要有生命力，就要将自己的想法去实现，要么就不要去思考。因为任何一个想法都是生命，当一个想法起来的时候，不去给予她生长的空间，就等于自己在伤害自己。要么就简简单单活，要么就有想法就去做。”

火麒麟道：“你这个说得挺好，我现在就是有点走神且纠结的状态。其实，和她一起的感觉很好，像暖暖的春风；和她聊天感觉很温暖，像躺在阳春三月的草地上，听着《暖暖》的歌，真的好喜欢。”

老纪听着他说的这种感觉，仿佛看到有一对情侣在明媚的阳春三月的草地上躺着，那种暖暖的感觉真的好动人。

火麒麟道：“您喜欢过人吗？”

老纪见火麒麟那情绪浓得化不开，就道：“有，有一个歌星，我爷爷想娶她，我爸爸想娶她，如今我还想娶她。”

火麒麟哈哈大笑道：“梦中情人很重要啊。但是实际生活中要是没有了物质，女人会让男人很难受的。”

老纪道：“你说的话很片面，为什么这么说呢？”

这时他写了一个字在纸上，让老纪看，老纪只见一个“要”字跃然于纸上。

老纪道："什么意思呢？"

火麒麟道："东西压在女人头上，所以很多女人都离不开一些东西，受到委屈很多时候都是因为这些东西。所以男人必须用东西砸女人，唯有东西给到女人，女人才能是女人。"

老纪道："你是不是让第一段情给伤着了？没有缘分，就不要在一块了。自然一点就好了，物以类聚人以群分，视界不同世界不同。你现在的思想要改，要不会穷一生。"

火麒麟道："我什么时候能富起来啊？"

老纪道："小富靠拼，大富靠命，你如果使尽浑身解数也拼不进那个圈子，你就认命，小富则安。人生短短几十载，也可以有其他的追求。"

火麒麟道："不能相信你这毒鸡汤，你这鸡汤有毒啊，一辈子都要有个奋斗不怕输的精神，不管遇到什么事，心态要保持好。"

就在他们聊的过程中，木青云和金乐元过来了。他们几人先聊了一会股市又聊了一会职场，兴致盎然。聊的过程中将火麒麟的情感话题给遮盖了，也给冲淡了。

老纪作为惯看秋月春风的新闻中心老腊肉，听了他们的闲谈后道："不管是股市还是职场，最后拼的是一种生命力啊。你们人到中年有很多的心事，比如说精神的疲软、精神上的阳痿、精神上的内分泌失调等，而我现在不只关心你们的精神、心理问题，更担心你们的家庭生活一团麻的问题啊。"

这时，木青云哈哈大笑道："家庭生活你还是别关心了，我自己能处理好。任何人都要解决精神、心理问题啊。而对金乐元而言股市能解决他的精神问题。"

火麒麟道："所有的精神问题，我认为钱是最根本的根源，所有的问题钱全部能解决。"

木青云道："钱不能解决精神问题，信仰能解决。"

火麒麟道："你们爱聊人生理想的东西，可百种的思想就是能够日日三餐有着落，有地方住。钱能解决问题，如果我有钱，我就能将父母从老家接到海洲来，而现在父母若来一趟还得开个宾馆住，住宾馆能住几天，住着住着就心疼钱了。如果我有钱，在海洲买一套房，老人家来海洲住着得多舒服。”

火麒麟喝了一口茶后又道：“所有东西必须先解决基本的生活才能谈责任、文化、信仰的问题，没有钱就不能立足于这个社会，跟我谈什么信仰，谈个鬼。如果我四五套房子、衣食无忧，也可以比你们生活得更有趣，天天吃燕窝，每天都喝一个，就是不喝燕窝，喝个绿豆汤我也很满足。但是我现在一样也没有满足，就是想给家珍买套像样的衣服，我都得一忍再忍。”

金乐元道：“我的兴趣爱好就是赚钱，我赚到钱了就感觉快乐，有钱使我快乐，理财的思维模式让我赚钱，使我快乐。”

老纪道：“这是人与人之间的思维的高度不一样。不能要求人人都像你一样赚钱。”

火麒麟道：“赚钱是人在这个社会的一个驱动力，人所追求的东西都是为了钱。虽然形式与内容不同，但是钱还是表现本质的东西。钱能给你带来痛苦也能给你带来幸福，当有钱的时候感觉到钱是王八蛋，但是没钱的时候，钱真的是救世主，所以说有钱有尊严。”

木青云道：“用钱买到的尊严，就不是真正的尊严。”

老纪道：“你们的观点不一样，根本上来说是高度不一样、境界不一样、思维的角度也不一样。有的人他生下来就有几亿身价了，而不管是什么层次的人，都会一直要求进步，但是进步到哪里是个头儿？”

金乐元道：“人一出生就没有头，直到闭眼才有头，哪里是尽头？要说尽头，你要看你的目标是什么？”

木青云道：“一个目标实现了又有新的目标，不同的阶段有不同的目标，没有目标就不能很好地活了吗？”

老纪道：“我经常感叹时光过得快，现在想想人生真美好，不能总想着你孩子长大你不老。我工作那时，你们还是个蛋呢，现在你看我们单位九几年的人都有了。”

金乐元道：“别说得那么负能量，人生观流出价值观，不同的人有不同的思维模式、不同的观点，所以说没法去评判。股市也是一个认知的过程，大部分人认为股市是很难的，因此90%的人都在看，只有10%的人相信利润都在风险之中。每日的上班，是靠体力、知识赚取工资，一旦有一天失去了劳动的能力，就失去了生活的资料。而股市就不一样了，从股市中赚取了钱再去购买资产，拥有资产性的收入，那时就可以慢慢地停下来好好休息，要不然你永远停不下来。”

然后他又向老纪道：“像你这样打工到六十岁，等退休了才有一个持续收入，退休工资顶多七八千。幸亏你孩子有出息，能赚点钱，要是没有出息，你想停都停不下来，到老来还是越来越操心。

他又对木青云道：“在新闻中心不能有像你这样有退休的心态，咱们还是得做点有意义的事。”

5

真是，没有想到他们的茶叶会卖得那么的顺畅。夏一情基本将茶叶都订购完毕了。他们赚得都流油了。

那天晚上他们摆了庆功宴，老纪也去了，摆了两围台，四十多个人吧。刚开始，木青云神色有些飘忽，担心遇到夏一情会尴尬。直到夏一情给金乐元打电话来，说有事情过不来后，木青云才舒了一口气。

那晚气氛很好，木青云让白江河致了个开场白后，他讲了下茶叶全部售罄之类的话，感谢各位捧场。茶品就是人品，本次茶叶他们做的是高品质，低价格，性价比高，如同他们的人品一样。

白江河从这批茶叶中拿到不少利润分红，真金白银到手后，白江河拿着这些滚烫的钱，感觉真是天降洪福。那些天，每天都是美美的，大概人逢喜事精神爽最多也就那个样子了。

这笔钱对白江河来说真是一笔急需的钱，因为在海洲这个地方，没有个自己的房子，整天住在燕子单位宿舍里，有一种说不出的感觉；就是租房子吧，成家了租来租去，感觉就是个大城市里的流浪汉。以前想买房子时，没有钱付首付，毕竟自己老家没有那么多钱。再一个年轻人向哪去赚那么多钱，有些人很年轻就赚了大钱，但那些毕竟都是少数。

白江河对燕子说用茶叶赚的钱来买房子，燕子一听到这个消息，好像一只快乐的蝴蝶在这个芬芳的都市中翩翩起舞。

白江河和燕子商量，将这些钱作为首付，其余钱贷款，慢慢再供呗。

那时，燕子看房子看了不下五十套，这真找房子，还真是个麻烦事。地段好的，小区环境好的，价格高；地段远的，没有小区的，离马路近的倒是价格低了，但是噪音大。好不容易看上一套，但户型又不太理想。

他们两人足足看了一个月，下班就看，周末也看，中介人员带他们看的他们的腿都跑酸了。

月末的一天晚上，白江河和燕子在路边的餐饮店里吃饭，他们喝起了啤酒，解解乏。

白江河看着端上来的清蒸水鱼给燕子夹了一块道："吃鱼喽，年年有鱼！"

燕子道："这有钱还花不出去了，真是高不成低不就的。怎么搞的？以前没钱买房，现在有钱了，却买不到房。"

白江河喝着纯生啤酒道："三室一厅的房子，太贵。二室一厅的房子，又不能满足舒适性的需求。将来有小孩了，父母过来给看小孩不得要个三房的吗？一次性到位，别再折腾了。买个房子感觉要层皮。"

燕子道："新楼盘太贵了，我们只能买二手房。好地段的房子，看得上的二手房都买不起。要不，我们就买远一点的房子，上班时间不要超过一小时的。"

白江河喝着酒不说话……

真是好事多磨，好在最后他们歪打正着买了一个江景房。那时价格还便宜，随着时间推移，海洲的房价一直在缓缓上涨。有一天一回头一看，房价呼呼地已经涨了一大截了。如果钱攥在手里，只会发现自己钱也没攒下，房子也没买到。而买了房子，不管怎样有自己的一个窝了。就是房价跌了，至少有个自己的窝，这个窝是个刚需，不管怎样都用得上。

6

白江河和燕子买了房子搬迁之际，金乐元爱人江淼来家里找燕子玩。江淼与夏一情闹掰了，选择了辞职，原因就是宵姬做了总监，顶替了她的位置。她心里有口气很不顺，一气之下就向夏一情提出了辞职。这时，燕子正在打扫卫生，而白江河与江淼在客厅里坐着。

白江河问江淼道："辞职有怕吗？"

江淼说道："有什么可怕的，选择了就选择了。以前的时候有时确实会担心这担心那，而这次我回老家祭祖，有了不一样的感受。"

"三年多来，我一直没有回老家祭祖。这次清明节回老家，看到一堆的坟头，我爷爷、奶奶及爷爷的爷爷都在那儿，我突然感觉到：人最终都是化作一抔黄土。听着我父亲讲他们的人生，我才明白好也罢孬也罢，最终都在那里睡着。"然后，她指着白江河的豪宅，说道："你说房子是你们的吗？这只是你们临时居住的一个场所，最终也不知是谁的。什么穷也罢，富也罢，都不要紧，最要紧的就是好好地活好每一天。我现在选择了辞职，也会有彷徨期，不过很快就会过去了。最终好也吧，孬也罢，都是那么回事，到头来都是一缕青烟，有想法去做去实现就行了。

白江河听了江淼的话，内心有种同样的感觉，于是道："其实，我认为人活着就是一个与外界环境适应的过程。没有好坏，只有适应与不适应。就连一家人吵个架还埋怨来埋怨去的，何况外人呢？"

白江河这个话，明显的是在说燕子。因为，燕子只会紧巴地说家人的短处，此外根本看不到别人的一点闪光点。

他们聊了一会，燕子打扫完厨房后，坐了下来，又跟江淼抱怨起来。先说了白江河母亲的懒，说天下没有一个人像她那样懒，什么也不干！又说了白江河，做什么事情都不行，就是没有看到白江河身上的一点闪光点。

白江河听了摇了摇头，无奈地笑了。

江淼看到燕子一直在唠叨，就打断了话题："如果感觉到累，就雇个钟点工喽。你工作那么多事情要做，哪里有那么多精力来搞这些呢？"

“我婆婆就直接说，人家谁谁谁都雇着保姆，你嫌打扫不干净，你就雇保姆喽。”

其实，说到雇保姆燕子心里总是捏着一把汗，因为她害怕花钱，从她身上流出一分钱，就感觉从她身上抽血一样……

然后，燕子又说起了白江河：“我当初找他可能就是因为他的松弛吸引了我。而现在我是真的对他很失望，不知道他哪里有一点好！”

白江河听了摇了摇头，默默地又笑了。

“你说说白江河有什么优点？”

“白江河比较细心，很会跟人打交道，很有爱心啊。”江淼说道。

然后，她看了看表说；“时间不早了，小孩儿要休息了，奶奶还一个人在家呢，要早点回去，我们改天再聊。”

白江河说：“刚才你们聊天，我感觉到江淼你的悟性很高，你对聊天的整个气场是有掌控力的；而燕子给人的感觉是很紧巴。你们两个人的精神状态也不一样，你的精神状态像身体整个轮廓发着亮光，而燕子的精神状态是灰色的，只有点微弱的暗光。”

白江河看到燕子整个脸有些耷拉下去，而黑眼袋像两块黑布袋一样挂在一双深邃的眼睛下面。他感觉老这样下去，工作事情没干完，燕子的身体倒是给整垮了。人啊，精明过头了，就带出傻来了。自己不对自己的身体负责，谁会负责呢？

白江河起身送江淼到了楼下，说了一些话，大体意思是：你和燕子都很能干，但是燕子是有些不开窍的，现在整天为干这些事情把自己搞得身体很劳累。适当的时候，你好好劝劝她。

白江河想到燕子对自己除了指责外没有其他，在以前这会让他感觉到会万分的恼火，而此时，他感觉豁然开朗了。

因为白江河经过生活、工作知道：“人要自信，因为自信是最好的名片。不自信的人生是有残缺的。要相信自身的良好感觉。没有人会让你感觉自惭形秽，除非是你认为自己不行。”

7

晚上木青云在家里辗转反侧，他想这么多年，为什么自己总是不敢去面对夏一情呢？夏一情是自己心爱的人，自己当初听从了父母的决定，和夏一情分手了。原因就是夏一情性格风风火火，一副花枝招展的泼辣样子，而且是农村的。他做官的父母对这样的女子骨子里是一肚子的嫌弃，一来是感觉自己的儿子将来做不了她的主；二来，取个媳妇关系着家庭的香火。所以，父母坚决不同意，而他自己又感觉不能违背父母意愿，自己感觉好疲惫，感觉好烦，所以就逃避了。而夏一情那时确实是想尽了办法去和她父母搞好关系，但是他的父母就是油盐不进。后来，夏一情看到木青云没有个主意，伤透了心，就和木青云分手了。而分手后的木青云，一副弱不禁风的样子，像大雨后的一个落汤鸡，生了一场大病，大病痊愈后就慢慢成了一副阳气不足的样子，脸上的笑容也少了，生活的滋味也淡了，好像半个活死人。

这时，他心里闷得慌。而华悦蓉和孩子去补习班了。

就在他辗转反侧之时，金乐元给他推了一个人的微信——婉然一笑婉然一笑。

他没理会。

过了一会儿，小金发来信息："加一下她，是夏总，茶叶的事情是她给搞定的。"

木青云看着微信，眼睛好像定格在屏幕上了。此时，他内心像海江的水一样起伏不已。他知道，自己不敢面对。

过了约一个小时，做思想斗争翻来覆去的木青云，鬼使神差地加了她的微信，而对方一直没有回应。

夜深人静，此刻的夜是那么漫长又那么闷热，好似整个世界都在吞噬着他的生命，那种内心焦灼的感受，像在沙漠里干涸得一滴水都没有了，他快要闷死了。

这时，对方通过了他的微信。

木青云点开夏一情的朋友圈，朋友圈的一幕一幕昭示着她还是当初的她，还是那么有活力，脸上还是热情洋溢，自信满满，还是山花烂漫时她在丛中笑。

就这样，谁也没说话，持续了两个星期。

一天晚上，夏一情发了一条朋友圈：“很少删除别人，就算是做微商打广告的，只要有一面之缘，就算他（她）每天在朋友圈发广告，我也不会删除，偶尔还会扫一眼，至少知道他（她）还生龙活虎地活着。那些每天发四五条赤裸裸的硬广告的，最多也就是暂时设置不看他的朋友圈，从未谋面也从不交流的除外！”

这时，木青云想到了白江河的话：“你抱守的可能是一个残缺的有瑕疵的观点，时间都像流水一样，一去不回了，你还这么纠结，要带到棺材去吗？逃避是对现实最无力的回响。”

于是他就与夏一情聊了起来。

木青云：夏一情，我是木青云。

夏一情：嗯。

木青云：看了你朋友圈的信息，人走着走着就慢慢孤独了，也许就是喜欢一个人静静，所以有时朋友圈很多人但是说不了一两句话。

夏一情：嗯，但是我喜欢看热闹的朋友圈，晒吃、晒娃、晒旅游、打广告的，都没有问题。只是不怎么聊而已。

木青云：是的，那是一种生活方式，因为聊也不好开口，也不知道聊啥，有时想找个人聊聊，也不知道该找谁聊。

夏一情：是心里装的东西越多，就越不想说了。

木青云：是的，人就是这样子的，可能有很多话，慢慢都是成了表面话，内心的话很少向人来诉说。

夏一情：嗯。

木青云：是不是我说的太悲观啊。

夏一情：哈哈，不会。

木青云：我只是说说感受而已，不一定对。

夏一情：人本来就是这样，越走越孤独，最后独自离开，这样才舍得走。

木青云：嗯，其实最简单的就是最珍贵的，以前感觉天天在一起的人，突然分开了，好似再见一面都那么难，以前可以随意说话的人突然分开了，再想说说话，也是那么难。

夏一情看到了这个信息，沉默了。她知道，木青云这是在说他们。但是，早知今日何必当初呢？她克制不住内心憎恨道：“当初你对我就是一种动物性的好奇，而不是一种内心热忱爱的关怀。如果是发自内心爱的关怀，那就不会在父母的压力下跟我分开。”

夏一情想到这些，就又给木青云发来一条信息：人应该为得到的东西产生爱及感恩，如果不产生爱及感恩，那么这个人就是一个孤岛型的冷血人，时间久了，就会慢慢地感到无助，那种感受我不懂得怎样去说。

夏一情这样说，是说自己也是在说木青云，因为当初这段感情是夏一情付出得多，而木青云却不懂得感恩，不懂得爱护她，最终这段感情就戛然而止了。有时夏一情在想：也许在这一段感情中她付出得多，所以她才最在乎这段感情；而木青云一直是被动的，所以没有爱她的心及感恩的心，所以才会出现这种情况。

木青云看到她回复的话，内心没有体会到夏一情的言外之意，而是又回复道：是的，我现在有些无助，好像对一些事情失去了热情，有时很长一段时间对任何事情都没有热忱，沉浸在那种郁闷氛围中，自己好似快窒息了。

夏一情看到这个信息，内心又关怀了起来，抱怨好像被关切取代了……于是又回复道：是压力大吧？

木青云：压力不大，只是自己心思太窄。不好意思，跟您说这么多，耽误您时间了。就是看到有感而发而已。

夏一情：不会，你作点诗吧，记得你以前爱作诗，用诗抒发一下情感吧。

木青云：我写了很多诗了，现在想整理出本诗集，但是一整理就感到一种悲伤向我袭来，因为这里面有我的很多的情感。

夏一情看到这，又想起了以往的木青云，内心有些心痛的感觉……

木青云见夏一情没有回应，过了一会又回复道：我知道这是一个阶段的思想，我现在要追求阳和启蛰，万物复苏，我要试着用一种向阳的心态来规整这个诗集。

夏一情：好期待哦。

木青云：可能是一堆废话，但是绝对是真情实感的流露。

夏一情：我相信你。

木青云：嗯，您相信我能写出来吗？

夏一情：肯定能啊。

木青云：嗯，为啥这么肯定呢？

夏一情知道木青云自我怀疑的状态又来了，但是她现在也没有像以前一样直接回话过去，而是在思考怎么回复木青云的话。

木青云：这样问，你没法回答，这个问题还是应该问我自己吧。

夏一情：因为我很好奇你写的诗会是怎么样的，所以想鼓励鼓励，这样你就可以写出来了。

木青云：嗯，会写出来的，只是时间问题，就是需要规整规整啦。

木青云：时间不早了，您早点休息吧，谢谢您。

夏一情看着与木青云聊天的内容，内心又想起了那个让他保护的孩子，禁不住又笑了。

第二天中午，木青云正与老纪在仓库聊天，这时他收到了一条信息。

“晚上有空没？约你到海江新城的 IFC 来看个夜景。”

木青云看到这个信息，表情凝固了，若有所思的样子。老纪道：“喂，走啥神呢？”

他笑了笑，没有说话。

刚才聊天的兴致没有了，只剩下了一堆沉默的空气。

过了好一会儿，木青云才对老纪说道：“我以前的女朋友约我晚上吃个饭，你说我去不去？”

老纪连考虑都没考虑，就道：“去，为啥不去呢？一切都过去了，都已经成家了，有什么不能面对的呢？”说完后，老纪又将话题一转：“但是，别让你家里的那位知道哦。知道了，本来没有什么事也能搞出事来，因为人是一种复杂自私的情感动物。”

木青云笑了笑。

一天时间过得很快，夜幕已经降临。

车在城市的道路上像游走的灵魂，弯弯曲曲地在走，正如木青云此时的神思。

木青云无法让自己忽视内心压抑多年的情感，他感到来到这个IFC，路程那么远，时间那么久。

他停下车，乘电梯往楼上走时，身上好似背负了一个时空，压得自己喘不过气来。他是不敢面对，但是，今天机会给了自己，自己就要真实地面对自己的内心。

等木青云到了IFC99层天台酒吧时，夏一情已经在那儿早早地等着了。

当他们四目相对时，木青云眼睛立刻闪躲开了。他闪躲的是自己的内心。

刚开始，还是夏一情的笑声与热情将这个沉默的气氛给打破了。他们好似又回到了当初恋爱时的状态。借着酒力，木青云问道："这些年，过得好吗？"

夏一情叹了一口气，望着窗外的整个夜景。沉默……

木青云看着眼前的夏一情，内心有些慌，因为他希望她过得好。

这时，夏一情喝了一杯酒，眼睛直视着木青云道："我以前很恨你，你让我感觉我没人要，我那么差，所以我一气之下就选择了高朗。而，婚后……"说到这儿，夏一情沉默了。过了一会道："算了，算了，不说了，不说了。都是命。这是我的命。"

木青云道："你过得不好吗？"

夏一情看着木青云，眼睛里好像有恨有气有一派阴云密布。

"这么多年我一直想对你说声对不起，当初，我不应该……"木青云道。

"哎！"夏一情叹了一口气，"既然你想知道，我就说说吧，免得大家话说不透，心里总是有道隔阂在。"

"高朗和我结婚后，总是疑神疑鬼，感觉每一个和我有接触的男的，都和我有什么，为这事我们经常吵架。而近来，我的事业发展比他好，他越发的古怪，还生病了。我结婚后一直活在战斗中，除了自己的孩子感情没有其他寄托。这就是大体的样子。"夏一情说完后，喝了一口酒，看着夜景又喃喃道："我把这个归做命，当初你家人不同意我们的婚事，就是感觉我风风火火，你把握不住我。难道风风火火就是难把握吗？他们不理解，人都是心的动物，都是爱的动物，缺少了心与爱，这个世界谁能把握得了谁？

其实，谁能明白我内心的倔强？”

“不好意思，我当初不应该……”木青云道。

夏一情道：“没什么不好意思，这都是命，人最终都是孤独的，我与你的缘分就那么短，是老天注定的。我不怨你，不怨任何人，怨就怨老天让我在错的时间遇到了错的人。不过，人与人之间最难的，就是缘分。以往我们多么开心，而分开后，只能面对漫长的黑夜。现在回头再看看，真是一地鸡毛。”

夏一情拿起酒杯与木青云碰了一下，深情地望着木青云。

而就是这一晚，在耸入云霄的地标建筑顶端，木青云的神思又像天空中的云一样在游走……

夜晚，木青云回到家，心中的惆怅像海江的潮水，一浪高过一浪……

第七章

1

从海洲回到茶山的家珍，对海洲的思念一天比一天强烈。初夏的茶山多了些炎热，家珍在一棵古树下喝着茶水看着天空中的白云，白云像思念的灵魂，在天空中游走着，而她内心的炽热像天空中的太阳，光芒四射。她想去海洲，也想见到火麒麟。一阵微风吹来，有点暖暖的风拂过她的脸庞。

这时，她才回过神来，自己该做的茶饼还得做，不能老这样胡思乱想，想多了把自己整成精神病了。她要快活地过好每一天，她要把全部的精力都投入到做茶的过程中来，把自己对海洲的情愫及对火麒麟的情感都放到一边去，别让自己的思念成了情感的障碍，搞得自己人不像人，鬼不像鬼的。

2

茶山起雾了，淡淡的雾笼罩着整个茶山，成片的茶树在雾里若隐若现。这天，家珍刚跟火麒麟通完电话，就去找崔老汉摊牌。她认识到只有自己才能帮助自己，自己不主动自发采取行动，别人说的一切都是徒劳的。想得天花乱坠，不如自己试着去谈谈。

面对固执的崔老汉，家珍的神态依然有些拘束，道：“我想去海洲发展。”

崔老汉没有说话，而是扛起锄头往泥泞的土路上走，步履蹒跚，留下一深一浅的脚印。家珍一直跟在崔老汉的身后，尽管雾越来越浓。

家珍又道：“爹，我决定了，我想去海洲！”

崔老汉停下脚步，抬起头向茶山望去，一大片茶林在云雾中影影绰绰，道："你如果出去了，就会像在这雾中一样，会看不清任何东西。"

家珍道："虽然看不见东西，辨不清方向，但是朦胧薄雾笼罩的茶山上有很多的茶树啊。"崔老汉道："茶树你是知道的，到了海洲那里你知道啥？一个人也不认识，你一个女孩子能走多远？"

家珍道："能走多远我不知道，但是我知道，在海洲开个门店向外销售茶叶就是一个途径。"

崔老汉指着茶山的方向道："我们是有茶，有茶园，但是你得能销售出去！"

家珍兴奋地说："你让我去试试，没准我在海洲能销售得好呢？"

崔老汉道："你？就你？你行吗？"

家珍这才清晰地意识到父亲心里还是感觉自己孩子不行，这个时候再说什么都是多余的了。家珍看着这雾，她知道雾之后会有晴天，但是崔老汉看到的雾只是雾，他走不出这雾，也害怕这雾。

家珍道："行与不行我现在说了也不算，就像在这雾中行走一样，你感觉看不见，但是我感觉一会就能有晴天。不管怎样，人就活一辈子，我要出去看看。"

崔老汉没有说话，只是扛着锄头，向雾中走去。

家珍看不到他的身影了，向雾中大喊了一通："我是我，你是你，你给了我生命，但是我的生命我做主！"

过了一会儿，雾中传来崔老汉的声音："孩子大了不由爹，既然你想出去，就出去吧，只是受伤了别怪老爹没阻拦过你！"

家珍听了后，大声喊道："我的路我自己走，不怨天尤人！"

家珍说完后，雾中没有了声音……

家珍从雾中往回走，走了约十分钟到了家。开开门后，她对玲子喜悦地道："爹同意我去海洲了。"

玲子放下手中的茶饼道："你还真有胆！说出去就出去！"

家珍拿起茶饼道："我出去也是靠这个。"

此时家珍看了一下这个显得破落的砖瓦结构的房子，墙面上都是一饼饼的茶，除了茶饼之外，这个屋子再没有什么了。说完这话，家珍就开始收拾自己的衣物。

玲子见家珍在收拾自己的衣物，从她的举动中看出了家珍的急切心情。玲子将家珍从海洲带回来的一个海洲塔的标志给家珍递了过去，道："走出大山，去海洲就能幸福吗？"

家珍道："幸福不幸福我不知道，但是我知道，我想出去。"

玲子道："出去了还回来吗？"

家珍看着火麒麟送给她的海洲塔的玩具笑着答："我有男朋友了，出去了还是靠我们的茶叶，来来回回是要的。"

玲子道："这里的家就不要了吗？感觉你这一出去，家里好像少了很多东西。"

家珍笑了笑道："家在哪里？其实，人在哪里，家就在哪里！"

玲子道："去了外面怎么办？"

家珍道："像火麒麟哥说的只要挣到了钱，一切事情都好办！"

玲子道："是啊，但是关键是怎么挣到钱呢？"

家珍看着茶饼道："我们茶山有这么好的茶叶，我出去建立一个联络销售点，自然就来了钱了。"

玲子说："能行吗？"

家珍道："行。别人能行，我们也能行！"

玲子道："行。"

3

周末一场大雨，刷新了整个海洲的天与地。雨刚停，火麒麟想出去走走透透气，不知不觉就走到了江边。

此时，家珍发来信息："茶山下雨了，满山的茶树被风吹得像海江的波浪，让我想起了海江边的风景，真好看。"

火麒麟回复："不约而同地想到海江，也许就是心有灵犀一点通吧。

我现在就在江边。”

家珍：“是吗？江边真好。”

火麒麟道：“我特别想念你来海洲的那些日子，你在的时候这里天那么蓝，水那么清，风那么轻，你那么美。”

家珍看到这个信息，内心里一阵悸动。

火麒麟道：“人是很矛盾的，当时你应该在海洲多待会儿。”

家珍道：“嗯，嗯。”

家珍看着满山的风景，像她内心的波浪在起伏，她好像感觉到了生命的萌动，感觉到了时间在流走，心中有抹不去的温柔。

过了一会，家珍又发来了信息。

“你想我吗？

火麒麟道：“嗯，想你，玲珑骰子安红豆，入股相思知不知？”

“我也想你。”

火麒麟道：“我想天天见到你。”

家珍道：“真的吗？”

火麒麟道：“真的！”

“我不信，如果你真的想我……”

火麒麟收到这个信息后，正在思量着家珍的意思。

家珍又发来一条信息：“我明天就要去海洲。”

火麒麟看到这个信息后，高兴地跳了起来。但是，他又担心自己好像没有办法在海洲立足。

“真的吗？”

“想去海洲开个茶叶店。那样我们就可以天天见面了。”火麒麟听了后又喜又忧！喜的是可以见到家珍了，但是，他想到家珍来了海洲，自己该怎么办？自己在海洲还是个流浪汉，又怎样帮家珍呢？

跟家珍聊完后，他内心堵得慌，禁不住给老纪打了个电话，约老纪到江边散散步。

在等待老纪的过程中，他看着整个繁华的海洲，想到自己的苦楚，烦恼了起来。他感到自己很无用，明明都是人，为什么有的人能开着跑车，住着豪宅，而他自己却这么的苦，什么都没有？现在自己喜欢的女孩要来了，而自己一无所有，这突如而来的现实又给了他一记响亮的耳光。

老纪来到后，跟火麒麟聊了一会儿，见他这样的忧郁，就道："家珍要来了，是好事。你应该高兴才对。"

火麒麟道："我是应该高兴，但是她来到海洲后，我怎么帮她呢？钱没有钱，资源没有资源。"

老纪笑道："她怎么想的呢？"

火麒麟道："她想在海洲开个茶叶店。"

老纪道："好啊，就开个茶叶店好了，日后的日子慢慢就呈现出来了，考虑多了无用。"

火麒麟道："可我没有钱啊，家珍那里也没有多少钱，怎么开店？"

老纪道："钱我可以借给你一部分，但是你得打个借条。俗话说：救急不救贫。你记得要是借了我的钱，将来有钱了得第一时间还给我。别我帮你帮到最后我们却成了仇人！"

火麒麟道："谢谢。如果需要的话，我会向你借点。等家珍来了后，我和她合计合计再说吧。"他说完这个话后，感叹一声道，"我来海洲是想实现我的抱负，而现在抱负理想都被狗给吃了。"

看火麒麟这个小伙子，对自己未来的设想与当下的力量实在是不成正比，老纪道："别去考虑那么多了，命运会垂青给你的，毕竟老天爷让这么多人来到这个世界，他会给每个人一条路的。"

火麒麟道："你说路在哪里？"

老纪道："不知道，我想路本无所谓有，无所谓无的。只要心中有盏明灯，好好地过好每一天，不需要去考虑那么多的事情，走着走着路就出来了。"过了一会儿老纪想到也许火麒麟感觉自己未来很漫长，有着无限的美好、无限的期待在里面，而看看身边的人的成功，自己的不成功，就自责、自卑，甚至鄙视起自己来，这样不好，就道："人就是一个感情动物，要说什么人生理想、人生抱负，在我这个年龄看来，都是不靠谱的。因为，当你老年时回过头去看一生走过的路，会发现自己就是那么回事！自己想的和自己实际走过的路是不一样的，甚至自己当初设立的目标到头来啥都不是，过程中设立的目标还给自己带来了极大的痛苦，且最终走出来的路还是不一样。”

火麒麟道：“您和我不一样，您是什么都有了，而我现在是只有空气。”

老纪道：“其实都一样，不过你前面的是无尽的青春长路，而我这个老人家，未来面对的就是死亡。面对死亡回首往事，感觉过去真是短暂，一回头发现过去的每一刻都历历在目，时间很短暂，别老去自卑、自责，因为时间过得好快。”

老纪又道：“人就是对未来充满美好的期望，从年轻一直到死亡都是。我马上就退休了，回过头去看，山山水水都已呈现在那里了。就是那么回事，没有其他的，仅此而已。但是我自己还是想写出好的小说来，出一口气。”

此时，老纪能感受到火麒麟有点愤怒又无可奈何的心情，火麒麟的眼睛里充满了仇恨、愤怒，还有一些焦虑。

老纪又安慰道：“你总归是慢慢地老去，慢慢地你的生命的历程就出现了，没有必要难过，没有必要自我怀疑。即使你买不上房，成功不了，也不要去迷信那个，只要不去迷信，你就能够走出更好的路子来。”

火麒麟道：“你已经拥有了这些东西，却对我一个一无所有的人说这些话，有用吗？”

老纪道：“你自自然然地过好每一天，慢慢地你就知道自己的命了。不管什么样的命，你自己的感受会是一直陪伴着你，你自然地本能地去做自己该做的事情，只要做好眼前每一件事情，最终你回首人生时，就会顿悟人生的奥秘。”

火麒麟道：“正是因为你有这样的感受，你才过成了现在这个样子！”

老纪看他说话如此不敬重自己，就道：“滚！我压抑一辈子了，到头来还让你这个小子给欺负着！滚蛋！”

火麒麟看到老纪这样地生气，就嬉皮笑脸地道：“我错了，只是我看到这些人，人模人样的，我生气。不是说的您！全单位我最能说得来的人就是您了，我怎么会欺负您呢？”

老纪道：“你跟我说话，要时时尊重我，要不，我就不和你玩了。”

火麒麟看着老纪像个老小孩，禁不住笑道：“嗯！”

就在这时，老纪问火麒麟：“你知道我在单位的意义是什么吗？”

火麒麟道：“意义？什么意义？”

老纪道：“我在单位的意义就是衬托像青总这样人的高升，我的意义就是做别人的陪衬。”

火麒麟笑道：“你的意思是别人是红花，你就是绿叶呗。”

老纪道：“我也不想做别人的陪衬，但是过山过水过风景一路行过后，我才知道自己的一生就是陪衬。说起来算是说我的人生经验啦：看人不如看自己；研究别人成功不如研究自己成功；早成功不如晚成功。”

火麒麟笑道：“你还能成功吗？”

老纪道：“我能成功，因为我还有小说呢。”

火麒麟道：“你写小说，写什么小说？写什么文学？现在人都浮躁，谁还会去看一些纸质书籍？！”

老纪道：“没有人活在客观世界里，每个人都活在自己的主观世界里。我写小说也等于在分析自我啊。”

火麒麟道：“分析个啥？如果你们能分析出个精华来，就不会到了五十多岁了还这样一副老样子！”

老纪笑了笑道：“像我一方面感觉自己怀才不遇，另一方面又感觉五十知天命了，知道自己的命，有些宿命论的感慨了。说话的思维总是自我安顿，自我安慰，所以写小说就当作是对自己的一种安慰了。上了高位的人懒得跟我这些低层的人说话，他们认为跟我不在一个频道上。他们说的是要往上，而我要么原地打转，要么就是坚持自己的观点，用自己固执的观点来分析问题。所以写写小说就等于自我安慰了。”

火麒麟听着老纪这样说，开心地一笑，好像自己心上的各种情绪被眼前的这个老头这么一说，烟消云散了。

第八章

1

家珍在火车上吃着从家里带的干粮，想象着到海洲后的情景，虽然自己一无所有，但是内心很坚定地想象着未来的美好生活。

火车穿过一个个山洞，窗外的崇山峻岭，一会儿出现在眼前一会儿又消失在山丘的隧道中，像她此时急着赶路的心。

火车在路上颠簸，家珍一路风尘仆仆地到了海洲东站。

家珍随着人流到了出口，远远地望到火麒麟拿着一个牌子在远处等着接她。看他那出神的眼睛，仿佛一个望穿秋水的少年。家珍看到火麒麟使劲地向他招了招手，火麒麟看到家珍后，高兴地笑了起来，立即迎了上去。他们见面甚是欢喜。

家珍道："等急了吧？"

火麒麟道："还好，你饿了吗？我们先去吃点饭吧。"

家珍道："在车上吃了，不饿。"

火麒麟笑笑说："晚上木青云他们请你吃饭呢，我先把你安顿下来，我们吃晚上的那顿。"

家珍道："好啊。来了海洲后，木哥就是我们的亲人了，在家靠父母出门靠朋友。"

火麒麟道："木哥说有些想法要与你沟通呢？"

家珍道："什么想法呢？"

火麒麟道："到了就知道了。他说天机不可泄露。"

家珍道："我知道的，就是他不说我也知道的。"

火麒麟道："你知道什么呢？"

家珍笑了笑道："当初去茶山时，他和白江河哥说让我出来，出来开个茶叶店，估计是这个事情。"

火麒麟道："我跟老纪商量了，到时筹措一部分钱，帮你开店。"

家珍一笑说："我有货源，只要有人买就可以了，开店不是问题。"

两人边说着话，边往地铁处走。一言一语地将压藏在心底的情感与想法进行了深入的交流。

2

火麒麟和家珍将行李放到了火麒麟的住处后，就打车去了一处农庄。农庄院子里摆了一张低矮的老式农家饭桌和许多小凳子，而木青云、白江河、金乐元、老纪等人都来了。

他们寒暄了一会儿，坐了下来。

木青云看着来到海洲的家珍，心情很舒适，一边喝着茶水一边道："家珍来了海洲，完成了自己的心愿，一个女孩子，不简单。听麒麟说，你想在海洲开个茶庄，这是可行的。我和白江河就商议着我们共同出资来开个茶庄，按照投入多少分成多少的原则，前期帮你一把，你看怎样？"

家珍道："正琢磨怎么才能在海洲开个茶庄呢，没想到自己未考虑出个一二三来，木哥已经想好了。家里的茶叶都是好茶，茶的品质好，就不愁没销路。"

白江河听了后道："既然家珍同意，我想地点就定在茶叶城吧，事情有想法就要落地，明天可以去看看有什么好的位置，租下来。"

金乐元道："这么着急吗？"

白江河道："做事的想法若不落地，就会起起落落，考虑一阵纠结一阵，到最后若有变卦，就会一切归为零。

木青云道："事情是要做的，就是家珍这一路有些劳累，要不先休息几天再找铺子？"

家珍道："这次能从大山出来，我有一个感受。"她说这话时，木青云认真地看着她。她思索了一会儿道："这个感受就是真正的做事不在于考虑得多么完美，而是要想做的时候，就不要停留。犹豫不决就会被外界各种因素所影响，最终就是一个思维的循环。我在火车上还一直在考虑到了海洲如何生活呢，没想到车到山前必有路。我想白江河哥的想法是对的，我们明天就去看。"

木青云笑了笑道："家珍也成了哲学家了，说出来的话，听着这么有道理。"

家珍笑着道："我不是哲学家，只是有理想而已。"

火麒麟道："理想？你还有理想？什么理想呢？"

家珍道："理想有两种，一种是我实现了我的理想，一种是理想通过我得到实现。我从大山里出来就是我实现了我的理想。而理想通过我实现，就是我想开茶庄让大家有钱赚，过上幸福的日子。"

木青云道："家珍是正心正念正能量正精进。"他不由得拍手叫好。

金乐元道："家珍开个茶叶店是自己做主，不需要弯腰看眼色，虽无缤纷，却有耀眼光芒。所以，希望家珍的理想实现，我们都过上幸福的日子。"

家珍道："您说的弯腰看眼色是？"

金乐元道："像我在新闻中心要想往上走，感觉好像要弯腰看眼色白活一辈子一样。"

木青云听了金乐元的话道："有同感，天天好像很忙，其实也不知忙了什么，还要看人眼色。日子久了，往往没有了自己。"

白江河听了后道："你们两个的观点没有家珍的理想好。在单位不要要面子，像老纪大哥最失败的就是碍于面子。我发现越是没有本事的越碍于面子，越碍于面子就越没本事，恶性循环。"

火麒麟听了白江河的话道："我插句话啊，我认为：人生毫无意义，但可以人为赋予个意义，以便有个理由好好地活着。你们都是在海洲扎了根的人，而像我这样没有根基的人，我的意义就是钱。为了钱，我面子里子都不要了，只要能和家珍过上好日子。"

白江河点了根烟看着火麒麟道："人生不是毫无意义。你追求的有钱过上好日子也是一个概念性的想法。刚才木哥、乐元讲的看眼色的事情，我是这样想的：人生中，我们应该有界限意识。只有将自身置于界限之中，我们的人生才有基点、有方向，才有安全感、确定性和可解释性。底线意识给我们提供道德基点，向上看就是提升人生境界，比如思考如何升职、人生意义、本质等问题，生活中各种具体的界限给我们提供为人处世的基本标准。没有界限，人生就会变得贫乏虚无。当然，生命流变不居，人生绝不是囿于界限之内。人生是界限和变化的矛盾统一体，生命就是一个在坚守底线的基础上不断超越和重新设定界限的过程。只要超越就没有什么面子，什么看眼色。正如家珍从大山出来，来到海洲最终也不是为了不看她父亲的脸色，你说是吧家珍？”

家珍笑了笑道：“你说了那么多，我虽听不太懂，但是我自己的经历我还是知道的，我的理想促使我从内心的束缚里挣脱出来了。”

白江河道：“这就是说生命流变不居，是界限和变化的矛盾统一体。所以要改掉一切负能量的言行举止与思维坏习惯，向正能量方向转化。”

“正能量？哪里有那么多的正能量？”木青云说这话时看着夜色，喝了一口茶后又道：“人人都想要正能量，看清事情的脉络，但是最终还是看不清事情的脉络。既然看不清哪里来的那么多正能量？”

白江河道：“木哥，你若是再深一层，就会发现人生本来就是正能量，生命本来就是正能量，这就是天道。”

木青云道：“你说什么是正能量？”

白江河道：“该高兴高兴，该生气生气，该努力努力，该做什么做什么，道法自然，自然不管你看透什么，它依然是它。”

金乐元道：“你说的该高兴高兴，该生气生气，别让人把这样的人当成了神经病！”然后他笑了起来。

白江河道：“这是有前提的，前提就是说学会了处理自己与世界，与他人的外在关系；第二点是说学会接受成败得失；第三点更多是说接纳自己，爱自己；第四是发现自己依然拥有自己的小宇宙，闭环过滤外界垃圾之后，小宇宙充满无限能量，然后小宇宙与大宇宙一起和谐地转了。这就是自然之道。”

家珍道：“我认为白江河哥说的有道理，以前我把我爹的观点看得很重，但是他的很多想法确实是把我当猴子耍，以后我要好好在海洲生活，处理好自己与这个世界的关系。”

火麒麟道：“他们说的都是毒鸡汤啊，不能信这鸡汤，有毒啊，一辈子都要有个奋斗不怕输的精神，心态保持好，失败不可怕，可怕的是你相信这些毒鸡汤。还是明天好好去看铺子，定下来再说吧。”

他们有说有笑地在农庄聊天，简简单单的一餐饭就为家珍来海洲的路子给趟开了个口。

3

俗话说好事多磨，但是还有一句俗话就是好事不麻烦，家珍来到海洲的第二天他们就顺风顺水地在茶叶城找到了一家满意的茶店。茶叶店装修完好，茶具、茶几配备齐全。老板嗜赌成性因赌债问题急着要将这个茶店租赁出去，以用这笔钱来还赌债，所以他们协商得很痛快。协商一番，就签订了合作租约，租期为5年，租金50万元。签完合同后，木青云道：“事情这么快就搞定了，真是顺利。”

这时，一起来的华悦蓉道：“咱们还是要列个书面的合同，合同是防小人不防君子。说好的按投入进行利润分成，有个书面协议大家也没话说。”

家珍笑着道：“是，将话说到明处，桥归桥路归路，别拿口头话语当协议！定个合同操作起来方便。我来海洲全靠大家帮忙，利润你们多些，我有口茶喝就好。”

木青云看着华悦蓉道：“你哪里那么多话？我们做事情还没有个默契？”

华悦蓉道：“现在大家都在，爱人也在，咱们出的是钱，赚的是利润，我们要长久地做下去，就要有个明细的说法，固定下来，那样大家都没得说。”

白江河看着华悦蓉道：“华悦蓉说的有道理。人到齐了，大家都坐，咱们开会了。将合同确定下来，省得大家有话说不明。”

华悦蓉道：“人的心是不一样的。不能完全靠诚信和心来做事，不是说大家靠不住，而是说有人的地方就有江湖，有利益的地方就有矛盾纷争。所以为了日后合作好，就要好好地约法三章。”

木青云道：“佛祖教育人们要利他，对他人没有利益好处，人又有什么必要存在呢？合同是没有必要签的，大家有个君子约定就好。”

华悦蓉道：“人和人不一样，有太阳也有月亮，有黑暗也有光明。还是签一个吧。商讨一下细节喽。”

金乐元和江淼面面相觑，而白江河和燕子只是听着他们的观点较量。

在茶馆，他们各自找凳子围在茶桌前坐了下来。华悦蓉将一沓纸和笔从包里拿出来，摊在桌面上，让大家谈论细节。

木青云瞪了华悦蓉一眼，心里有些气想发。只是这么多人在这儿，他忍住了。物以类聚人以群分，视界不同世界不同。本来思想就不在一个频道，在这儿吵架也是丢人现眼。

白江河看见木青云闷闷的样子就道：“大家别不说话啊，别装了，该摊牌的摊牌吧，这也是算我们的第一次预备股东扩大会议。今天大家及爱人都在，会上说什么都行，会下说什么都不行，咬了牙印就要算数。我看就由华悦蓉做个会议记录，会后每个人都要审阅、签字，咱们将根据这个会议记录起草合同，具体的运作公司章程、制定工作计划，由火麒麟及家珍来承担。”

华悦蓉向大家点点头示意，拿起笔和纸准备记录。

白江河道：“家珍的货源很可靠，来到海洲不容易，我们有缘能组成一个团队进行协作，是一件幸事。基于大家现在是朋友，未来还是好朋友的基准想法，我们把合同确定好。就当我们做好事的同时也好好地处理好未来利益的关系，毕竟谁也不知道这个茶店未来利润有多少。”

金乐元说：“我也赞同签订合同，这不是一个道德境界问题，是日后赚了钱大家思维变化的问题。说破也好。”

于是，他们大家谈论了起来。

经过两个小时的谈论，大家都很高兴地接受了合同的条款。最后，大家都看向了华悦蓉。华悦蓉为了缓和刚才自己提出合同一事就道：“不要看我哦，合同的事情谈完了。大家应该看麒麟和家珍这俩大方脸，这要是在一起，不得生出个电视啊。”

家珍道：“嗯，应该很快了。好事不麻烦。什么事情都是缘分，但是我听说过一个故事，故事说得挺好。”

江淼、燕子、华悦蓉认真地看着家珍，见家珍沉默，华悦蓉就道：“什么故事？”

家珍道：“一对老人吵架，老头总是让着老太太。老太太问：你为什么每次吵架老让着我？明明是我做错了。老头说：因为你是我的，就算我吵赢了，又能怎么样？赢了道理，输了感情，丢了你，我就输了人生的全部！两个人的世界总要有一个闹着，一个笑着，一个吵着，一个哄着。我很喜欢这个故事。如果结婚了，火麒麟也能这么疼我、宠我、爱我，我一定好好珍惜！一生很短，就算还有下辈子，我们也不一定相遇……”

大家笑了，舒心地笑了。

就是通过这样的一个谈论，开诚布公的谈论，家珍的店开了起来。

第九章

1

时间过得也真是快，家珍不仅茶叶店开得风生水起，而且跟火麒麟也在海洲结了婚。江淼、华悦蓉、燕子他们等人也成了茶叶店的常客，慢慢地都熟悉了起来。

而江淼自从辞职在家后，整天与婆婆进行斗争，金乐元也是不管不问，搞得江淼好恼火，一气之下，搬到了家珍住的地方。

那时正值八月，八月海洲的白天可以把一个少女晒成黑炭，夜晚的温度也是让人心情郁闷。江淼住在家珍的地方，算是开了眼界。晚上一开窗就进来蚊子，让蚊子纠缠得一晚上都在思考人生，特别是那些花蚊子，晚上只能开着灯找蚊子，打蚊子。最戏剧化的是，竟然有老鼠、蟑螂跑了进来，更可气的是壁虎也明目张胆地跑出来散步，吓得她一晚不能睡。这个院子的老鼠，基本是见怪不怪了，见到老鼠的频率和猫猫狗狗都差不多了。而家珍却是很幸福地生活在这里。

江淼一觉醒来，打开窗透了透气，结果不到五分钟就燥热起来。看到窗外的老鼠在大摇大摆地来回逛荡，一点都不怕她，她内心就生气起来。这时，又看到一个蟑螂在她面前跑，她只能从身边抽了一张纸巾，徒手捉起了蟑螂。她自己到了浴室去冲凉，没承想洗澡的时候又被蟑螂吓得冲出浴室，扑在地上，手肘鲜血直流啊，她感觉蟑螂好像看到她在嘲笑她，并肆无忌惮地像直升飞机冲过来。

她清了清伤口，感到真是屋漏偏逢连夜雨，自己真是虎落平阳被犬欺。

她想家珍住在这样的环境中，还那么乐呵，也是服了这个怀孕的女子，她知道家珍一早去了茶叶店，她想过去看看家珍。

家珍挺着一个大肚子，在茶叶店里忙活。

江淼看到家珍道：“你自己肚子这么大了，还在忙活啊？”

家珍道：“还可以，打车上下班，还算可以。”

江淼道：“火麒麟对你放心？”

家珍道：“有啥不放心的。平时在家，我基本不需要做家务，他倒是挺勤快的。”

江淼看到家珍的幸福样子，心里感叹自己和金乐元没有爱，只是凑合过日子，完成大众都在做的事，成家生娃。想想金乐元整天都在研究股市，跟他说话都像没听见一样。现在又遇到了婆婆这样一个奇怪的生物，无名火就起来了。她看着家珍的状态，挺羡慕，就道：“看着你们的日子，我真羡慕。”

家珍道：“自己老公对你怎样心里没点数吗？干吗要羡慕别人？婚姻如人饮水，冷暖自知。”

江淼道：“你说的有道理，可是现在金乐元除了股市就没有其他的事了。我对他说这不是谈恋爱的时候了，可以整天着说说笑笑。现在成家了有孩子了，家务等他有责任和义务分担了，但他置之不理。”

家珍道：“是不是他听得耳朵都起茧了？”

江淼道：“是的。”

家珍道：“我能理解你的感受啦。女人说太多，男人反而是反感的，本来想做，但是一想到是你要求的，就越不愿意做了。”

江淼笑道：“你怎么知道的这么多？”

家珍道：“每个人表达爱的方式都不一样，每个人对爱的理解、需求也不一样，有人爱得浓烈，也有人觉得爱情只是生活的一小部分，最终还是一句话：取决于你自己能不能忍，最好的那一瞬间，是不是你期待的；最坏的那一瞬间，是不是你能承受的。把这些想清楚就行。大多时间还是处在中间的地带。女孩子还是多关注自身成长，心里装的多了，也就不会把眼睛只放到那一个人身上了吧。”

江淼道："可能和最近我辞了工作，在家待久了，没有了自己的生活有关吧。我得调整一下自己的状态。"

江淼看着大肚子的家珍又道："你现在上班火麒麟不担心吗？别做了，在家好好休息。"

家珍道："我是这样认为的哈。火麒麟在海洲也很辛苦，出门比我早，回来比我晚，我什么都指望不上，也觉得没什么。我每天都是挤地铁或打出租上下班，回家自己买菜做饭吃。产检几乎都是自己一个人去的。因为孕吐很厉害，只喜欢喝小米粥。他能给我熬好小米粥，我就很开心了。"

江淼看着善良淳朴的家珍，笑了笑后道："现在谁在照顾你？"

家珍道："家里老人都忙不过来，现在自己先照顾好自己。等将来有事时，再说吧。"

江淼道："我要是有你的这样的心态就好了，我现在真是不怕神一样的对手，就怕猪一样的队友。"

家珍道："不怕神一样的对手，就怕猪一样的队友是吧？但是你想想如果你的队友是个神，那你只能有猪一样的感觉了，因为他处处比你强，你的价值在哪里？"

江淼听了后笑了笑道："你现在是被火麒麟灌输了他的思想吧。他要承担养家的责任的，妻子有份自己喜欢的工作就好。他要有养家的能力，要提供好的经济条件给妻子啊。正常家庭就是女方负责精神文明建设（家风），男方负责物质文明建设（经济基础），这样女方才有精力好好养育孩子啊。"

家珍道："生活怎么能设想呢？我知道我能从山里走出来，就是一个挺好的事情了。尽量往好里过吧。"

她感觉家珍真是有种淳朴之美。

这时，江淼不由自主地想起了婆婆的刁难，看着家珍的大肚子就道："孩子生下来后，自己有精力尽量自己带孩子。与婆婆一块带小孩，根本没法沟通，那种气是用语言都无法描述的！"

家珍笑了笑，她想到了她年轻时离家出走的母亲，过了一会儿道："我母亲年轻时就抛弃了我父亲，而我也没有体会过母亲的温暖，所以我其实挺想和婆婆一起住。但是，听说婆媳关系难啊，自古以来就是一个解不开的话题与难题，无法沟通就直接表达呗。”

江淼道：“以前工作时，生活重心是如何推进工作；而现在自己在家这个圈中，突然感觉家成了全部。而金乐元又是只知炒股工作打游戏的，其余日常生活里就是一个白痴，而我婆婆也是得理不饶人的人，这样的日子不翻车也是没谁了。”

家珍道：“婆婆要是蛮不讲理的人，主要还是要靠丈夫来调节、沟通、协调，要是丈夫在中间和稀泥，或者偏向他母亲那一边，则家庭中会时时在翻车。”

江淼道：“我跟我婆婆也是努力去调节，去将心比心，去讲道理，不过悲剧的是老公太高估了自己在妈妈心中的位置，再怎么情商高，再怎么调节，遇到这样的老公，这样的婆婆，也是巧妇难为无米之炊。特别是我看不惯，他父母偏心。遇到两个儿子的、没什么文化和经济能力的农村婆婆，真的有多远跑多远，有女儿的千万千万要远离这种。”

家珍道：“家家有本难念的经，调都调不过来的，也无法调。”

江淼道：“最可气的是金乐元的弟弟，不上进，三十多岁了，不务正业还没找上一个媳妇，而平时我们给公婆的钱他们都拿去帮助他弟弟，这不是典型的犯糊涂吗？幸亏，他弟弟在外地，自己的生活自己过，好坏都不找我们，一直都相安无事。”

家珍道：“有人说婆婆是个奇怪的生物，在媳妇眼里她们都是不按常理出牌，其实就是观念和习惯有差异，认知也不同而已。一般强势的婆婆一辈子习惯了在家作主，也想到儿子家做主，这个习惯是很难改变的。特别老人家执念又深。突然被人夺权了，那肯定是不适应的。”

江淼道：“你说的都是道理，你没看过婆婆的那种偏心，对鬼说了鬼都怕。那种偏心啊，没理由来的。被偏爱的那个，永远不知足，不感恩，不体会别人的爱，对所有事情都觉得理所当然。而金乐元就是傻乎乎的，一直是将钱偷偷地给他父母。对金乐元我还不敢说，我一说就说我难伺候！现在我基本都不说了。我也尝试接受，但是接受不了。”

家珍道：“你说的这种好明显，明明小的游手好闲，却把你们给的钱又贴给小的，这种教育方式不好。”

江淼道：“这次我来到你这儿好好静静，免得在家里再起矛盾。”

家珍将茶水从壶里缓缓地倒了出来，而江淼堵塞的心情也慢慢地得到了疏导。过了一会儿，家珍道：“没这么严重吧，就是让他们有个概念吧，要让他们知道你的底线。捍卫住你的底线，就等于捍卫住了你的权利空间。”

江淼道：“不知道回去会怎么样，婆婆那种唠叨、抱怨，搞得人心情不好，外出都不让穿短袖短裤，老封建来的。说起这些琐事，我一肚子火。”

家珍道：“老人家比较爱啰唆，也会注意衣着，在家穿个吊带，自己好爽，但是别人会感觉不好。所以家风观念很重要。”

家珍喝着茶然后又道：“我自己来到这个大城市，我知道自己的基础薄弱，但是我思想不薄弱，就像一块土地种庄稼种得晚，但是我是块肥沃的土地，我现在就想做个有智慧的妈妈。”

江淼道：“什么智慧不智慧的，只要家人互爱就好，做比说的效果更好，一句话：父母相爱就是最好的教育。但这句话我没能做到，可能以往我自己工作惯了，近两年没有工作，生了孩子跟婆婆在一起，热爱生活的信心也没有了！”

家珍道：“你真的热爱生活啊！看你发的那些美食，这得多有爱，多有耐心才能做出来啊。我倒是想做这些，但是自己笨笨的，又感到太麻烦，一年都吃不上一次。”

江淼道：“我是天天折腾，但也是为了转移我的注意力，然后每天做些新花样自己也觉得有趣，但是吃得不多的，所以我都是楼上楼下送邻居，人家喜欢。我就是靠这些来消化我和婆婆之间矛盾带来的不好的情绪，懒得跟她纠缠。我工作是很优秀，有自己优秀的一面，而现在我只是在过生活，目标就是培养好孩子，等孩子上了幼儿园再去工作。”

家珍道：“我觉得你就是我说的那种智慧型妈妈。”

江淼道：“过誉了，受之有愧。我智慧，还跑到你这儿来住、来散心？”

家珍道：“所以，我只是想说，大家经历过一些事后，不管什么时候，永远记得把爱自己放在第一位，有自己才有未来，自己是最重要的，健康快乐地活着，其他才有意义。这真的不是空话，这些都是我在成长过程中不断地积累、领悟到的。自从小时候母亲离我们而去，我就告诫自己，热爱自己，就是生命第一，因为如果自己不关心自己，那么没人会关心你。”

江淼道：“爱自己是对。 只有懂得爱自己方知爱人，悦己才能悦人。而现在我是真对我婆婆爱不起来，真的跟金乐元在一起，烦透了！真想跟他离婚，各过各的，但是现在还有两个孩子，哎！”

家珍听了后道：“不要离婚。你要是真要离婚，先想好，能不能一个人带好孩子、搬砖养家、教育孩子、自己美，一件不落下，如果可以，你再考虑离婚的事。我说这些就是让你不要动不动就把离婚挂嘴边。

江淼道：“我晓得，生完孩子的女人，30 岁以后的女人就把时间更多的花在自己觉得值得的地方吧。40 岁以后的女人，面对的各方面压力更大，社会对待女性不友好，女性对待女性更挑剔，所以活好自己最要紧。”

家珍道：“我从大山出来，就是要活好自己，做好自己，将来和火麒麟能安安稳稳过自己的日子就是很厉害的了。”

2

江淼看着窗外的太阳高高的挂在天上，明媚的阳光照耀着整个大地，她想自己是不是要回去，毕竟在这里也待了一周了。

此时家珍将已经喝完的一泡茶从茶壶里倒了出来，用热水冲洗一番，而后又泡上了一道茶。

江淼看着家珍道：“谢谢你和我聊了这么多，我将不能承受的一些事情都向你倒了出来。”

家珍道：“其实，人就像杯子，我们能利用杯子就是利用他的空，用空来盛水和倒水，要不杯子就是一块石头了。杯子成了石头还有什么用处呢？杯子只有装水才有用处。而水就是我们的情绪。”

江淼道：“杯子理论？”

家珍道：“木青云哥对我说的，有没有道理呢？”

江淼笑了笑道：“木青云活得如何呢？我不去点评。人安慰别人有一套，但是自己能不能过好是另一回事。不过，我在想，杯子要看装什么，如果装的是热水，太烫了，如果装冰，太凉了，就要放手了。如果是装石头还可以，装完以后还可以装沙，装水。但是我还是想装水，水有各种形态，利万物而不争。但是装热水，装蜡，装油，太烫了，会放手。”

家珍道：“这是处世的态度问题，你的态度决定了事物的发展方向，可能说同样一句话，表达的语气不同，产生的效果就会不一样。吸引力法则，墨菲效应，破窗效应，都是自己的气场决定的。内心在寻找自我，我又是谁？谁又是我？我感觉最主要的就是不要和垃圾人在一起。他们会吸收你的能量，将一些负能量传给你，所以就是自己要有精气神。”

江淼道：“我和婆婆相处总是相互指责：你怎么回事，到现在还没做好？若我换个态度：你帮帮忙，大家都一块做好。你说哪个效果更好？同样是一件事，你更喜欢哪一个？”

家珍道：“你这是在教别人说话了。第一个做法感觉自己很生气，别人很恼火；第二个，感觉出了人的掌控气场和对方的愉悦。结了婚就平凡地活着吧。”

江淼道：“结婚是地狱，婚姻是坟墓，没有地狱人没有归处，没有坟墓人就是孤魂野鬼。但是这个地狱我想与一大家子人也有关。原来我只是想到两个人的事情，而没有想到一大家子的事情。”

家珍道：“做个有温度的人，很重要。”

江淼道：“做一个懂得尊重，善良又有温度的人。”

家珍道：“人的性格是一直跟随自己的，我认为是很难改变的。”

3

过了一会儿，燕子来到了茶馆带来了自己做的点心，江淼和家珍看到点心，称赞了起来。

燕子道：“我是向江淼姐拜师学的艺，现在工作忙也没有那么多心思做这些了。”

江淼道："我是和夏一情置气，自己辞了职，而现在想想能够在单位继续干着，也是一件幸福的事情，至少有自己的空间；不像现在在家这个圈中，搞得自己人不像人鬼不像鬼。"

燕子听了她的一番哭诉道："我也没有嫁到个好老公，也没有一个好婆婆，当然最重要的是我自己没有足够的能力，不然老公、婆婆什么的都不重要了。白江河除了上进心强外，其余的家里的事情也是不管不问。"

家珍道："有没有好老公、好婆婆、好老婆，都是相对的，这就是一个相对论的东西。何为好何为不好，好中有不好，不好中有好，好的多一点就是好老公、好婆婆、好老婆。我的理解是，能为你投入时间、精力和金钱的另一半就是好老公、好老婆，而婆婆也是这么个道理。"

燕子听了后笑了笑道："白江河在同事、朋友、爸妈眼里，算得上好老公。而我没什么感觉，很多时候，我感觉是自己在过日子，俩人一起，基本靠娃在纠缠。现在他整天泡在单位不回家，有一天他喝多了，先睡着了，我娃拍着他：哼，爸爸你，起来！还要妈妈生小孩呢，都不照顾我，自己先睡着了。"

江淼道："是不是白江河对你太熟悉了，没有了感觉了？这是自然规律，多巴胺只能让大家爱情冲动，不能保证婚姻的维系。"

燕子道："白江河没有仪式感，也不喜欢搞点仪式。男生不喜欢送花给老婆是抱着什么心态呢，谁知道？"

家珍道："感觉是自己人啊，自己人不需要浪漫。"

江淼道："自己人？"

燕子道："是不是觉得到手了，不需要再花心思了。但是女人还是想要花的，难道不能偶尔给点浪漫或惊喜吗？"

江淼道："男人不会因为你帮他生孩子洗衣做饭，就不去找其他人，也许花都送给外面的人了。"

家珍道："哈哈，对于我来说， 我不等别人送花，我喜欢的话会自己买，自己插花。送花是希望让他们看到我们收到花的心情变化，然后反省检讨自己，为什么把生活变成了平静的湖面，放弃了浪漫。"

江淼道："兴趣在哪里心思就在哪里。金乐元是整天钻研炒股，他妈是整天跟我斗法。”

燕子道：“男人都是这样想的吧，白江河除了工作就是在家读书，没有其他的事。”

家珍道：“说实话，相比结婚后逢节日就送花，我宁愿收微信转账。”

燕子道：“人的心境不一样，我倒觉得不用挑在节日送花，赶那昂贵期，平时送，过节就转账，嘘寒问暖不如一笔巨款。”

江淼道：“可心情的好坏，由自己内心的镜像产生。他们适当送一下，我们会很开心的，这个时代应该没有不喜欢花的女人。”

家珍道：“男人和女人的思维不一样。男人不喜欢送花，但是他们愿意看别的女人把腰扭成麻花。”

燕子道：“做瑜伽的时候老师把我扭成了麻花，我一边叫疼，她一面扭，她说：嘴里喊着痛，身体却是很诚实，我看还有很大空间啊。怪不得，我走在大街上那么多男人向我投来目光啊。”

江淼道：“女人的美丽 + 聪明 = 核武器。”

家珍道：“加上智慧呢？”

江淼道：“ 智慧 + 核武器 = 被接受。”

说到这儿，江淼道：“今早起来好像心中有口气，不舒坦可又说不出来具体的原因。现在跟你们聊天，心情好像舒坦了。这个场景，让我想到小说里的情节，那些男人们坐在一起高谈阔论，谈着战事，谈着各自对大事的看法，哈哈哈。而不同的是，我们谈论着女人们关心的话题。”

家珍道：“我觉得，我们讲的话，讲下来有点结果；而男人们讲完就完了，跟没讲一样，然后下次他们都记不得讲过啥。真心佩服啊。”

燕子道：“如果男女思维都一样了，世界就没有意思了，只有思维不一样才会是大千世界。”

过了一会儿，燕子说到了夏一情，说她近来一直忙忙活活的。

“夏一情对你还是有点看法的？”

“有什么看法？”

“你离职时，她按照顶配给了你三倍的钱，而你一句感谢的话都没有。”

江淼道：“我倒觉得这之间，她可能意会错啦。因为我离职了，在她眼里，她对我是有恩的。而她觉得好像不能亏待我，还给了三倍。可她却不知道，我为公司付出了那么多，提职的事情应该是我的。职场无朋友，只有利益。利益面前，没啥交情。什么亲情、爱情、友情，遇到利益，都要让步。她送给我的是她的情谊，但这份情谊我不领会。”

这时，江淼将话题岔开了道：“金乐元说太烦婚姻里女的发起火来说男的一无是处、不干家务之类的，气死个人啊。他说他整天也是在忙活赚钱养家啊，说我还不体谅他！说他每次做了饭，我总是说不好吃。”

家珍道：“与人交往，先尊重。你的问题到我这不是问题。有人做饭，我不评论，只说好吃，欢喜摆个盘，不欢喜只说好吃。只要不用我动手，随便你怎么整。”

江淼道：“他说他最讨厌他做了，别人又在背后指指点点这个做得不好，那个做得不好，烦人。”

家珍道：“你们的言语总是很偏执啊，凡事都有多面性。一大清早的，说的话不是很好听啊。记得破窗效应啊，潜意识暗示了坏，就会一直坏。”

江淼道：“有偏执吗？

家珍道：“反正我看到的都是好，你看到的都是不好。你现在生活好沉闷，感觉有些消极。”

江淼听了后道：“消极谈不上，但是有时有点郁闷是有的。”

燕子道：“金乐元有搭手干点家务不？”

江淼道：“基本不干。”

家珍道：“人生到头来都要归为虚无，所以，过程中就不必计较得失多少了，是吧？肚子里有气，也要继续往前跑。话说回来，如果自己是一个自行车，那肚子里有气还是很不错的。”

江淼道：“你现在的观点跟木青云有些相似哦，是不是跟他联系多了啊。”

家珍道：“他经常来喝茶，我们探讨的比较多，不过你和金乐元的沟通好像有问题。”

江淼道：“没法沟通，就像梅雨季节人会闹心。人不对路的时候，呼吸都是错的。”

家珍道：“这句话很经典啊。有些人的恨是没有原因的，我们平庸、没有天分、碌碌无为，于是他的优秀、天赋都是成了原罪。他的优秀会成为对你的平凡的蔑视。”

江淼道：“人的最大特点就是开导别人有一套，到了自己没招数。我觉得如果我生闷气，我是希望金乐元来哄我的，如果他因为我生气而不理我，我会更气。我就是希望他来哄我，但是他就是不来啊，很多时候他都不清楚我为什么会这样生气。”

燕子道：“男人是猜不到的，男人的脑筋被驴踢了。你别总让他猜，其实很多事情你明说，好过生气让他猜。确实旁观者看水是比较清的，所以要相互开导啊。”

江淼道：“比如哈，两个孩子在外面吵架呀，小的哭，大的闹，他就是躺在房间不出来，好像就不关他事一样。每个周末都是12点都不起床，不管客厅发生什么都不会管，喊他吃饭才出来。他妈不在的时候，到了饭点也不出来。我带着孩子煮不了饭，看他躺在房间安心地玩游戏，或分析股票，我心里感觉要爆炸了。但是这个时候我就是不想好好地跟他说：该出来看看孩子，我要做饭了噢。”

燕子道：“男人成熟得是要比女人慢一些。”

江淼道：“脾气太大了，他要是玩游戏，孩子吵到他一点，他就要大发脾气，有的时候看到这种情况我好心塞。”

家珍道：“男生一定要有基本的风度与素养，又无趣又不学习又抗拒成长的人，有多远滚多远！”

燕子道：“人心总是肉做的嘛，感化感化。”

江淼道：“家里来客了也不会出来，反正只要有空闲时间，就是躺在床上，从来不会来客厅陪陪孩子、家人。好多时候我真的好崩溃。你说他是家里的摆设吗？可当我这样说时，他竟然还说：我就看看股票，投资理财，我又不出去外面乱玩，你还想要我怎么样，要我天天不在家才好吗？”

家珍道：“家是两个人的。”

江淼道：“有的时候都感觉我跟单亲妈妈没区别。”

燕子道：“这种情况一时半会你是改变不了的，要慢慢去引导，过程有点困难，但是我觉得还是有成功的可能。”

家珍道：“惯得不轻，你可能平时把大小事务都包揽了。首先不能着急，夫妻间一定要有一个操纵大盘的人，这个人需要智慧，需要能力。因为我们是母亲，我们潜能无限大，所以我们要负责更多的事务。”

江淼道：“我就晚饭时间出去剪个头发，他都说随便去，只要带上孩子。反正只要他不用带娃，他就随便我怎样；但是一旦要他带娃，就不行，除非有急事，要不然不能走。”

燕子道：“周末也不带你们出去玩吗？”

江淼道：“周末就是逛超市，这个是我坚决要求的。晚饭后散步什么的真是不可能发生的。”

燕子道：“白江河在外人面前有风度又有素养，但在家里只会看书学习，出门只会工作。反正除了工作就是看书，满脑子学习，除此之外啥啥都不参与。你说你们能受得了不？”

家珍道：“白江河三观应该蛮正。”

燕子道：“和这样的男人在一起压力好大好大，白江河就是这种超级上进的人，可是我和他在一起生活一点都不开心。”

家珍道：“原来跟一个超级上进的男人在一起，真的有这么大压力。”

燕子道：“白江河就是做事业很上进，但是家务活基本不沾手。 ”

家珍道：“根据马洛斯的金字塔需求，如此上进，是不是说他还在自我实现价值的阶段，对自己目前的工作成就还不满意？你可以和他沟通，让他多关注家里，让他对家庭有参与感，婚姻是要共同经营的。”

燕子道：“他在事业上倒是野心很强，可回了家一年就做两次饭：情人节和我生日，其他生活的方方面面都是我一个人的事情，最多给我抖一下被套、拿一下外套、丢下垃圾。我之前还为此大吵大闹，心理不平衡。最后我想通了：这种男人你改变不了的，因为一个读书的男人，会花费很多时间在学习上，他们没有心思考虑其他，他们有时甚至觉得妻儿都是拖累。我家人也说，这样的男人不需要妻子儿女。”

家珍道：“为什么不能接受现实呢。工作不是全部，只是生活的一部分，生活不可能理想化，人都有缺点，最好能包容，不能包容就尊重，实在不行远离就是了。”

燕子道："对生活的感悟，不是每个人都一样的。很多事情，只有接受与不接受，不接受就只有改变自己。好好生活，生活很重要。能包容走能包容的路，不能包容走不能包容的路。"

江淼道："有些事业心强的男人结了婚，也照顾不到家里，妻子会很委屈的。金乐元除了工作、炒股，其余啥都不管。他不会浪费一点点时间在其他任何事情上，不能接受就真的只能去寻找最适合自己的路，说起来一肚子的火。"

家珍道："我觉得这样挺好的，大多数人是平凡的，可是杰出的人定然是寂寞的，高处不胜寒。所以感谢白江河这样杰出的人才，国家民族才一直在进步。

燕子道："我不欣赏，不代表别人不喜欢；我不推崇，亦不能阻止他的存在。但是，妻子每天都要眼巴巴地等丈夫回来，您能理解那种日子吗？这是沟通能解决的事吗？"

家珍道："为什么要眼巴巴等他回来？练书法、学画画、练瑜伽、做甜品，不好吗？就是一句话：发自己的光，也不吹灭他人的灯，力所能及的时候，照亮他人。"

江淼道："我觉得一个平凡的人能做到这一点就很不容易了。现在的女性已经不局限于等老公回来了，老公不再是一切，只是生活中的一部分。不要抱怨，回到原点，接受，包容，找自己的乐趣。"

她们的谈话缓缓地在进行，江淼和燕子在家珍面前俨然没有了大都市白领的气质与胸怀，有的只是满眼的计较与抱怨，反倒是家珍，在这个大城市中像古树一样在扎根，并迎着风雨乐观坚强地生长……

第十章

1

宵姬的父亲最终还是没有扛过时间的无情，他病情恶化，憋着一口气要等到宵姬回来，几次闭眼后，又挣扎了过来。

宵姬从公司着急地赶了回来，看到皮包骨的父亲，泪眼婆娑。父亲奄奄一息地道："我等你回来就是想对你说，我对不起你，你用你的青春来挽留我的生命，做父亲的看在眼里，明在心里。你是一个好女儿，却因为我的无能及自私委屈了你。我当初想让自己能活得好，不舍得离开这个世界，但是我这些日子又活了些啥？"说到这儿时，她父亲已经很虚弱了，声音越来越低，他气有点上不来了，过了一会儿又道："我要去九泉见你母亲了，你要在这个世界上好好地活。"话一说完，就没有了气……

宵姬通知了火麒麟去参加父亲的葬礼。在追悼会上她哭得稀里哗啦的。她母亲去世得早，而父亲这一去，这个世界上，只有她跟孩子了。

人都散去后，只有火麒麟在她身边。

火麒麟待在她身旁，静静的，没有说话。宵姬从哭泣中慢慢沉静了下来。父亲的离去在她心里又添了一道很深的伤痕。

这时，天空中刮起了狂风，一片片乌云聚焦而来，不一会儿电闪雷鸣，整个天地成了一片混沌的雨世界。这雨水如同宵姬的泪水，如同她需要宣泄的情感，一发不可收拾。

宵姬流干了眼泪对火麒麟道："我感觉到这个世界上，人情最薄。我对不起你。我现在进入了深度的忧郁区。我现在有钱了，守着一堆钱，但是我心中一直有一口气，这口气我不知道该怎么说。我想来想去，还是你对我好。"

火麒麟很不自然地笑了笑，看着暴雨道："好好过自己的日子吧。"

宵姬道："你说我们还有可能吗？"

火麒麟道："我现在也有了新的情感。过往不追，深情不恋。"

宵姬激动地问道："她怎么样？对你好吗？"

火麒麟道："她对我很好，很善良，很上进，有你当初的影子。我们现在在海洲开了一个茶叶店，生活勉强过得去吧。"

宵姬问道："你现在需要钱吗？需要的话，我可以给你一部分钱。我现在手头还有点钱。开店运营需要资金。"

火麒麟道："生意还好，不需要。"

宵姬道："需要钱时你开口，我这里有点钱。"

这时，火麒麟电话响了，他一看电话是家珍打来的，就道："你好好的，我要走了，店里的茶叶今天要出货，她一个人忙不过来。"

宵姬站在雨中看着火麒麟走远，她全身被冰冷的雨水浸湿了，头上的雨水顺着长发往下淌。

大雨还在哗哗地下着，丝毫没有停下来的意思。

当宵姬完全沉静下来的那一刻，她才真正体会到，过往已经结束了。她心里只有一个念头：往后余生自己就这样活了吗？做一个矛盾自戕的人？想到这里，她的心涌起了一股死一般的痛，眼泪默默地淌了下来。

她感到自己塑造的围城在一步步压缩自己的内心，她渐渐茫然了，下意识地拿出手机拨通了王二的电话。

手机那边传来了一个低沉的声音："事情忙完了吗？"

宵姬道："忙完了。"

王二道："忙完就好，你先休息下，我在开会，晚上来会所找我。"

宵姬打完电话，神情失落地从银河公墓沿着台阶往下走，她边走边想，自己一生就这样了吗？活着却没有爱的温度，如同在刻薄地对待自己，那种冰冷让她感到窒息。

她回头看了看公墓，在大雨中公墓阴森森的，如同她此时的心。

晚上，在王二的会所，青运山也在。

王二和青运山在讨论项目的前期运作上的事情，而宵姬的思维还沉浸在考虑如何生活中。

期间，宵姬道："我想辞职出去转转。"

王二道："出去转转？"

宵姬道："我父亲去世了，我心里很忧郁。嗯，我想出去转转，看看大千世界的美好。"

青运山道："那你可得考虑好了。王总为了你能拿到这个职位将多年的骨干江淼都辞掉了，不能说不干就不干啊。"

宵姬道："我已经想好了。"

青运山道："这就辞职啊！想做的时候就做，不想做的时候就不做吗？"

王二道："随她吧，项目运作成了，她不上班都行，反正钱也花不完。青总您也别担心您退了以后，没人听您招呼了，您有了钱不是还能呼风唤雨吗！"

说到这儿他们快乐地碰了碰红酒杯。

2

每当自己孩子去了幼儿园，宵姬感到孤独时就会去银河公墓，只有在那里她才能找到灵魂的慰藉。

她站在墓地处，呆呆地看着偌大的一片石碑，要么久坐，要么出神地看着旁边的松树。她内心的那种无助，只有在此时才会得到一点缓解。她看着逝去的父母的墓碑，想到过往的一幕一幕，那时她快乐得像个孩子，一家人在一起的幸福时光宛若冬日的暖阳。

父母都走了，在这个世界上只有自己的孩子与她共存了。她想到：人最终会化为一抔黄土。活着就像是一幕电视剧，而剧中的主人翁有喜就有悲，不可能一帆风顺。

有一次，她在公墓的石碑前，忍不住给火麒麟打了一个电话，一开口两人就感觉有一种尴尬的气氛在空气中蔓延。

火麒麟："我始终相信对事物和人物的认知是每个人一生都需要不断

学习的必修课。每一个人都是成长的陪伴者，你要好好的。”

宵姬道：“话说前面，不可以对我道德绑架。年轻时候犯的错我已经知错了，只是好多事没有后悔药。”

火麒麟沉默了一会儿道：“你在乎亲情，被现实逼到这份上了，就妥协了……过去就过去了，不要提了，好好过好自己的生活吧。”

3

一天一早，木青云一个人沿着江边跑步，通过挥洒汗水来宣泄自己的情绪。他跑了一段路程，不知不觉就来到了芳村茶叶城。木青云坐在茶叶城的台阶上，远远地就看见家珍在自己的茶室里泡茶，休息了一会后，他走向了茶室。

木青云进了茶室，屋里的中央空调的凉爽的气息扑面而来。这个茶叶店很宽敞，茶几的摆设简单，装修的风格也简单，但总体很和谐，他走进来，感觉好舒服。

家珍看到木青云来了就将刚泡好的茶倒了一杯给他。

木青云坐了下来，寒暄了几句，就有些出神了。

木青云“哎”地叹了一口气，家珍看到他情绪很低落就道：“青云哥，您遇上什么事情了吗？”

木青云一怔后道：“不好意思，我的情绪影响到你了。我就在这里坐坐，有事你先忙。”

家珍道：“你很沮丧吗？一说话气氛瞬间就冷下来了。”

木青云道：“你说得对，最近我情绪是很低落。”

家珍道：“人要有欢喜心，你这样的态度在别人面前也不讨喜。我本来心情挺好的，看到你这样我心情也忽然不好起来了。有什么事情说出来释放了，就会好了。一个人憋着太多事，会憋出毛病来的。”

木青云端着茶杯，茶杯中的热气在他脸上氤氲着，透过热气能看到他在呆呆地出神。

家珍将刚泡好的茶倒掉，又将木青云之前做的那批禅茶拿了出来，道："木青云哥，喝你做的这茶吧。"

木青云看着禅茶，眼睛里多了一份亮光，像一个孩子看到了自己的心爱之物，他身上的生气好像多了一点。

家珍边拨开茶边说道："青云哥，我不知道你遇上了什么事，但是，我们因这批茶而结缘，我也因这批茶来到了海洲。任何事情都是一个围城。我在茶山就是围城，当初这也不行，那也不行的，现在不也走出来了吗？你现在要是有什么不开心的事，走出来不就好了吗？"

木青云将杯子放在鼻端，闻着这茶，过了一会道："这批茶做了有五年了，这五年发生了很多事啊。"

家珍思忖了一下，问："什么事情让你如此走神？"

木青云道："我太烦婚姻里女的发起火来说男的一无是处、不干家务之类的，气死个人啊。"

家珍笑了笑道："华悦蓉姐又和你吵架了吗？"

木青云道："是啊，整天为些鸡毛蒜皮的事情吵架。"

家珍道："请个家政，一周一次大扫除，公共区域的卫生打扫干净。她的空间，随她怎么整。还会有矛盾吗？""

木青云道："我好不容易做次饭，华悦蓉就横竖指责，这也不好吃，那也不好吃。"

家珍道："与人交往，要先尊重。"

木青云道："最讨厌我做了饭，别人又背后指指点点说这个做得不好，那个做得不好，烦人。"

家珍道："凡事有多面性，华悦蓉姐的言语有点偏执。一大清早的，说的话就不是很好听啊。让华悦蓉姐记得破窗效应啊，潜意识暗示了坏，就会一直坏。反正我看到的都是好，她看到的都是不好。和她生活的人，会好沉闷，一件事还没结果，她就已经定义这是消极的了。"

木青云道："她现在都成了咆哮姐。我这样说是不是有影响到你心情啊。"

家珍道："郁闷是有一点的。家务事只是最小的事情，双方还有更多事情要处理。像木青云哥你这样好的男人，打着灯笼都找不到，华悦蓉姐竟然这么说你。”

木青云道：“我今早心情不好才吐槽的，昨晚被指责得我都不知道自己有哪点好了。不好意思影响到你的心情了。”

家珍道：“能理解，人嘛，总有心情飘忽不定的时候，调整调整，都不是事情。你要开心地过每一天，因为你在我心中的分量很重。”

木青云听到“你在我心中的分量很重”这句话后，低着头喝着茶，没有回话……

而这时，家珍又道：“昨晚女儿闹到凌晨一点多，我实在太困，让猪队友起来哄孩子睡觉，可他睡得像猪一样，我被气到流鼻血。”

木青云道：“做家务和育儿工作，没情绪的没几个，是不是你也成了咆哮姐？”

家珍道：“你的不痛快，也带出了我的不痛快。人不一定要全是正能量，谁没个情绪，就是不要让别人的情绪去刺向你就好。青云哥你说话让人舒服，那就是你的高度。”

木青云道：“我刚才说话像风一样自由，就是宣泄一下情绪。”

家珍道：“但是话说回来，平时不做家务还有理了？典型大男子主义，不说你说谁？家是共同的，没有谁应该去做什么。”

木青云道：“你刚才说话有股风的味道，感觉好清爽啊，如同你的性格一样，我一会儿回去就扫地、打扫卫生。”

家珍道：“不管怎样，相互体谅总是要有的吧。男人在婚姻里担待的要多一些，那样你也不会老是被吼。说破无毒，要是山路十八弯的，那就会有事情了。”

木青云道：“一般家庭主妇都会抱怨、会唠叨，是吧？”

家珍道：“我已经慢慢忘记抱怨了，我觉得抱怨没啥用，不如引导男人去做；抱怨多了，他嫌我烦，更不愿意做。”

木青云道：“让男人做事得天天夸他，天天夸他，他就天天做。但是，男的太勤快了，女的会不会没有当家做主的感觉了？”

家珍道：“为啥不两人一起做呢？两人一起做双方都会觉得轻松一些。

比如两人一起买菜做饭是一件很愉快的事情。”

木青云道：“有道理，厨房也是幸福快乐生活的一部分。”

家珍道：“以前我也是很急躁，性子急，要快，催他做这个做那个。现在我学会慢下来了。”

木青云道：“我这样和你说说，感觉痛快多了。”

家珍道：“如果华悦蓉姐原本性格不错，但现在一起过日子了，却一直在抱怨，说明做丈夫的肯定有做得不太好的地方，华悦蓉姐心里攒的失望多了，才不得不抱怨。”

木青云道：“说得有道理，她整天说这不是谈恋爱的时候了，可以整天说说笑笑，成了家了要有责任和义务了，我听着耳朵都起茧了。”

家珍道：“我能理解你的感受啦，女人说太多，男人反而是反感的，即使本来想做，也不愿意做了。你感觉心头怪憋得慌是不？”

木青云道：“你说得对。”

家珍道：“我现在都不说火麒麟，我们之间有什么问题，孩子都能看出来。怨妇怎么来的？就是家庭的琐事逼出来的，男人占大部分责任，因为他们婚后对女人顾及少了，心疼少了，照顾少了。”

木青云道：“嗯，有道理。”

家珍道：“一般我们家里有什么问题，我先反省自己，教子如是。所以你要反思是不是你忽略了华悦蓉姐。其实女人要的并不多，一个微笑一句暖心的话语一个微小的仪式感……反思一下你有多少没做到？”

木青云道：“都没做到，做到的只有周末带他们出去玩，出去住酒店，吃好吃的，开开心心的。其余的在家就是烽火连天。”

家珍道：“女人能和你抱怨说明她对这个家还寄予希望，如果连说都懒得说了那就是失望至极了，那个时候你就算再改变都无济于事。女人都是在小细节上感动。但是，我觉得吧，其实也没必要过于强调妻子需要啥，双方都是成年人，都要承担生活的压力，把对方当作独立的个体，互相尊重，不要老想着去改变别人，先做好自己。其实就不会那么纠结了。

木青云道：“这个世界上谁也改变不了谁。老天爷让我们生下来就是要改变我们的。但是有的人，老天爷改造了一辈子，也没将他改造成人，所以凡夫俗子怎能改变一个人呢？”

家珍道：“是谁也不要幻想改变谁，除非别人愿意为你去改变。”

家珍边给木青云倒茶，边聊天。

木青云道：“总想着要去改变别人的人，为什么不先改变自己？连自己都改变不了，又凭什么去改变别人？这个世界上就没有完美的人，自己都不完美，为什么要苛求别人完美？如果可以接受别人的不完美，那就不需要改变别人。”

家珍又道：“爱情真的就是始于心动终于柴米油盐酱醋茶吗？又或许是因为没有爱存在了所以才相互嫌弃。反正我听这么久，你就是一直在说问题，却没想过去解决问题，日子不过了？还有好几十年呢，端个架子总膈应人，你觉得受益人是自己？其实两败俱伤，谁都不好过。既然过习惯了，又不改变，也不缓和，那就不要抱怨，该！”

木青云道：“吐槽是一种最好的心理良药，倾诉能解心灵之冰。我始终相信人都是一个独立的个体，改变不了的。要是能改变，每个人不都成了爱因斯坦、牛顿？”

家珍道：“你不能接受就去改变，要么改变别人，要么改变自己；不改变，又不接受，那么，活得那么累也没什么好抱怨的。你们在家吵架会当着孩子的面吗？”

木青云道：“不会当着孩子面吵架。而且我从来没主动跟她吵过，除非她唠叨得我实在忍不了了才会吵一通，一会就好了。我没有动过手，也没有发过太大的火，只是感觉她太无理取闹，怪憋人。我始终认为一切的事情都是自己心里有气，疏导不出来，所以才会那样地咆哮的。”

家珍道：“我发泄会直接打火麒麟的脸，我也不知道怎么回事，但我就是控制不了自己，有时候情绪上来了忍也忍不住，沟通无效后我就想打人。”

木青云道：“我从没打过人耳光，感觉太伤人自尊了，沟通无效就放弃吧。有些电影片有虐待的情节，我不理解那种是什么样的想法，但是确实存在一群人会是暴力狂，只能说大千世界无奇不有。话说回来，动了手后你后悔吗？”

家珍道：“后悔，所以我轻易不依靠火麒麟，只要自己能解决的事情就自己解决。但是，他太不像话了，有时候不是不会做，是不愿意去做。就像送花这样的事情，宁愿送给他的前女友，也不送给我。说明他心里没有我。我也不在乎了。反正我从大山里出来了，有个人过日子就可以了，期望没那么高。”

木青云道：“你希望他给你送花啊？”

家珍道：“这花怎么就不能送一下？一朵也好啊。不送花，送点别的也行啊。”

木青云道：“你很在乎他是不是重视你。你会在公共场合指责火麒麟吗？你华悦蓉姐就总不分场合指责我。”

家珍道：“我不会。下次华悦蓉姐在公众场合指责你的时候，你就跟她说：你在我心中那么的完美，我不想外人看着觉得你不完美，你还是回家再骂我吧。你平时是怎么处理的呢？”

木青云道：“心情不好，就抄经书。但那是修于形而非修于心，最终还是不管用。”

家珍道：“你试试用温柔感化她，有时候要学会发现他人身上的优点，我想吵架的时候我就会想对方的优点然后气就会消很多，无论什么关系，这招真的很管用。你可以让对方知道你的底线。你当初干嘛的啊？现在才发现。”

木青云道：“当初因为刚失恋，就随便了。”

家珍道：“早知今日何必当初。”

木青云道：“我只是吐槽一下，就像空杯理论一样，倒空了，心里就像明镜一样。和你这么一交流，我好像进行了灵魂洗礼，有一种醍醐灌顶的感觉。”

家珍道：“难道日子就一定要在相互吐槽中度过吗？太痛苦了吧。这样吐槽……我倒不觉得华悦蓉姐问题很大，而您问题似乎不少，您一边抱怨她，一边又不想做出改变。维系一个家庭不容易，如果对方偏执，作为一个男人说度量大也好说维护家庭也罢，总归要做出点牺牲，她不改那就我们自己改，不然真的要让家散了吗？婚姻里责任大过于一切。青云哥您要有个积极的态度才行，总是这样觉得憋屈也不行啊。”

木青云喝了口茶后道：“醍醐灌顶啊！”

家珍道：“还醍醐灌顶？你自己一点没吸收到我们今天说话的精髓。我现在算是明白华悦蓉姐为何如此偏执了。你这样，晚上做顿饭示好，做完后将厨房打扫干净。”

木青云道：“我每次做了，她就说不好吃。”

家珍思索了一会儿道：“有个事情我不好开口说，你们是不是那点东西不和谐？”

木青云心里明白家珍的话，于是坦率地承认了。

家珍道：“既然说开了，我就直说了，你满足她了吗？”

木青云说：“我还好。都是一家人了，又不是红颜知己，哪里那么多兴趣？能凑合就凑合吧。”

家珍说：“我想既然你这么烦，你可以有个红颜知己。”

此时，木青云看着眼前的家珍，花裙上是熟悉而又陌生的脸庞，她有些消瘦，而她的眼神里又有了一些游离的风情。他内心意识到了些什么。

当他们四目相对时，木青云不敢看家珍的眼睛，他看到家珍眼里有种欲望的火，而自己心中的干柴经不起这样火苗的灼烧。

过了一会儿，木青云道：“麒麟好吗？”

家珍沉默了一会儿，看着茶水道：“他忙得不知道这个家里还有我。”

“怎么了？”

“他旧情复发，总跟她的初恋女友联系，现在对我都是不理不问，我只能强装欢喜，你今天跟我说这么多，我才说出来这个秘密。”

此时，木青云看着婀娜多姿的家珍，不知不觉地两人像一团火燃烧了起来……

4

木青云与家珍的翻云覆雨是畅快淋漓的，如同旱地里下了一场及时雨，那种欢愉的感觉在他们身体的每一个细胞上跳跃。

家珍将被子盖在脸上叹道：“我们怎么这样了？”内心有点自责，也有点悔意，感觉不应该发生这样的行为。

木青云道：“是啊，不可思议！”

“以后不联系了！”家珍有点自责道。“你走吧！”家珍蒙着被子道。

木青云看到家珍心里不好受，就说：“行，我先走了，你好好的。”

在回去的路上，木青云一直在想是什么造成了这样的结果。他看见家珍突然就有了一种充满生命力的感觉，这种力量在把持着他，好像那时的他已经不是自己所能掌控的了。

而此时，一种苦恼和懊恼涌上心头，这是怎么回事？

“发生了的事情是内心与行为的真实反应，别自责！”木青云安慰自己道。

他边走边看着海江水缓缓流淌，自己的思维也在慢慢深入：“为什么两个人在彼此面前成了感官的动物，相互感受相互拥抱相互拥吻就让两个人感觉那么美好，为什么？”

5

过了几天，木青云内心仿佛有一张网，淡淡地将自己与家珍丝连起来，一种情愫在心头萦绕。

忙碌了一中午，坐在办公室里，繁忙的心又静了下来。海洲的雨轻轻柔柔地夹杂着一些美丽的心情，落在了广阔无垠的大地表面。隔空看雨，木青云仿佛看到了家珍，感受到了家珍与众不同的气息，感觉雨是美丽与祝福的载体。此时，他好像有太多话想向她诉说，但是又不知怎样去表达。他压抑不住自己热烈汹涌的情感，就给家珍发了信息：“好吗？”

家珍回复道：“想你，你想我吗？”

木青云道：“嗯，想得花儿都谢了。”

家珍道：“我也是。”

此时，木青云感受到了一种美好。这种美好的东西像绚丽的梦，五彩斑斓，让人异常欢乐。

于是，木青云和家珍聊了起来，开了很多玩笑话，他们聊得很开心，那种惬意像清晨的微风轻轻地吹着江边的树叶，树叶摇曳出了美丽的舞姿。

就这样，他们有好多的精力放在彼此的身上。他能感到她在思念他，她也在感觉他在思念她，一种相互依存的情感在彼此的内心滋长。

聊了很久，家珍道："我们之间的感情像什么？"

木青云思索了很久没有答话。

家珍道："你对男女之间的友谊如何看？"

木青云道："如果世界上有美妙的东西的话，那一定是情感的流动，这种流动可以跨越时空，达到彼此的心灵深处。这种美好的情感，不是能够轻易体会到的，而一旦体会到就会有一种内心的喜悦，感受到生命的热忱，欢喜且有活力，男女之间最好的友谊莫过于此吧。"

家珍道："情感分很多种，亲情、爱情、友情，但是能深入走到内心处的，一定是一种热情而有活力的东西，而能走到久远的一定有友谊涉及在其中，你说是吧？"

木青云道："友谊应该是彼此心灵相通才产生的一种情感，这种情感挺美好，能被对方感知到，也能给予对方力量，那种感觉像美丽的玫瑰花在清晨有生机地绽放，散发出芳香。"

家珍道："说直白点行吗？你对友谊有什么样的看法？"

木青云道："友谊如同一座桥梁，靠一种自发而出的共鸣连接，你在桥的这端，她在桥的那端，如同两个人心中间有一条线，你动她也动。你希望她那端岁月静好，如一方美丽的荷花静静绽放，又如桂花十里飘香；她希望你在这端，生活岁月如歌，每个清晨和夜晚都有你动人的歌唱，就这样在岁月的桥的两端感受情感的共鸣。"

家珍道："男女之间的友谊挺难的。"

木青云道："任何东西都是双刃剑，任何人都懂得趋利避害。真正的友谊应像养分，让彼此成长，使双方内心有种笃定的从容，对生活有热忱，对生命有欢喜。但友谊最怕没有原则，没有界限。这个原则、界限怎么理解呢？如数学区间的 [0,1] 之间，不能超过 1，也不能小于 0。超过 1 如大江东去，遥遥已逝。小于零，则距离太近，在心理距离及生活空间两方面都不能接受。最稳定的关系是一团麻的亲人关系，包括父母、孩子及伴侣。因为这些人已经随着岁月的积淀，进入了人的内心，虽平淡但已经不能割舍。”

家珍道：“理解友谊，就能化友谊为甘露，这也是对生命的善意对待。人对自己善良了，就有热爱生活的力量，就会热爱工作，热爱家庭，这是一种内心的美好，也是一种自爱。”她写完这个信息后，又补充了一道：“友谊会消逝吗？”

木青云道：“友谊不远不近如一副风景画，美妙多姿，易动人，易惹人喜爱，如清露甘泉，使人甘之如饴。但友谊可能会消逝，而消逝时，则为热情不在，繁华褪去，像一堆火焰燃烧后失去了炽热的温度，当失去了炽热的温度后，心也就淡然了，释怀了，但可能会在某年某月某一天某一时，会因一个歌曲，一个季节，一件事情而忆起往事，但是只是回味，回不到以前了。但这里面一定是美好的东西，不会造成内心的伤害。友谊也可能长长久久，虽不能常常联系，但有时偶尔一聊，知道对方很好，就感觉挺欢喜，内心挺惬意，这是一种朴素的情感，那么实在，那么舒适。”

家珍道：“获得友谊难吗？”

木青云道：“人向往自由但无处又不在枷锁之中，在实际生活中有很多现实的考量和各方面的权衡，能获得友谊难能可贵。人最终的方式是征服世界，亦拯救自己怕死亡的心，任何一种形式均为灵魂的延伸，探求生命的力量与渴望，大多数人在劳作中体会生命的道理，而一旦有了友谊之后，发现这个力量会像泉水一样咕嘟咕嘟地直冒，有种内心的情感流动在全身中，像一股股电流冲击着身体的每一个细胞。这种体验很难得，可遇而不可求。”

家珍和木青云这样聊着，他们身上都充满了欢乐的源泉。就在这时，木青云写了首诗，发送了过去：

“友谊任沧海桑田任山高水长
希望对方永远是别来无恙

不管时间如何变迁，岁月如何辗转
容颜如何变化
心底总希望：
她如美丽的百灵鸟一样开心歌唱”

家珍看了后内心很受触动。

这样快乐的日子持续了许久，但当激情褪去后，理智悄悄地爬上了岸。

“你确定她想要跟你在一起吗？”他在江边散步不止一次地自言自语。他终于考虑明白了，他吐了一口沉闷的气后，对自己道：“欲望和良知是一体的两面，不能任由欲望无止境地发展，过了头失去了度则会失控；在没有仁、义、礼、智、信的前提下，欲望的发展会使人感到异常的内疚和自责。唯有放下，才能继续新的生活。”

于是，木青云约家珍到江边散步。

此时，夕阳西下，西边的天空一片彤红，木青云道：“任何人都是一样的，我们两个人像一个谜。”

家珍道：“不一样，就是不一样！你是最好的！”

木青云笑了笑道：“看那长河中的落日，与早上的太阳有何不同？”

他迎着微风，看着面前美丽的家珍。

“看似有些不同，其实都是一样的。人们所认知的都是表面浅显的东西。我们这谜一样的感受，会被现实击得粉碎，最美好的感觉莫过于旭日东升的清晨，那种感受在心中永远那么美好。但如果你要长久地去关注这个清晨，你必然还会经历炎热的中午，看到落日的余晖，忍受漫长的黑夜。而这一切的心理路径在我们懵懂青春年少时已经被交给了命运安排的人，我们会跟这个人，爱恨情仇，欢笑吵闹。这段经历会成为岁月的一道音符，也会成为自己生命血液的一部分。”

家珍笑了笑，道：“嗯！嗯！”

木青云又笑了笑道：“你知道咱们维持这样一种情感是在干什么吗？”

家珍只是欣赏地听着，没有作答。

这时，木青云道：“玩火，玩火者，必自焚！”他从口袋里掏出打火机，将夹在手指中间的烟，点燃了。烟雾像他的思绪一样弥漫。

“我感谢命运能赐予我们这种情感，这让我们感受到了内心的力量与希望，但在感谢命运赐予这个礼物的同时，我们也要敬畏命运的赠予，因为有一种天谴的力量隐藏在礼物中。”

家珍道：“说来听听！”

“你有没有感到自责？”

“嗯，有！”

木青云又道：“女人的名声是远远大于男人的，在男女关系上，女人一旦被冠以不道德的帽子，社会的责备会将她们脆弱的身板压得粉碎。这是自古至今以来，社会认可的规则的力量。谁要是以一已之力去挡社会洪流之力，将无异于螳臂当车，一定会被这社会洪流所淹没。”

木青云又抽了一口烟，烟雾在空中弥漫。

“一个男人的力量，通常会帮他获得供给自己生存的财富，而获得财富后，就会组成家庭，家庭中增添成员又要以获得的财富去养育小孩，而这孩子又是曾经生命经历与爱情或婚姻的见证。你跟我的关系中我们财富得不到，陪伴也得不到，且一旦这种情感暴露在青天白日之下，就会像肥皂泡一样消失得无影无踪，更会造成家人、孩子对自己的不信任，这种伤害是用任何语言都无法表现的。”

家珍道：“不会的，你不说，我不说，谁知道？”

木青云道：“至少天知道，地知道，你知道，我知道。你不感觉我们犯的错就导致了思维在走迷宫吗？每当静谧或夜深人静时，就会有一种强大的罪恶感袭上内心，这种力量会让自己的情绪一直在走迷宫。最终，这个东西会让人产生无限的罪恶，我们是迷途的羔羊。”

家珍道：“你想得太多了！人都是寻找美好事物的！”

木青云道：“人都是寻找美好事物的。但是，命运给的这个礼物是到现在刚刚好，再往下去会有一种邪恶涌上来。不要认为能巧妙地掌握好这种关系。其实，人都是愚蠢的，面对命运和天道，唯有敬畏。”

第十一章

1

一天夏一情正要下班时，王二给夏一情打电话，说晚上约了青运山，到会所聚一聚。

夏一情说道："王总，您是一句话让我去哪就去哪。所以，我也是按照您的要求今天晚上约了中宏公司客户洽谈业务。"

王二说："先将与中宏公司的客户往后推一下，青总的项目是条大鱼，有大鱼来了，先关照大鱼，抓紧来。"

夏一情说："青总的项目有影了吗？这几年过去了，他们要做了吗？我们现在就跟进吗？"

王二道："对于大项目，我们必须要提前跟进，跟进个一年两年很正常，我再次把你引荐给青运山，日后这个项目，你来对付，利润多，你赚得多。"

夏一情于是推掉了其他客户，来到了海江庭场小区的会所。刚一进门就看到青运山和王二站在窗台边正望着夜色中的海江。夏一情走过来时，听他们谈论着海洲市的整个发展规划，感觉这个城市将如同一幅美妙的画卷在时间的推移下徐徐展开。不一会儿，他们谈到了新闻中心要建在海江南岸的这个风水宝地的事。

这时，王二再次向青运山引见夏一情，道："青总啊，这可是我们的行家里手，单位里的所有的业务问题都是交给夏总。您说的项目建设流程及管控思路可以问夏总。专业的事情交给专人办。我们夏总是市场运作化的高手。"

夏一情笑道："王总，您别说得我飘飘欲仙啊，我们可是本着客户第一，质量第一，服务至上的理念来搞项目运作的。至于，新闻中心建设有需要我们帮助的，您直说就行了。"

青运山笑了笑。

王二道：“青总作为单位的一把手，建新闻中心项目，有点丈二和尚摸不着头脑，关键是他们搞新闻的单位，没有储备工程的人才。你说这不是让青总巧妇难为无米之炊吗？”

青运山道：“我们真的是缺少工程管理人才，这么大的一个单位，又没有一个懂工程的，要我们怎么去搞？眉毛胡子一把抓，具体抓哪些关键点也不知道，老虎吃天无从下口。”说到这儿他们哈哈大笑起来。

夏一情道：“至于没有人才，也不打紧，关键是哪一个建设单位能有足够的精兵强将，我们志诚集团有自己的专业人士及专业队伍，可以给你们提供专业化的帮助。现在项目管理都是依托市场资源来搞好项目建设，依靠团队来运作项目。没有一个项目是单打独斗就能成功的。”

青运山道：“我们单位没有这方面的人才，也不行啊。我们不能只提要求，不懂管理及业务，那不就是自己搬起石头砸自己的脚吗？”

夏一情笑了笑道：“看从哪个方面去考虑，从宏观来看，项目完成之后，质量不出问题、人员不出问题、领导问责不出问题，就是成功的了。”

青运山这时定睛看着夏一情，心想：“这个女人真是不简单，我想的问题她都想到了。”

王二见状，就提议去餐厅吃饭，边喝红酒边吃澳洲的海鲜边聊天，好不乐乎。

吃饭期间，酒过半巡，王二给夏一情使了眼色，按照他们以往默契的配合程度，现在夏一情要有话说话，于是夏一情道：“一个建设项目走下来，是需要依靠复杂的流程和团队的运作及专业团队的协作来完成的，是一个牵一发而动全身的系统工程。你们不懂专业，我们可以提供。凭着您和王总的老感情，若我们做了项目后，不仅干好，而且也不会亏待您。”

青总眼睛明亮了一下，道：“要廉政双责啊，不能楼起来了，自己倒下了，这笔账不划算。”夏一情道：“我们可以是低价中标，但是我们高价运作。在项目管控流程上，都合法合规，也让你们说得过去，总之，利润都在我们的风险中。亏的也是亏我们，不会让您为难。”

青总有点疑惑地道：“怎么理解？工程交易不是透明的吗？这里面还

有门道？”

夏一情道：“任何项目都有操作的技巧，赚不赚钱也是一个报价的技巧。我们那么多的业务人员，难道都是吃干饭的吗？”

青运山被夏一情将了一军后道：“我不懂这里面的门门道道。但是我对项目建成后，质量可靠，人员不掉队有兴趣。”

王二笑道：“任何人都可以掉队，青总绝对不能掉队。”

夏一情笑道：“还没上船就怕被水淹着，这不是搞笑吗？在这方面走的桥要比青总走的路多，青总在新闻界是老大，在这个行当是个小学生。”

青总笑了笑。

夜色在慢慢地加深，海江水在夜晚静静地流淌，他们的谈话也随着酒劲而越来越深入，夏一情脸庞逐渐红润，道：“我们是做项目的，如果我们公司能中标这个项目，会给您一杯大羹的，这也是行规。”

青运山眼睛又一亮，抽着烟，烟雾在他面前纷扰地跳舞，他的脸上又露出了一些笑容，道：“项目在立项阶段走的路还长，没必要考虑这么多，主要是把活干好，钱不钱的无所谓。我可是一辈子风正清廉，不能快退休了在小河沟里翻了船。”

夏一情看了看王二后，又对青运山道：“我们行规是这样的，你把100亿的项目给了我们，起码给您一个亿。”

青运山定睛看着夏一情道：“现在项目都要公开交易，能不能中标是你们的运气和福气了。”

夏一情道：“只要前期我们全程参与，会搞得顺风顺水的。”

青运山道：“有把握？”

夏一情道：“根据你们的情况，我不仅有把握，且万无一失。”

青运山道：“怎么做到？”

夏一情道：“选用好项目的管理方式，建立好你们的管理团队，依靠社会资源来搞建设。如果你们管理团队没有专业的人时，那我们志诚集团就能通过专业的意见将他们说服。鉴于你们单位没有专业人士，这是一个非常好的一个机会。没有专业人士，前期来运作，话语权都在我们专业人士的手中。”

青运山道：“如果这样做，最终出了问题是要谁来负责呢？我不是自己作茧自缚吗？”

夏一情道：“你幕后指挥，如果出了错误，你只能有个行政责任，但是替死鬼就是做工程的那帮人。我们公司做的所有的项目，都符合国家的流程规范及审计，没有一个出问题。如果你想得到一个亿，那么利润就在风险之中。我们做工程做的就是利润，我们有汤喝，您还能够少了油水吗？您可以考虑下。鉴于您和王总的关系，我就直接将话敞开了说，先小人后君子。”

这时王二将话接过来道：“夏总啊夏总，我和老青是老哥们，他们有需要我们帮忙的，我们前期要帮助好。做不做项目的，不要紧。你别说得这么透明。项目还没一撇，你就将一切都说得明明白白了。”

青云山笑了笑。他们谈话的身影充满了活力，也充满了煮酒论英雄的气概。

2

过了些许日子，青运山约夏一情在会所谈工程前期筹划的问题。青运山的眼神像一堆堆的金子闪闪发光，而夏一情的眼神好像是多了一些诡计，多了一些套路，但最终眼神还是看向了那一堆堆的金子，准确地说是看向了金山。

他们看着滚滚的海江水，在星光点缀夜色中的海洲中更加有了活力。

夜晚，海江庭场偌大的空间中，他们谈项目宏观和微观的问题谈得津津有味，就像餐桌上的佳肴让他们吃得津津有味一样。

青运山自从与夏一情深入交谈以后，所有的事情，都直接联系夏一情。他感觉到夏一情是做事情的人，说话字字珠玑，字字切中要害。王二是一个甩手掌柜，做事情的人是夏一情。

她能够将自己的想法转化为现实，她有将事情做得天衣无缝的能力。

海江水缓缓地静静地流淌，但是他们讨论的问题却非常的汹涌澎湃。

夏一情笑了笑：“我们将会有财富从天上滚滚而来，像这海江里的水，慢慢地汇集到大海，汇集到我们的手中。”

青运山端着红酒杯，哈哈大笑起来：“我们一定要统筹好，规划好，将项目组织架构及项目管理方式确定好。事情预则立，不预则废。既然能够和夏总站在这儿开诚布公地谈论项目，那就说明我们是统一战线的。我们退要一起退，进要一起进，要形成合力的团队。”

夏一情笑了笑道：“现在是要考虑项目团队的架构设置问题了。因新闻中心项目为自有资金，自有资金采用全过程咨询、工程总承包方式，这样能够减少招标投标层级，依据合同约定或经招标人同意，由总包单位自主决定专业分包，招标人不得指定分包或肢解工程。”

青运山道：“什么是项目总承包方式？”

夏一情道：“总承包方式是设计、采购、施工的管理模式，两个以上的组合就是总承包。现在国家鼓励这样做，赔了钱，由总包单位自己承担，这也算是一种科学的试验。在这方面的管理及运作没有人能够比我们更有把握，特别是我们天时地利人和都占到了。”

青运山听了以后，思索了一会儿道：“总包方式是不是就是我们单位聘请一个单位来进行项目管理？”

夏一情道：“是这个意思。但总承包单位要通过招标确定，确定后进行全过程的管理。那后期的管理的事情交给总承包单位。”

青运山疑问地道：“总承包单位都干了，建设单位不进行管理吗？”

夏一情道：“项目管理架构由建设单位和总包单位共同组织管理。建设单位成立工程建设指挥部，总包单位成立项目管理部对项目进行管理，也就是说进行双重管理。”

青运山又道：“总承包具体管什么？”

夏一情道：“总包单位对项目进行分包施工，确定现场施工单位，施工单位成立现场项目部对现场进行施工。总包单位就是对施工单位进行管理。”

青运山道：“所有的施工与管理都属于总包单位的管理范围，那我们建设单位管理什么呢？”

夏一情笑了笑道：“总包单位是建设单位管理的一个外界资源，是一个手段，建设单位的想法通过总包单位来实现，总包单位付出的服务要从建设单位那里赚取费用，说白了，建设单位与总包单位就是一个相互依存的利益博弈体，建设单位的目标总包单位帮忙实现，建设单位给钱，总包单位拿钱委托一帮分包单位再进行施工，总包单位对工程的质量、造价、进度、安全进行管控，而你们建设单位管理主要就是控制。”

青运山听了后，思考了一会儿道：“那我们怎样做才有你说的钱？我们的钱？”

夏一情道：“这就是总包单位与建设单位进行招标及后期管理的一个问题：低价中标，高价结算。低价中标和高价结算需要你设置人员机构的时候，要设置不懂专业的人。在招标过程中的合同上做好文章，日后项目开展就能完成大事情。”

青运山道：“你们低价中标承受的风险大，不会最终赔了夫人又折兵吧？”

夏一情道：“风险大是正常的，在风险当中博取最大的利润，是我做事的精神。利润都在风险之中。”然后她又笑了笑道，“我们上方吃准了，然后下面一切都会安排周全，那最终还会有风险吗？”

青运山笑了笑道：“上方这不是正跟你在交谈吗？为确保万无一失，必须智者千虑。”说到这儿他品了一口红酒又道：“后面的组织架构运作及具体节点要办的事，你给我列一个布局路径图，我看一下。因为信息量大，需要及时沟通。”

夏一情道：“我们总包单位会聘请全过程咨询机构，配合我们搞好各方面的管理。”

青运山又问道：“全过程咨询怎样理解？”

夏一情道：“全过程咨询就是我们总包单位会聘请一个咨询机构、律师团队对项目的各个方面进行风险内控及风险把控。我们的基本方针就是低价中标，高价结算。”

夏一情说到这儿时叮嘱青运山道：“我们总包单位进行机构设置，你们建设单位也要进行设置，目的是风险内控。鉴于本项目的情况，你们前期阶段不要组建项目小组及咨询机构律师团队，所有的事情让我们配合你们做，当项目要开标时将团队组建好，那样我们就能够把所有的生米煮成熟饭，那样就是一群不懂业务的傻子在我们的指挥棒下，忙得团团转，且将前期事情搞定后，他们还得感激我。”

青运山听了哈哈大笑道：“夏总夏总啊，你真是一只美丽阴险的老狐狸啊。”

夏一情也笑了笑，道：“我们下面有那么多职工跟着我们吃饭，我们也得对得起他们对我们的信任。我们也是为社会做事情，也在做贡献。不过在商言商，都有游戏规则的。”

夏一情停顿了一会儿又说道：“现在你们业主前期筹划人员要做到没势，没团队啊，找几个气血方刚的小伙子提一官半职的让他们往前冲，让他们去做事，他们没势没团队能把事情做出来不还得依靠我们的资源吗？切记这点。”

青运山看着夜色下的海江，胸有成竹地点了点头。

过了一会儿，夏一情又道：“项目前期人员的排兵布局，一定要慎重。项目建设的主要人员，不要选年龄大的。你选的项目的负责人要年轻、要上进的。只要你破格提拔了这个人，这个人就是能够做事的。”

青运山道：“项目建设之际，提拔人？符合常规？”

夏一情道：“你们单位既然没有相关的业务能力的人，那你就从实操能力，解决问题能力及表达能力通过考试形式来选拔。先通过书面考试，再通过面试，最终是动手解决问题的能力。通过考试形式来选拔合适的人，谁能说出话来？”

青运山道：“有道理。”

夏一情道：“白江河虽然年轻，你可以给他一个机会，你给他这么一个大礼，他不提着脑袋给你干？”

青运山笑了笑。

夏一情又道：“前期人员不要多，要少，等项目开展以后可以陆陆续续地加人。因为前期的所有的事情。我们都已经运作好。而所有运作的事情都是通过合同来操作。”

青运山道：“具体怎样操作呢？”

夏一情笑了笑道：“只要让白江河来做，他不懂专业，我可以来操作这些事情。他们为鱼肉我为刀俎。”

青运山笑了笑，道："好。"

红酒在杯中挂在杯壁上，那样的有纯度，如同夏一情下面的话一样那么的有含金量。

夏一情道："不仅这么简单，更重要的是我们还有其他的造价机构，监理机构的单位，虽然我们法人不一样，但是幕后指挥的人都是王总，我们是一条龙服务。"

青运山喝着红酒，吃了一只大龙虾后道："你说的这些造价单位我不是很清楚，是不是就是些算钱的单位。"

夏一情道："是的，造价单位就是算钱单位。一个工程项目算钱比较麻烦，因为管理体系比较多。"

青运山道："这里面有什么道道？"

夏一情道："一个项目从开始到完成，有不同的价格：估算、概算、预算价、控制价、合同价、结算价。不同的价，不同的处理依据，而我们要操作的就是在招投标阶段将合同价的条款确定下来，最终从结算价中拿到我们的利润。"

青运山听了后，有些丈二和尚摸不着脑袋，信息量大，且理论数量大，但是他有一点很关心，就是怎么能将钱通过项目拿出来，这是他最关心的。他停顿了一会道："这些专业知识的东西，我搞不懂，你就说操作的关键点在哪里吧？"

夏一情喝了一口红酒，红酒浓烈的香醇味道让她有了一些精神的提气，就道："凡事预则立不预则废。要说操作的关键点，有很多，但是现阶段最主要的就是招投标前不要将班子组建完善，让白江河来做。"

"为啥？"青运山问道。

"现在我们就要布局，我们采用将项目以固定总价的形式使项目中标。但是你们招标人的招标施工合同要出一个可以调价的版本，那样名义上是合同价格固定，实际是等于推倒重来，按实计算，那样有很大的利润。只要总的项目不超过备案的预算价，我们就能将项目搞好。"夏一情道。

"实际施工过程中不是还要签订合同吗？那签的合同与这招标的合同是不是同一份呢？"青运山道。

夏一情道：“中标后签订的合同是要按照招标的合同签订，即使你们团队建设好了后，发现这份招标合同有问题，但是我们是按照固定合同样式签订合同的，项目完成后，到最终结算时，我们起诉到人民法院，人民法院会判定我们以招标合同为依据进行结算算账的。”

“为什么？”青运山问道。

夏一情道：“这个就是一个司法解释的问题。按照司法局解释招标人和中标人另行签订的建设工程施工合同约定的工程范围、建设工期、工程质量、工程价款等，与中标合同不一致，一方当事人请求按照中标合同确定权利义务的，人民法院应予支持。”

青运山听了夏一情这样一讲，好像心里有一股甘甜的泉水在流动。

过了一会，青运山道：“是不是只要前期设好局，日后操作就可以稳操胜券了。”

夏一情笑道：“是妥妥地稳操胜券。”

青运山高兴的表情上露出了一丝疑问，道：“不会还有什么问题吧？毕竟专业的事情我不懂！”

夏一情笑道：“没有问题，有的就是项目尽快完成，尽快算账，尽快拿钱。”

青运山道：“从审计角度来看，会有问题不？”

夏一情道：“审计都是审计白纸黑字，你一个字不签会有什么问题？现在唯一需要的就是将组织架构人员设置好。建议金乐元去做成本部，木青云去管合同，白江河去管这一个项目。出了问题都是他们的问题，你会有什么问题？”

青运山道：“这些人又不是傻子？他们不会发现吗？”

夏一情笑道：“项目一旦开展，要求抓好一条主线，这个主线就是抓进度。项目一旦开展，你让项目部主抓进度。三年的工程二年半就要搞起来。你让他们立这个事件的军令状，其他的事情他们想顾也顾不过来。一旦顾不过来，那么事情就会出现很多的纰漏，一旦出现纰漏，就是我们掌控资源的好时候。他们干得越快，团队造价这块儿不懂，那么你能够获得的利润也多。总包单位聘请一个造价机构，如果你们指挥部要聘请造价机构，就交给同一个造价机构。一旦你们没有外在的抓手，靠一群糊涂蛋搞这一个项目，那么搞出来就是一个糊涂项目。最终，你就是利润的最大分享者。我初步估算，按照现在的行情，百亿的项目你能得到一个亿。”

青运山思索了一会道：“会不会对我有问题？”

夏一情又道：“有什么问题？大不了，最终要追究责任时，你提前处理一批干活的人咯。处理一批人，该降职的降职，该问责的问责。你的行政责任在哪里？你给他提两级降一级，他们那些人还得感谢你。”

3

时间在悄悄地溜走，而白江河也在青运山的指导下，一路参加项目遴选人员的笔试和面试。他已经胸有成竹了，因为得到了青运山的指导。这是青运山安排的，项目办领导都不专业，那么只能看谁的素质强，按能力来衡量人才，选能干事会干事干成事的人。

白江河松了一口气，感觉发挥得挺好。面试在六楼而五楼正好是木青云的办公室，白江河面试完毕后，去找木青云。

白江河经过木青云的办公室，看到老木的办公室一共有六个人，他算是资历较深的。木青云坐在办公室的中端位置，对着电脑屏幕，而茶杯放在右手边不远的位置，从远处看茶杯里满是茶垢。木青云看着电脑上的屏幕，正在作诗。白江河刚要跟木青云打招呼，一个严厉的声音抛了过来：“木青云，你过来一下。”木青云站了起来，走到后面。一个胖墩墩戴着眼镜的老头，道：“我跟你说了多少遍了，你这篇文章不应该按照这个的主调写！你怎么还是按照这个调调写呢？”说着将文件摔在了桌面上。“你看看你写成了什么样子！这么大年龄了，一点长进都没有。”白江河看到这一幕，内心有些不忿，感觉这个老头有些欺负木青云，且也没有老人的样子。于是走过来眼神很凶地盯着那个老头领导，道：“老木我找你有点事。”老头见白江河气冲冲的，看了看木青云就道：“有事，你先忙。”木青云笑了笑。

白江河真看不惯那个领导对木青云的架势，想跟他斗法一番。但是那个领导没有给白江河机会。

白江河约木青云到江边走走，在江边白江河气不打一处来道：“你怎么受得了那个玩意的气？我看到后都想收拾收拾他！”

木青云笑道：“那是工作方式问题，都已经习惯了。”

白江河道：“习惯？他那样说你，你不会顶撞他吗？”

木青云道：“以和为贵。我都已经习惯了。”

白江河道：“他是习惯了你的顺受，你就跟个软柿子让别人捏，是吧？我跟你说，我如果是你，这口气，我咽不下。”说到这儿后，他想了一会儿道：“你以后别听他叨叨，你钱不缺钱，能力不缺能力，你受他这个气？”

木青云道：“身处集体之中就学集体之道！”

白江河道：“你是脑袋不开窍，榆木脑袋不开窍。”

白江河发泄了一会自己的情绪，木青云只是笑呵呵的。他们在江边散着步，看到江水滚滚，感觉很舒服。白江河看着远处的云彩，对木青云道：“老木，现在心情好些了吗？”

木青云道：“什么好？什么不好？晃悠、晃悠一天又过去了，一天的工资又到手了。”

白江河道：“你这种状态是很 low 的一种状态。”

木青云道：“嗯？怎样说呢？”

白江河道：“你在这个单位当中你不想干点事让别人尊敬你吗？”

木青云笑了笑道：“说起这事情，我很压抑。跟我一起来的很多人都已经起来了，而我们没有起来。起不来也就不去管那么多了。”

白江河道：“我不管那么多，属于我的东西，我一定会拿到，不属于我的东西我不会拿。”然后他看到江边有人钓鱼，就道：“鱼在水里再凶猛，但是对钓鱼的人来说，它永远就是一条不值钱的生命。要想强大，必须成为能收拾钓鱼的人，才能不被钓！我即将要成为强大的人。咱们新闻中心的建设就是我来主管，到时我带你去搞项目，我拉你一把，给你提一提，你愿意跟我去吗？”

木青云笑了笑道：“不知道。”

白江河道："怎么这个态度呢？像这么好的机会，每个人都梦寐以求，我现在郑重地问你，你为什么不去呢？"

木青云道："你没看到吗？越是热闹的地方，就越是危险的地方。我这样平静虽然是个平凡人，但是也是最安全的。"

白江河道："梅花不经一番寒彻骨，怎得扑鼻香？人活着就得折腾，就得要奋斗。你不奋斗就是死鱼一条。"

木青云道："你这个年龄阶段是要狂些。你说你去搞项目，八字没有一撇，就这么自信？只是去面了个试就跟我说让我去也行，搞笑。"

白江河道："如果我去了，让你去你去不？"

木青云道："你要让我去我就去，不让我去我就不去。"

白江河道："我把你带出来，是要我们像做茶叶一样走向辉煌。"

木青云感觉白江河说话有些盲目的自信，就道："八字还没有一撇儿，你是主管领导还是怎么着？你以为你是谁？"

白江河道："我就是我，我虽小得像秤砣，但是我这个秤砣能压千斤。我做事情，也是四两拨千斤。我能够上得很快，同时也能把你提起来。"

木青云哼哼了两声，感觉白江河在说胡话。他看着江水向东流，道："我大势已去了。职位是提不起来啦。现在什么事情也刺激不到我的神经。我现在就是提起来也没什么意思，但是不提我，我又不甘心，很矛盾。"

白江河笑了笑道；"人的思想像江里的水，可以汹涌澎湃惊涛拍岸，也可以风平浪静波澜不惊。你看这江水一片浑浊，这里面有淤泥也有死鱼，有活鱼也有垃圾，如同人的精神世界。要想到海江的气势千里，要看到大江澎湃一泻千里的豪迈，不要只盯着有死鱼、垃圾。我说这么多是想对你说：不要因为你暂时的失意，而觉得你将来一定会失意。你看到那钓鱼的没有，看到这钓鱼的，让我想起了姜太公，他老人家 72 岁才出山，不晚不晚。"

木青云笑道："没法跟你这个疯子说话。姜太公是何许人也？我是哪根葱？钓鱼是愿者上钩。"

白江河道："老木啊，我发现你说话都是往后退。你要退到哪里去？你这样能行吗？说了话，做事儿就是永远向前的，不行也得向前。说了的话就是吐个唾沫是个钉啊。你说话有个特点：前面刚说一个观点，后面的话就把你前面话的观点给推翻了。我提前给你做决定了，你既然想让别人做决定，那我就决定了。我要把你带去项目办。你去了以后有上的机会。”

木青云笑了笑，看着天空道：“行，行，行，你决定，你决定。”

他心里感觉白江河这个家伙真是说话不靠谱，他刚面试完，就出谋划策，指点江山，激扬文字的，搞不清自己几斤几两。

这时，白江河想起金乐元，就打电话约他到江边来走一走。金乐元接电话时，双眼正紧盯着电脑屏幕，那副神情好像有一个巨大的天地在牵引着他。

“什么事情？聊天的话，过不去，我现在正在搞大事情呢。”

白江河道：“你现在是不是又在看那几条股线图呢？我现在在看海江里的波浪呢，你过来吧。过来后会给你一个大的惊喜。”

金乐元想：惊喜？什么惊喜？

金乐元过了一会来到江边，他边聊天边看手机中的波浪K线图。

白江河道：“你先停停手头里的股票事。我问你个事。新闻中心项目要开始了，我今天去参加了面试。如果我选上了，让你去参加搞建设，你去不？”

金乐元道：“我也不懂业务怎么抓，你要我去这不是沙场乱点兵吗？再一个，你刚去面试了，八字都没一撇的，就画大饼？”

白江河笑了笑道：“问你意见，别啰唆。”

金乐元道：“行，你说去就去。”

白江河笑了笑道：“古有桃园三结义，今有海江三剑客。”

4

盼星星盼月亮，通过竞聘笔试、面试，白江河成了项目指挥组的负责人。金乐元、木青云恍然大悟，原来白江河说的不是空穴来风，而是实实在在的布局管控。在白江河穿针引线、按照规章制度的选拔下，金乐元、木青云成了项目的筹备组的核心人员。

项目前期筹备阶段，白江河是一心扑在工作上，他要对得起青运山对他的信任，不仅调研学习，而且根据兄弟单位对标学习。

白江河向青运山提议尽快成立项目组，设立成本部、合约部、工程部、采购部、财务部、法务部并明确项目管理人员配置，道：“前期阶段要抓紧建立班子，没有足够的人，展开不了事。”

青运山道：“成立班子是刻不容缓的事，但要建立好班子，要保证人员的稳定性及人员要有足够的业务能力。我们现阶段成立了班子能具备这些条件吗？”

白江河道：“不能。”

青运山笑了笑，道：“现在就是成立了项目部门能起到应有的作用吗？”他质问了一下白江河，又道：“我们要向社会招聘几个业务人员，那样筹建起来的项目人员才是靠谱的。项目要顺利开展，有一个问题一定要把握好，那就是一定要采取其他单位工程的经验，运用到我们自己的管理上来，现阶段你们几个人要多调研……”青运山还跟白江河谈了很多，也说要抓紧成立项目组织机构。但是为了项目尽快完成，前期项目进展要加快。没有力量，可以依托社会力量先做。

白江河道：“项目建设前期有很多手续要办，有很多建设程序要走，我们现阶段主要依靠社会专业服务机构来做各方面的文件及招标，费用方面社会机构已谈成，可以先提供服务，后签订合同。”

青运山道：“一切以项目为先。大原则放给你，只要活干好，该花的钱在政策范围内就花，我们目的就是将项目完成好。”

这次谈话后，为使前期人员有一定专业知识，白江河带木青云和金乐元等参与人员参加了项目总承包的业务培训，对项目风险应对形成全面周期一体化的管控意识，最大限度地维护自身的合法权益，促进 EPC 总承包方式在建筑领域效能的充分发挥。

白江河后来又反复提了几次项目组织机构的问题，青运山没有批，一提上文件来，不是这个地方有问题，就是指出那个地方有问题。直到招标挂网公示前，才定完项目组织机构。白江河丈二和尚，摸不着头脑，木青云和金乐元也是大眼瞪小眼，小眼瞪大眼。

瞪眼归瞪眼，活还得干。他们主要是依托外面的机构来运作，准确地说是他们找到了志诚集团的夏一情委托的机构在做，而这个机构也是和夏一情穿一条裤子的。

5

一天，白江河下班时间在办公室看项目的建设流程，看得他一头雾水。白江河看得一头迷糊时，就起来转了转，看到火麒麟的办公室亮着灯，他就走了过去。

白江河看到火麒麟桌上一沓子书籍，有什么房地产法、公司法、招投标法、合同法、担保法等之类的书籍，就道："看书这么入迷，钻研什么呢？"

火麒麟抬起头来，将书合了起来，并将桌面上的书籍收拾了一通，边说边道："在这个大城市安家，必须要有个过硬的本领，要在海洲立足，打工的最好的途径就是搞法律，做律师。因为律师来钱快，考的是专业知识，有了专业知识就是将价值重复利用及变现。我想结合我的专业考个律师证，将来搞工程法律这一块。这些书籍我已经在看了，能不能考过，不好说，考试通过率太低了。"

白江河听了后，像发现绿洲一样生出了希望，就道："好，好，好！"

火麒麟道："好什么啊？"

白江河道："我们单位要搞一个新的项目，你到我办公室来，有一些资料，看看能看懂不？"

他约了火麒麟到他的办公室，拿出办公桌上的一叠材料来，让火麒麟看看，道："这是一沓材料，是比较实务的问题。你可以帮我看看。"火麒麟拿过材料翻阅起来，不时往记事本上做一些记录或提示。白江河也在看相关的文件，就这样时间不知不觉地溜走了……

火麒麟看完部分文件大致明白了以下信息：

海洲新闻中心日前委托志诚明德咨询公司对位于琶洲地区的新闻中心建设可行性研究报告进行评估，该工程已顺利通过专家组评估，标志着可行性研究报告顺利通过评估。

新闻中心被列为海洲市海珠区重点项目。工程总概算123亿元，预计将历时4年完工，竣工投运后，可满足广东省新闻人员需要，将辐射到港澳台，建立一个新闻媒体的大平台。

本项目可行性研究本着遵循“科学性、公正性、可靠性”和“经济合理、市场可行、满足规模要求”的原则，对本项目进行了介绍，并在项目财务评价的基础上充分论证了项目的可行性。

火麒麟全神贯注地看这些材料，又详细看了项目概况及项目建设背景、必要性、市场调查分析、项目区位分析、项目规划方案、项目管理及组织运行、环境影响评价、投资估算与资金筹措、经济效益分析、项目综合评价与建议。直到光线很暗的时候他才发觉天已经黑了，他看了看对面的白江河，白江河已经在办公桌上睡着了。他给白江河倒了一杯茶，伸展了一下疲惫的身躯。他看完这一沓的资料，大体上了解了要建设新闻中心的概况。

这时白江河醒了，道：“不好意思，刚才睡着了。”

火麒麟道：“项目资料我都看了，这些是一个前期的资料。项目建设有很多手续要走，要把握好行政报批手续及外聘服务单位如招投标、造价咨询、法律咨询的招投标及合同签订。项目开展要进行一个严格的过程控制，最终还要过得了审计关！”

白江河一听，道：“你小子很有料啊，看了这些资料就能说出这么多的东西。看来书没少看。”

火麒麟道：“没料怎么行啊？在海洲要立足，必须有技术在身！你以为我每天在干什么？我都是在头悬梁锥刺股地发奋读书。”

白江河站了起来给火麒麟倒了一杯茶，茶叶在茶杯中舒展着身姿，像火麒麟学的知识在舒展。白江河道：“你说的这些还是有很多专业的点在，说说看还有什么需要注意的事项？”

火麒麟看着这个茶，想起了家珍，有些走神，这时白江河道：“问你呢，还有什么要注意的事情？”

火麒麟道：“现在只能说个大概的路子，具体操作每个过程有每个过程的细节，每一个细节都有每一个细节的关键点和难点。但是从专业机构架构来说的话，法律机构、造价机构等服务单位要提前立项招标，有了专业的人出谋划策，就能够做好各方面的管理与服务，也有利于节省时间、降低成本、方便管理，确保项目建设保质量、保工期、保造价地推进。”

白江河道：“你说的很专业，我现在是不懂业务及流程，眉毛胡子一把抓。”

火麒麟道：“我说的是客观情况，要会利用业务机构及单位，才能统筹推进工作。但是你还要注意几点：第一，你牵头的单位和招标采购部要严格根据招标采购管理规定，采用公开招标方式实施采购，遴选有资质、有实力的合作伙伴；第二，要认真做好项目管理、测试、验收工作，确保项目的安全，要提前做好法律风险防范；第三，坚持中心主导，分层次、分体系管理好各个子项目。要求负责人员要切实负起责任，站在新闻中心全局的高度，抓好各项业务的开展。”

白江河听了后，感觉火麒麟是个人才，就道：“现在项目前期还未成立好班子，急需要你这一个专业知识的人，到时我推荐你来，你过来帮帮忙。”

火麒麟道：“好啊。我去了是能够带来一些全面的知识体系。毕竟能将所学的理论，应用到实际中来，而实际的经验又能给理论一个支撑，对将来我做律师有帮助。”

白江河笑了笑道：“来了后，至少给你安排个部长做做。我是刘备你就是诸葛亮！”

火麒麟笑了笑道：“我现在是摸着石头过河，在海洲是个流浪汉，没有办法的事。”

这时火麒麟看着茶杯中的茶，眼神有些出神，他看着茶杯想到了宵姬，也想到了家珍，自己需要钱，钱，钱！

白江河看他出神就道：“想啥呢？”

火麒麟道：“在海洲我得好好打拼，给家珍一个家。”

白江河听到这话就道：“你跟家珍现在怎么样了？”

火麒麟道：“还好，家珍打算要结婚。经营的茶叶店，生意不温不火，我怕她跟了我后是受苦的命！”

白江河道：“家珍身上有精气神，如果她喜欢你，绝不会嫌你穷，而是会看到你身上的好品质。”

“哎，”火麒麟叹了一口气道，“我本应该风风火火的。我名字叫麒麟，本是池中物，一遇风云便化龙。我应该在天上飞，呼风唤雨，而现在却姓了火，让一个腾云驾雾的神物在火里烤。水火本是无情相克的东西，而现在却搅到一块了。我父亲怎么给我起的名字。我要改名。”

白江河道：“不用改名了，你有用处的，到时来工程项目班子，给你留个职位。”

火麒麟道：“先谢谢了，我等你的吹号，随时待命了。”

白江河道：“你干脆！用人就用干脆的人！”

火麒麟笑了笑道：“我从贫穷的农村来到这个大城市不容易，在这个大城市里也是都市放牛，感觉就是一个小牛犊子，没有目的地跑着。您能帮我一把，是我的福分！”

白江河笑了笑道：“都是一个过程，一切会好起来的！你工资还过得去，你还年轻，年轻就是最大的本钱，你现在才二十来岁，将来一切都会慢慢地好起来的。”

火麒麟道：“为了爱情来到这个城市，但是，自己心爱的前女友风往北吹，已经飞了，她和我断得很干脆，让我感觉自己好没用。平时工作得也挺认真，也挺努力的，但是钱就是那么多，自己要想在这个城市立足，难！我看不到希望，我每天抬起头，看着蓝天就想起老家的老头头、老太太，真是内心就是想‘咿呀’一声，如果还有感情要表达的，就再加一声‘咿呀’！”

白江河笑了笑道：“你这是唱歌吗？”

火麒麟道：“我是这样的感受的，因为我内心中充满了这样忧愁的情绪，感觉很难受，房子解决不了，更别提为家珍提供安全的依靠。”说到这儿，火麒麟情绪又低落了起来……

这时夜色已深，白江河看了看窗外的夜色道：“边走边说吧。”

白江河将办公桌上的文件规整了一下，而让火麒麟将那一沓资料用一个包给兜了起来，道：“有空时，看看文件。”

火麒麟道：“好的，最近工作挺忙的，晚上我要学律师考试，我会抽空看的。”

白江河看到火麒麟瘦了些，禁不住想起了一些他说的他的家庭的贫穷及来海洲无依无靠的感受。他们两个关了办公室的灯，往外走着，也谈着。

这时白江河道：“最近老家情况如何？”

火麒麟道：“老样子，老人家在老家种田种地，自给自足，过得还挺好。”

白江河道：“嗯，好好工作，自己在大城市要保重好身体，别让父母担心，再一个要多给家里报喜不报忧。有什么事情，多跟身边的人商量商量。”

火麒麟道：“嗯，我是要自己多保重。出了问题，我谁也不能依靠，会感到无所适从。就是真有什么问题告诉父母，他们除了担心外，其余什么也不会帮助到我。感觉自己真的有些可怜。”

白江河道：“不要这样想，青春岁月是用来绽放的，你这么年轻，好好努力，将来不会差。人只要上进，没有什么不能解决的。年轻就是本钱。你像我现在四十出头了，是靠吃身体的老本了，有些事情确实感觉精力很有限。那么多的事情忙不过来。整天那么多事情与自己有限的精力相比，感觉非常劳心。”

火麒麟道：“您这么年轻就走上了领导岗位，是我们单位的后起之秀。多少人都羡慕您呢！”

白江河笑了笑道：“很多人羡慕我？”这时，他没有说话，他知道在所有的人的眼中大家都关注着自己视野范围内的事情，除了视野范围内的事情，其他事情都不感兴趣。而在同一高度的人则相互砥砺，与其说是砥砺，不如说是互相明争暗斗。如果出现一个小问题，可能会被踩得粉碎。这个只有他自己的内心知道。他不会对火麒麟说。

火麒麟道：“我是这么认为的。”

白江河笑了笑，道：“做事情要客观点，有根有据。不要乱说。”

火麒麟道：“您车子、房子、孩子、职位都有了，这些不是任何人都羡慕的吗？”

白江河笑了笑道：“这是人之常情。你将来也会有的。”

火麒麟道：“就是您的这些可能我一辈子一样也赶不上！”

白江河道：“那些都是应运而生的。这些并不是个人才干的表现。只是在相对的人中，我沾到了时运的光。你挺有才气的，不能因为暂时的打击自暴自弃。”

火麒麟听了白江河的话后，内心默想：怎么这么谦虚？已经有了豪宅，有了高的职位，而他却将这些归为时运，有些嘚瑟。但是，他表面上不说，内心里隐隐地感到白江河在装规格。

到了车库门口，白江河让火麒麟跟着他的车在沿江路上行驶着。一路上，火麒麟又是抱怨又是感觉自己很可怜。

白江河道：“年轻人你有啥抱怨的？不管什么事情趁着年轻好好干就行。就像伟人说的：‘世界是我们的，也是你们的，但归根到底是你们的，你们年轻人朝气蓬勃像八九点钟的太阳，希望寄托在你们身上’。你这完全不是一个年轻人的应有的精神状态，即使你现在努力学习备战律考，但是你的骨子里是一种贫穷的思维。”

火麒麟道：“我跟您说一些我的感受，任何人都不可能是一直阳光的，像月有阴晴圆缺一样。”

白江河笑了笑：“好好安顿好自己的情绪。过好自己的小日子。”

汽车在滨江路上一路行驶着，不一会儿就到了火麒麟和家珍的茶叶店处，火麒麟从车上下了下来。

他看着远去的白江河的车，自己的心绪好像这夜色中的浓雾一样翻滚。

他走在海江边的沿江路上，在心情极度压抑时，突然听到了一个优美的歌声传来：“曾经真的以为人生就这样了，平静的心拒绝再有浪潮，斩了千次的情丝却断不了，百转千折它将我围绕……”

他抬头看了下远处，有一个在江边流浪的女孩儿在歌唱，身边围了许多人在听她唱歌。

他看到这一幕，想起了当初在学校，第一次遇到宵姬时，他感觉宵姬的笑，真是美丽。正如后来他写给宵姬的情书一样：

你问我你究竟是哪里好

为什么第一眼见到你就难以忘了

春风再美也比不上你的笑

仿佛慢慢把世界围绕

而现在宵姬已经成了过去，家珍成了现实中的存在，这就给火麒麟身上加了一道无形的压力。

他走在江边往家珍的茶叶店走去，心中有一种无形的压力与自我怀疑：“自己能猛龙过江吗？”

6

第二天一早上班，白江河找青运山汇报项目前期的工作情况，提到了火麒麟的专业素质很不错，跟他交流过项目建设的流程问题，说了很多的建议，还是比较靠谱的。建议火麒麟参加项目的建设与管理。

青运山听了白江河的话后，给人事部门打了一个电话，让人事部门将火麒麟的情况提交过来。他粗略地看了一下书面资料：

火麒麟，男，汉族，1988 年 8 月生，苏江京南人，中共党员，2002 年 8 月加入中国共产党，北河师范大学法律专业，大学本科学历。2003—2006 年在京南房地产开发有限公司，2007 年至今在新闻中心工作……

青运山看完火麒麟的简历后道：“火麒麟是一个年轻的小伙子，落脚之处不一定是在这儿，从他的经历来看，他思想不是很稳定。北方人在海洲猛龙过江一会，没有个江湖给他，慢慢就又回北方了。年轻人不一定是在我们这儿，要看他结婚的对象。如果说他对象是外地的，那么具有很大的不确定性。现在项目人员大体已经确定了，项目建设推进以后再说。”

白江河见青运山这样说，就没再说什么了。

第十二章

1

白江河、金乐元、木青云他们三个人从茶合作到了项目建设。而他们的整个项目，暗中都是夏一情在策划，而决定权都是在青运山手上。青运山做出了提纲挈领的框架，夏一情做文章。他们三人即使是孙悟空、猪八戒、沙和尚也不能跳出如来佛的手掌心，即使他们跳来跃去，也折腾不出几朵浪花来。夏一情非常欣慰，感觉她的整个战略意图在缓缓地展开。随着时间的推进，序幕慢慢地拉开，就像他们一样纵横交错。随着序幕慢慢地拉开，好戏在后面精彩纷呈，精妙绝伦。

2

在前期的项目准备阶段，白江河为了推进业务的开展，请求夏一情的支持。从项目建设的立项、一案两评、建设规划许可证、土地规划许可证、控制性详规、总体规划、招投标，夏一情一直在白江河需要帮助时，第一时间安排精兵强将来推进白江河主抓的工作。

一天夜晚，单位人员都已经走光了，只剩下白江河、金乐元、木青云他们几人在商量项目的事情，这时，白江河提议："现在项目总算搞得杂七杂八差不多了，我们请夏一情吃个夜宵吧。这个项目前期她帮助了我们不少忙。"躺在沙发上有些睡意的木青云一下子精神了起来。他去洗漱间洗了把脸，看了看镜中的自己。此时他感觉好像对夏一情有种不一样的感觉，怕见面，但是又想见面，总之，自己做不了主的事情，让外在条件推着他走吧。

金乐元给夏一情打了电话。

金乐元跟夏一情这段时间在股市里往来频繁，他们真是成了一对虽未谋面，但是私下里交流金融的亲切伙伴。夏一情一接电话就道："我正在看今天的股票走势，正要跟你交流下明天开盘时，美好红酒股的走势呢。"

金乐元道："白总请你吃夜宵呢，我们还在办公室。"

夏一情说："好，到我志诚集团的定点饭店：东江渔村吧。"

金乐元笑道："别别别，是我们私下请你吃饭，不是让你请我们吃饭。"

夏一情说："那客随主便吧，你们定地方，我过来。"

金乐元挂完电话，定了琶洲黄埔古港的"风情夜宵"。

风情夜宵在夜晚人很多，有些生活的气息，偌大的一个空间让吃夜宵的人感觉到了一种赶集的味道。木青云看到这个场面道："你定在这个地方，档次有些低哦。"

金乐元道："都是老熟人了，就是要热闹热闹。"

白江河找了一张宽大的桌子坐了下来，点了几个硬菜，有辣子鸡、酸菜鱼、几只乳鸽、水煮牛肉，顺便配了几个青菜，道："点了些可口的菜，大家想喝点什么就喝点什么，放松放松。"

木青云道："你点的这些菜不合适，夏一情不喜欢吃辣，请她吃饭也要顾及她的口味吧？"

白江河道："当然了，等夏一情来了，她喜欢吃啥再点啥咯。"

金乐元问："老木，你是对夏一情什么都了解啊，现在没在一起，是不是很遗憾啊？"

木青云说："你该吃吃，该喝喝，少谈这些八卦。"

白江河笑了，说："感情的事情过去了就过去了，今天话题是感谢夏一情。"

金乐元想了想，道："先说正事，日后项目还需要夏一情帮忙，进行业务的操作及把控。"

白江河说："项目建设周期较短，需要协调好各方面参与的主体，共同进行一个项目的管控。一旦有一环不能衔接上，那么将给所有的项目推进带来一个滞后的结果。这个项目本来就压缩了一年的工期，如果要将这个项目抓起来，还是得需要夏一情前期进行管控。”

在他们谈论时，夏一情到来了。木青云为夏一情洗了一次性餐具，听着夏一情介绍情况。洗完茶杯，他用茶巾擦着杯子，眼睛注视着夏一情，淡淡说了一句：“这段时间你的帮忙，谢谢。”

夏一情笑了笑，看着白江河道：“我站在你们几人的立场考虑，能帮忙就力所能及地帮，如果能合作最好了，只有合作才符合志诚集团的根本利益。”

白江河道：“项目总归要有人建设，我们也欢迎你们集团来参加建设。”

夏一情道：“项目建设万条头绪，但是首先工程质量要把控好，再一个确保不要拖欠农民工工资。最后必须确保项目的进度，这一点必须得有清醒认识，必须对建设的急迫性有充分的心理准备”

金乐元道：“比起其他单位来建设，我个人角度更希望夏总您的公司来做这个项目，大家熟悉，双方的默契程度很好。且你为我们考虑。”

木青云道：“抓是必须要抓起来。干事情的是人，将人搞定就没有问题了。”

夏一情笑了笑，没有说话。

这很像是白江河的一场赶考，白江河只是知道了自己要赶考，但是他不知道事情的本质。夏一情虽然在不尽余力地帮助他们，其实心底里的算盘已经敲打的是叮当叮当响了，在这饭桌上的一本正经，掩饰住了她诡异的心。

白江河道：“希望夏总可以来做我们这个项目，那样我们也省心了。”

夏一情说：“不管哪个公司做项目，都要保质保量地完成好。我给予你们项目前期的一些配合，但也未必是我们公司来干，因为招投标是公平竞争的。我们也会来投标，但是有没有做项目的缘分，就看老天爷的安排了。”

木青云说：“老天爷会眷顾我们的。”这时他双手合十，口中默念了一声“阿弥陀佛”。

白江河说：“谋事在人成事在天。我们喝酒不说那么多没影的事了。”

这时，他们打开了闲谈的话匣子。

金乐元拿着手机看着一个股票图，对夏一情道：“你看股市第三季度迎来了一波上涨，‘红太阳’的股票一路飘红。今年的经济不景气，为了拉动经济，国家抛出了很多保障民生的资金，这个资金造成了一个有趣的现象，比如说粮食之类的价格出现了下降，而像资产类的却得到了上升。经过这个判断，我认为股市又一牛市要来了，把手中的钱拿出来进入股市，能砸锅的砸锅，能卖铁的卖铁，将资金投到股市里去争取一把，我预计现在 7 月份到 12 月份之间会有一波牛市。如果现在把手头现有的钱全部投入到股市当中进行一个大转换，本来是一辈子要赚的钱，今年就能搞定，实现财富自由。”

此时此刻，一阵微风吹来，轻轻地抚着夏一情的脸庞，夏一情顿时感觉到非常的凉爽，道：“真有把握？”

白江河听了后道：“小心为妙，现在是庙小妖风大，实体都不景气，股市逆风上扬。”

金乐元道：“什么庙小妖风大，股市有风险，入市需谨慎，实体经济不景气，股市逆市上扬之类的言论，我对此都嗤之以鼻，牛市来了要学会火中取栗！对于在牛市中谨慎的操作，我是不认同的啊。股市是什么？股市就是一个套取钱的魔法袋。这个牛市魔法袋马上就打开了，放进一块钱，会出来十块钱，你说干不干？我建议：你把手头的钱攒吧，攒吧，手头的钱留下点毛票儿能够吃饭的其他都投入进来吧。”

木青云笑道：“我就不进去了，我在外面等你们的好消息啊，你们赚了，我为你们喝彩，你们亏了也不要灰心。”

他们每人一杯一杯地喝着，夏一情感到头有点晕晕的，就点上了一支烟。这是她的习惯，好像喝酒喝到一定的程度不抽支烟好像少了点什么。

木青云看了看道：“你学会抽烟了？”

夏一情笑了笑，道：“你管我？”

木青云有些尴尬，道：“抽烟不好。”

夏一情一笑，道：“不好的事情多了，当初我不好的时候，谁关心过我？”

木青云听了后，沉默了……

夜色已深，他们喝得也差不多了，就一一散去了。

金乐元和白江河乘车去了，留下了木青云和夏一情。

木青云陪着夏一情在江边的河堤上散步，空气中多了一些沉默的味道……

夏一情道："好久没有在江边散步了，你近来如何？"

木青云道："以前在单位是一介匹夫，没事瞎转悠，也没人管我，管我我就拿出犀利的眼神瞪他，他们就不敢吱声了。现在被白江河拉着来干项目，也算是提了一职。提了一职压力有点大，不过还好。"

夏一情道："现在干项目也是对你一个挑战！"

木青云道："算是吧。"

3

夜色渐沉，江边依然人头攒动，就像被太阳炙烤起来的热浪和尘土，熙熙攘攘着不肯沉寂散去。此时的木青云和夏一情看着滚滚海江水，彼此内心翻腾不止，他们也不知怎么开口说内心的话。木青云感觉一说，好像过去成了辜负；夏一情如果一说，好像又成了再续前缘的序章。

但是，她还是关心木青云的，于是道："近来你过得怎样？"

木青云道："挺好，家具、保险、房产的销售经常请我吃饭，我忙得不亦乐乎呢。"

夏一情笑道："你要发展宏图，像你这个年龄正是干事情的好时候。"

木青云笑了笑道："人精神有安顿就好，干事情也是让精神有安顿。"

夏一情笑道："你图精神安顿也要多烧香，多拜佛，如果平时不烧香急来抱佛脚，会管用吗？生活、工作需要设计，需要运营与经营，靠任何理念都是要做事的。而做事需要的是科学方法！"

木青云道："你还是什么也不信。"

夏一情笑道："什么鬼神，什么佛，什么耶稣啊，这些东西在我面前都不好使，我就是具体问题具体分析。比如，你饿了的时候我100块钱给你，你就能解决了饿的问题。留下些精力，把才智才干用来做好手头上的事情，做好了，那么我们就生活在一个幸福的世界当中，就生活在天堂里面。所以精神没有必要彷徨、迷茫。”

木青云道：“我问你个事情，天上的星球就像抓了一把沙子一样，扔在天空上，每个星球都自动旋转还不掉下去，这个问题你能解释了不？”

夏一情笑笑道：“还考虑这些问题啊。这是科学家都解决不了的，你问我一个只注重眼前生活的人？那能找到什么答案？但是，我们有信仰也是好的，有信仰人就会有安顿，有安顿才不会违法乱纪啊。不管信不信，都是要解决具体问题，你说是吧？”

木青云道：“万物运行有其规则，天道必然有天道的法则，还是得有信仰。”

夏一情道：“不管是宗教还是我们传统文化的老子、孔子、诸子百家，都是一些好的理论，但是实践是检验真理的唯一标准，是什么能够领导中国在100年左右的时间发生了天翻地覆的变化，这个需要好好地考虑考虑，你说是不是？”

夏一情道：“可以这样想，我们人只是一粒尘埃，活在尘埃里，那么在尘埃的一些具体细节上要相信人定胜天。”说到这儿她沉默了一会，又道：“科学家也研究不透，说不明白。他们那些脑子都考虑不明白，像我们这些老人能考虑明白吗？！所以说我们一思考，整个世界都在发笑啊。”

就这样，他们谈论着一些无关痛痒的话，夜色中的江水在缓缓流淌……

第十三章

1

时间静静地流淌，日子在慢慢地谋划中出现了不一样的光彩，前期一直出谋划策的夏一情的志诚集团也通过招投标中了新闻中心建设项目。

青运山召开了一个关于项目的动员会，并与白江河签了军令状，要三年内将项目建成。白江河将军令状签完后，青运山当着大家的面说道：“白字黑字签得明明白白的，工程进度上不来按军令状办事。”

白江河道：“我一定不会辜负领导对我的信任。三年内一定能建好。”

晚上白江河回到家将自己签订军令状的事情跟燕子说了一声。燕子道：“我向夏总自荐一下争取去搞这个项目的建设，工程进度这么紧，你又不懂专业，怕工程起来了，你自己倒下了！”

白江河笑道：“你个乌鸦嘴，我不懂专业，但是外聘服务单位有人会这个专业啊。我要抓好让专业的人办专业的事。现在主要依托社会服务机构，我主要抓管理就行。”

燕子道：“你就是抓管理你也得要懂啊，你不懂你抓啥？”

白江河笑道：“我不懂，我还不会学吗？我又不是一个死物。为什么单位那么多的老职工都比不过我，我入职晚，而我提职比他们还快，还管着他们。这就是一个人的能力素质眼光水平的综合的体现。”

燕子道：“别膨胀，人一膨胀就离爆炸不远了。”

白江河道：“我来到海洲通过做茶叶买了这个房子，赚钱赚的不少吧，提职也提了不少吧。这就说明我有这个能力。”燕子道：“我还是得向夏总说说要参加这个项目，参与了知道里面的情况，也好跟你通个气。”

白江河道：“随你吧。”

燕子道："你现在当这个官就像是演戏一样，穿上这个当官服迅速地进入了角色，但是别膨胀。"

白江河道："还行，不进入角色也不行啊，你已经穿上这一个角色的衣服，你不入戏，就得出戏啊。"

他们两个这样有一搭无一搭地聊着。

第二天上班，说起这个项目夏一情高兴，燕子也高兴。

燕子表示想参与这个项目的建设，因为她考虑到白江河管理这么大个项目，怕有闪失。

夏一情对燕子道："我很理解你的心情，我也想让你参加。但是这个项目不同于以往的项目，你想想你跟白江河的关系，到时你参与其中，白江河在单位是有嘴说不清啊。"

燕子笑了笑道："夏总您说的是，但是我考虑到的是白江河不懂专业，这里面别有个什么闪失，他这么年轻就走上领导岗位，会有点飘。我进去也能敲打敲打他，防止出现一些不好的偏差。"

夏一情定睛看着燕子道："什么偏差？我们都是按政策按法规，依法依规地按流程来做事情，能有什么样的偏差？"

燕子沉默了一下，想了想，也对。现在都是按政策办事，政策法规的红线都不能逾越。但是燕子隐约地感觉到还是要参加下，于是又道："我还是想参加下这个项目。"

这时夏一情笑道："现在单位想给你提一个职，让我征求你意见。"

燕子听了后笑道："提职是好事啊，也是单位对我的信任，这么好的事情我当然同意了。"

夏一情笑道："这是领导深层次的考虑，也算是对我们能拿到这个项目的一个奖励吧。问我有什么要求，我就提出来推荐你去领导岗位。"

这天，下了班以后的燕子像一朵绽放的玫瑰，回到家以后，心情格外的好，白江河也是春风得意马蹄疾，两人双双升了官，都非常开心。然后他们两个说，晚上我们出去吃饭去。庆祝我们两个都能够升职加薪，再一个感觉到我们一定要好好地努力啊，不辜负别人对我们的信任与认可。

2

新闻中心项目部成立以后，白江河工作的状态也是前所未有的积极。他没日没夜地投入在工地的建设管理当中。

他不仅亲抓现场，下班时间也总是在工作中度过。

有一天白江河打电话说让火麒麟过来。火麒麟来后，见白江河在认真地看一些文件。

白江河正在看成本部送上来的成本控制分析报告，他也搞不清里面的行行道道，他主要把握的是施工费用有没有超过合同。他看着第一主体楼成本的对比分析：招标清单内部分项目减少工程量节约费用为1.3亿，变更增加费用为4.7亿元，该费用在原有招标清单内项目所节约费用1.3亿元和暂列金额3.5亿元中扣除，剩余金额为3200元，相应的规费和税金为319.99元，即本项目成本比原合同价减少3485.08元。

火麒麟见他那么入神，就在旁边的一个沙发处坐了下来，随手看着茶几处的几分资料合同。

当白江河看完文件，抬头看到了火麒麟，就道："什么时间过来的？"

火麒麟道："你打电话让我过来，我就来了。过来了约这么一会，看你那么投入，就没打扰你。"

白江河笑了笑："这么多事情需要我把关，我不能失控啊。这次领导没有同意让你来我项目，我食言了。哎，你没来我得操多少的心啊。"

火麒麟道："知道领导您努力了，您能干，也没把我当外人。"然后他看着桌面上的纸文件道："别看这一张张白纸黑字的纸，其实这些都是一张张的银票，一张张银票摞起来就是一堆堆金山。"

这时，白江河将手头的资料递给了火麒麟道："今天我回去进行个外地项目对标考察。你帮我看看这些资料有什么问题没？"

火麒麟笑道："您这么信任我吗？"

白江河道："是的。"

火麒麟接过文件的同时，白江河和火麒麟聊起了家常。

白江河问火麒麟道："现在还在为房子、车子、票子纠结吗？"

火麒麟道："我来海洲这几年，自己越来越迷糊了，不知道根据地在哪里，单位找不到根据地，外面也找不到住的地方，很苦恼啊。"

白江河笑了笑，道："表面上看这是车子、房子、票子的问题，实际是认知能力、利用资源、把握人脉的竞争能力问题。我向领导建议你来项目办管理成本控制，但是，领导以你不能在海洲久留为由，没有同意。你虽然没来参建项目，但是你先看看这些文件，将这些文件拿回去看一看，先熟悉下，暂时不让你来，不一定下次会议也不让你来，我会再建议。你先熟悉着情况。"

火麒麟道："嗯。"就拿起文件要看，白江河道："你将文件带回去，慢慢看，不急这一会。"

白江河跟火麒麟聊了一会家常，并问道："家珍和你近来如何了？"

火麒麟道："家珍单纯，我很想和她在一起。但是她从大山出来跟我一起在海洲，我能给予她什么？"说这话时，他眼神有些暗淡。

白江河道："家珍从大山出来，她的需求是很简单的，不会考虑那么多东西，其实，越单纯的越美丽。你看现在有些人傍大款，宁愿坐在宝马里哭，而不愿坐在自行车里笑，其实没有那个品格和出谋划策、驾驭的能力就是德不配位。"

火麒麟道："嗯。"

火麒麟将接过来的文件，随手翻开看了起来，看到项目一期主体的工程结算款情况：概算 1 亿。采用固定总价合同招标，附计价清单。申报结算 1.7 亿，工程变更 200 万，调价 6800 万。然后他又陆续地看了看合同文件，他眼睛突然亮了起来。

他认真地从头到尾仔细地看着这个合同。他对白江河说道："你这个项目会超合同价。"

白江河笑了笑道："你小子，我不得不说你呀，我们是一口价的，不存在超合同价的。"

火麒麟说："你看一下，虽然这个合同签订的是包死价，但是，里面的价格是可调的。按照这样的情况，怎么能包得住呢？"

白江河笑道：“合同是包死的，但是有些局部项目价格是要调整的。总体来说不会超合同价。

火麒麟道：“今年的砂石上涨得厉害，按照包死的合同，价格是固定的，只有超过了一定幅度才能调减价格，而你这个合同是按照实际价格进行调整，也就是说名义上签的是一个包死的固定价格合同，实际是在瞒天过海。”

白江河听了火麒麟的分析，似乎有些明白了他讲的理。

他双眼紧盯着文件，认真地看了起来，道：“怎么会签订这么一个合同？”

火麒麟说：“通过文件我现在发现的是这个问题，至于深层的问题啊，我需要全面梳理一下。具体怎么办？我得全面梳理后再告知你！”

“我们聘请的是外面的专业机构单位，难道他们没有这个专业知识吗？搞成一个违背实质的合同？”

火麒麟道：“你想一下这么大一个项目，都是一些不懂专业的人。你想想这里面符合正常人的逻辑吗？”

白江河道：“是呀，这确实有点玄乎。”

白江河听了火麒麟这么一说，道：“你现在想到的是怎么办呢？”

火麒麟道：“要解决方式还是有的：第一，变更设计，将损失减少到最小。第二，你得找个替死鬼，做到自保。第三，死马当活马医，将合同全部推翻，重新签订。”

这时，有工作人员过来提醒白江河道：“白总，我们要出发了，要不飞机就要晚点了。”

白江河对火麒麟道：“我要外出去对标学习，这次让你过来就是帮我看看这些文件，等回来后，我再跟你详细聊。”

火麒麟道：“好的。回来再聊。”

3

白江河在外地对标考察，得知项目算账的合约全部都是按实际调整，自己签订的合同与火麒麟的分析是一样的时，他禁不住内心愤怒起来。

白江河看着水杯中的茶叶舒展，自己的神思好像游走在这个对标会议之外，他两只眼睛有些出神，一副若有所思的样子。他的一番思索让他知道一个自己日常思索的问题，签订的合同确实是一个不利于控制造价的合同。至少火麒麟说的是正确的。

认识到这个问题的严重性，他心情越来越沉重，有些着急起来，有点坐不住了。他禁不住喝了一口水，喝下去的水在心里像铅块一样，那么沉重。

他有些疲惫地将身体靠坐在椅子上，看着面前这个给他们介绍项目成本管控的经理，这个人戴着金丝眼镜，个子高高大大的，瘦弱儒雅的身板上到处流淌着一副专业的气息，说出来的话非常的严谨。他又想到了金乐元，脑袋除了光亮外，就是一堆肉。让金乐元去控制成本，本来感觉他能搞得好，看来他错了。股市与成本管控这是两八杆子在一块都打不着的事。他本来以为自己很聪明。没想到自己不过是沙场乱点兵罢了。他想了想，出了问题要解决，用人确实是我的责任。但是专业的人青运山不批。最终现在一个专业的人都没有。这里面会不会有什么猫腻？

白江河思维有些凌乱，这时，他回过神来。想到："问下这个成本经理，怎么解决问题？"

白江河问道："合同签的是固定总价，但实际合同价款条款不是按固定调整怎么办？"

那人瞪着眼，看着白江河道："会有这样的项目合同？这样的操作，是不合常规的。"

白江河笑了笑，压抑住心中的焦躁道："只是一种设想。"

成本经理道："这是一种假设，是不存在的，如果存在招标的合同是这样的，那成本合约部是要受到相应的责任追究的。他们是不称职的。而主管作为这方面的牵头人更是有问题的。"

白江河想了想道："是不是要负行政责任？"

成本合约部经理道："行政责任是避免不了的。"

白江河认识到了这个问题的严重性，思前想后决定向青运山汇报。青运山知道这个消息后，非常的慎重，道："什么原因出现的这个问题啊？你们做过分析没有？"

白江河道："没有，没有。"

青运山道："没有经过分析，就将问题抛给我？你是让我给你当参谋？你给我提问题，让我给解决方案。你干工作不是一天两天了，一个管理人员说出这样幼稚的话！回去你们先分析原因，找解决办法去！"

白江河被青运山这么一批评，脑袋一头蒙！他本来是想以情感的方式去找青运山商量解决问题，没想到的是青运山给他当头一棒！白江河认识到工作就是工作，虽然青运山帮助了自己，但是自己一定要定好位，干好自己的本职工作才是最重要的。

白江河碰了一鼻子灰，自己心里堵着一口气，思维一直在考虑这个问题该怎么办？这股情绪在他体内挤压着，让他发也发不出来。他怨谁？怨别人还是怨自己？人是他挑的，他怨谁？出了问题，追究责任，他是主体责任，一条线上的蚂蚱，怎么办？

白江河回到办公室，看着水杯中舒展的茶叶，内心的欲望与现实在纠结地死缠烂打，他原本想做完这一个项目以后，再提一级，争取在青运山退休之前能干到一个副厅的位置，但是现在出了这个问题，他自己拼命地往前去冲，最后别说提升了，可能还会降职。他呆呆地坐了一会儿，想到：他就是一个棋子、一个玩偶。青运山是这盘棋的控制者。他禁不住叹了一口气：人往高处走能够走到哪里去呢？到了小蛮腰的最高层，还想上天空。去了天空后，感觉还不行，还想去月球。征服了月球，还想上太阳去转转。自己一个劲儿地往上钻的时候，确实没有想到会出现这么严重的情况。他考虑的只是一条线儿，没从一个面上来考虑，而现在想来想去依旧是感觉事情还是要解决的。

他电话通知了夏一情、金乐元、木青云来办公室。等他们三人到齐后，白江河让他们看看为什么出现了这个问题。

白江河气势汹汹地问金乐元道："你这成本前期怎么把握的？为什么合同条款与合同真实意思不一致？你自己去分析，看看这里面出现了什么问题！"

金乐元鼻子上有些出汗，透过厚厚的眼镜片，看到白江河发这么大的火，感觉到出问题了，道："有问题吗？"

“有问题吗？！”白江河说着将合同扔给了他。

金乐元道：“我现在是在跟你沟通。是信任你才跟你沟通，如果不信任你，连沟通都不沟通。直接处分你！”

“我直接跟你说吧，这个合同是个可调价的合同，你去分析对策，去找专业机构搞清楚！该处理人，处理人。要出解决问题的方案来。”

“有这么严重？专业机构前期都全程参与，应该不会有问题啊。”

“应该？”白江河眼睛里一团火！“别跟我扯这么多。现在是还没有出问题，出了问题怎么办？”

白江河又想到项目前期都是夏一情全过程参与各业务单位介绍与沟通的，让他省了不少心。当初，白江河找到她，她积极配合。白江河看着茶杯中的热气，热气在空气中升腾，如同他的思维在延伸：

“是不是夏一情全过程搞了鬼呢？项目建设是她们单位在建设，这是不是她设的一个局呢？”

“前期项目出现这样的问题是怎么回事？”他质问夏一情。

夏一情道：“你这是什么语气，我前期为你们跑前跑后的，出了问题你竟这样质疑我？”

白江河瞪了一下眼睛道：“你不知道原因？”

夏一情道：“你们不把关吗？这样的问题竟问我。我现在怎么觉得我这是好心成了驴肝肺了。”

白江河一听夏一情这样牢骚就问金乐元道：“你前期怎么搞得？怎么把的外包服务机构的关？”

金乐元看了看夏一情道：“都是外包单位进行的操作，我也不知道是什么原因。”

白江河又看着木青云道：“这是怎么回事？”

木青云也不知道怎么回答。

白江河道：“现在我们这些人关上门来摊开来说这个问题，我怀疑有人在里面搞鬼！”

夏一情开口道：“我前前后后地给你们找机构，给你们打通路子，你们过程也全程参与，而最终出现了问题。你们就来找我来了。那你们不会把关吗？没有把好关，就说有内鬼？”

金乐元跟着夏一情也道：“这是一个专业机构来审核的合同，能有什么问题？”

白江河一听气不打一处来就道：“你说这也没有问题，那也没有问题，你们三个人都没问题。那哪里有问题？”他将合同往桌面上一甩厉声道：“我们现在签署的合同条款是据实调整的，也就是签了一个可调价合同，而不是一个固定总价合同，按照这个合同，最终项目完成后会超出合同价。你们说说这个怎么办？”

空气中充满了沉默……

过了一会儿白江河又道：“法治是国家现代化治理的重要手段，这是必不可少的一套体系，随着我们社会越来越文明，越来越规章化制度化，那法律就越来越凸显出它的主要地位了。我们做项目，出了问题，不要用牢骚去解决，而要善于拿起法律的武器，用好合同赋予我们的权利好好地维护我们的利益，但是现在合同出了问题，怎么利用这个武器？”

白江河对夏一情道：“你现在是不是搞以帮忙为进攻的策略，前期你协调这个部门、协调那个部门，最终所有的协调就是出了这一个对你们有利的合同，你说这个合同是不是为你们谋取利益的一个策略，你是否以退为进？”

夏一情道：“你说话怎么这样啊？我是好心成了驴肝肺吗？”

白江河道：“你前期对我们帮助是有功劳的，但是不能在功劳簿上耍聪明，现在你问怎么办？你这一反问，是在回击我吗？”

夏一情道：“我不是回击，而是想这个合同有一个很好的友善的解决办法。”

白江河道：“当前主要是从三个方面入手：第一个修改合同实质条款，将合同矛盾部分修改过来；第二个全面梳理合同造价，是否出现原来价格；第三个组织好现场管控，将原来的不合理的全部进行解决。”

四人大吵一通也没有个结论，但是时间还是像日常一样在一日一夜地流转。

4

木青云被白江河喷了一顿，心情沉闷，就来到了老纪的仓库。

老纪看到木青云阴着脸，脸上挂满了忧愁，就开玩笑地对木青云道：“你这张脸是一张非常不同的脸，你这张脸是威严的脸，你这张脸是一个带兵打仗的脸，但是你的脸跟我的脸是完全不一样的，我这张脸啊，一看就是非常儒雅非常年轻，用 AI 智能将脸测一下，我的脸 30 岁呀。没办法，我人就是这么的帅气，这么的年轻，这么的儒雅，没有办法。”

木青云道：“老纪，你是个活神仙，年轻儒雅，而我自从走上领导岗位后，好多事情要操心，这个脸就老得特别快啊，也有了眼袋。刚才被白江河凶了一顿，我自己气不打一处来，我打算一会去白江河家将他家都砸了，顺便把他老婆也给揍了。”

老纪道：“窗户纸还是不能捅破，是吧？在窗户纸两边儿怎么骂都行，说怎么办他都行，一旦捅破窗户纸，再圆回来就有点困难了，只要窗户纸不捅破，怎么着都能圆回来。”

木青云笑道：“往死里骂他，当面不能骂，就背后骂他祖宗十八代，将他祖宗十八代都请出来，单个单个骂，骂他们怎么养出白江河这么个东西。”

老纪道：“这个不行，这个不行啊，白江河当了领导没有素质，咱们不能没素质啊，是不是啊？”

木青云道：“一会儿我上他家把他家里东西全给砸了，把他那个头扭下来，我就解气了！”

老纪道：“咱们底线不能突破啊，白江河虽然是个领导，但他不能骂咱们是吧，只要骂咱们，咱们绝对不能饶了他。我过去单挑。看你这个成熟的脸，岁月在你脸上刻下了很多痕迹啊。”

木青云照了照镜子道：“现在什么化妆品我都用上了，也改善不了我这个老脸！”

说到这儿被白江河喷了一通的金乐元也来了这里。他看到老纪与木青云在吹牛，自己就又看起了手机中的股市。

这时，老纪道："你知道股市怎样去炒吗？股市不要走短股，一定要买一个非常稳健的公司，只有买到这样一个公司，你等年底分红就行了，什么短平快这种方法是不可取啊。"

木青云道："乐元，你这个家伙，又投进多少钱去了，前段时间将房子给弄进去，你这样很危险啊，我不是怕你股市不行，我是担心你们夫妻感情搞不好，你这个会影响夫妻感情啊，我很担心你们夫妻感情呀。"

金乐元道："我老婆不管我，只是要求我每年报备一下。"

老纪道："你老婆心够大的。我建议让你老婆管一管你，不管你亏了钱还是赚了钱，都让你老婆管一下。要不，股市里赚了钱，再搞出什么事来，我还是很担心你啊。"

金乐元道："细细考虑一下，感觉你说的有道理，买稳健的公司的股票，是对的，但是夫妻关系你就别担心了。"这时，他叹了一口气，又道："夏一情推荐我买美国人造肉的股票，我没投。她投进去几百万，不到一周，翻了一番儿。"

木青云听后，笑了一下，道："你亏了吗？"

金乐元道："没亏，就是赚的少了点。我几年前一直买仔癀这只股票，投了一百来万吧，现在翻了四五倍。"

老纪道："股票这个东西我从来没去碰，没投一分钱，感觉到精力不允许，另外一个心理定力都会受到干扰，还是过平凡的日子吧。"

老纪喝了一口茶后又道："近期这个股市啊，涨得太猛，懂行的一般都退出了，而现在进入的就是一些不懂行情的，想去赚钱的，急功心切的，最后亏的什么都不剩的。我不是很懂股票，但是我懂人性，股票就是一个人性的搅拌站，这里反映着大量的人性的东西，人性在股市这个空间折腾，人们这个心理呀不一样，所以说慎重慎重。建议你要买稳健的公司的股票，不要走短期股，而要等公司的年底的分红。"

金乐元道："等分红我还不如去买理财呢。利润都在风险之中，舍不得孩子套不着狼。"

老纪道："我是担心你。亏了钱，你老婆吼你！我担心你的夫妻关系！"

金乐元道："我老婆不管，每年报下账就行了。"

木青云道："老纪又开始担心你的夫妻关系了。金乐元炒股炒了五年，赔了三年的钱啊，吵架呢又吵不过他，他老婆一跟他吵架，他就拿出一套理论来跟他老婆讲感觉投的还不够还得投钱了。总之，他老婆叫他弄的是云里雾里的，所以，最后决定，那行吧，你到时候给我报备一下就行。"

老纪又在海阔天空地道："乐元啊，不晓得你还有这个本事啊，没赔啊，就等于赚了，珍爱生命，远离股市。如果你想找刺激，你就搞一搞啊，会挑动你那个神经，比看大片还过瘾。要想过瘾，你那个钱不要投入太少，而要投入的多一点，假设你有卖了一栋房子的钱，它六七十万儿全部都投进去，你还有一辆车也卖了它呀，投进去，你感觉里边儿不过瘾，通过民间借贷还他个五六十万投进去，你感觉一样不过瘾。"

木青云道："赔赚你都在里面，那就是个泡泡！"

金乐元道："怎么能这么说呢，怎么会是个泡泡呢？"

木青云道："你在里面10年，20年不出来兑现，那不是个泡泡是个啥？乐元你在搞泡泡你知道吗？钱在股市里面不拿出来，也就是一个精神的慰藉，这里夹着浓浓的欲望，浓烈的欲望上是极大的精力在里面，让你情绪翻江倒海，到头来赔得血本无回。所以你在玩危险的泡泡！"

老纪道："老木，你这理论可以叫作泡泡理论，搞股市就是捣鼓泡泡。散户十有八九都被割韭菜了。实在有余钱，不如去买套房子呢。"

金乐元笑了笑道："那是几年前的说法了，和股市相比楼市的风险更大，国家也在谈房住不炒，A股还是有投资价值的，高层呵护股市的意愿很明显，随着股市政策和制度的逐步完善，股市投资收益肯定比楼市大，往后我们可能会沿着老美的路走，来个10年牛市。现在大盘3400了，选好股票，两年以后可能到5000，资产可能翻倍，楼市到不了这个收益，不信两年后再看。"

木青云道："股市散户的心理你还不了解吗？涨啦想着还能涨，跌了等着捞本再出来，最后基本上都是个套牢！"

老纪道："乐元，你这么一说，我发现你分析得很到位啊，很到位，你发达了以后请我吃个饭吧。

木青云道："你听过一句话没有？房子是用来炒的，股市是用来坐的。你分析的楼市未来的一个趋势有道理，但是也分地区，人越来越多地向大城市走，将来那些农村，郊区的那些房子，会降，但是大城市的房价不会降。你看美国的纽约曼哈顿的房价它会掉下来吗？”

金乐元道：“建议你搜索一下美国富人区，看看有没有在纽约曼哈顿的，即使房价没降也不会翻倍的涨，房价走势曲线会越来越趋于平缓，不是说投资房产没有收益，只是相对来说收益没有十年前那么明显了。由于货币贬值也就是所谓的通胀，投资房产可能就刚刚能跑赢通胀率，就是货币的贬值速度。反正我是宁愿去买股也不会去花好几百万买套小楼房，现在大家都想在大城市里买一套房，就像十年前大家都想把农村户口变成城市户口一样，过了十年你会发现啥农村户口城市户口都一样。”

木青云道：“你得好好慎重下，要不老纪很担心你们夫妻感情啊。”

金乐元笑了笑又道：“经济需要循环，整体的社会经济拉动不起来，经济衰退，那么就会凸显很宏观的问题，什么问题？就是钱的问题，钱在这个市面上不流通就是一摊死水，国家已经扶植多少钱进行流通市场，但是中国已经过了那个要靠房地产拉动经济的时代了。房价上涨第一是刚需所致，随着人口出生率降低刚需会减少，你来到了海洲，购了两套房，你亲家也购了两套房，所以你儿子和她女儿结婚不需购房了，你们老了他们就有四套房，二是经济发展下，人们更注重生活环境的好坏，以后有钱人都住郊区，只有屌丝要住城里呼吸汽车尾气吃超市蔬菜忍受雾霾，挤公交地铁去钢筋混凝土大楼里上班。但是股市就不一样了，美国的股市涨了十年，中国的房价涨了十年，最苦的还是中国老百姓，奋斗一年还买不起一个卫生间。所以中国的发展必须转型，从数量密集型转向质量效能型，从廉价劳动力密集转向科技创新引领，房地产已经不能成为带领中国经济发展的大旗了，中国的下一个十年应该是崭新模式的十年。”

这时，老纪听着金乐元那头头是道的语气就道：“人不要太过于自信，如果太过于自信了，这个人就会盲目，就是盲目做事情啊，做事情要有七分自信，三分挑战。”

金乐元道：“你说的很有道理，不管什么样的行业一直存在一个二八定律。股市也是，职场也是，20% 的人当领导，80% 的人是普通人，世界财富也是 20% 的人掌握 80% 的财富啊，都是这个规律啊。但是，我自己在股市里，没有亏钱，也赚了点小钱，我就是七分自信。”

木青云道：“货币贬值不会因为一代又一代的成长而不贬值，但是不要忽略了一个非常重要的问题，我们老祖宗的观念是什么？安居乐业，我们房价居高不下，国家提出了房住不炒的概念，但他也没说房价要下降，十年以后房价会回落吗？但是房子还是刚需啊。”

金乐元道：“针对股票和楼市我们没有必要去争论，就按照所追求的所需要的去搞就行了。住房好就去买住房，楼市好就去搞楼市，股市好就去搞股市，人生匆匆几十载，短短的就像一个过客，有什么值得后悔的？有什么值得遗憾？又有什么值得骄傲的？钱多了，不是你的，钱少了，也不是你的，什么东西是你的？什么东西都不是你的啊。所以说啊让我们抓紧的拿起所有的钱，赶紧的去扔上两块到股市里啊，到楼市里啊，让我们去看一看谁能溅起浪花，让我们找找那种刺激的感觉。”

老纪道：“说白了我们就是开开心心地过好每一天，我们就是这个世界上的一个过客，铁打的世界、流水的人如同铁打的营盘、流水的兵一样。认清了这个实质所在，就没有必要纠结了。世界是我们的，也是你们的，但归根到底还是那帮孙子们的啊。也可以说，钱是我们的也是他们的，但归根到底是王八蛋的。”

老纪不慌不忙地喝了一口茶后又道：“刚才我们沟通股市、楼市的问题，我认为我们的看法没有对错，没有高低，都是三家争鸣，三花齐放，没有东风压西风，也没有西风压东风，都是很好的光辉，很灿烂的暖阳，很好、很好。”

木青云道：“现在项目出现了问题，没有我们聊得这么轻松，刚才白江河把我和乐元都狠狠地批了一通，现在我肚子里还是只冒烟不冒火呢。”

老纪道：“你的火呢？”

木青云道：“火被自己压下去了，工作错了，哪里还有火？”

老纪道：“怪不得你刚才脸色那么差。”

金乐元道：“问题是出在我这里，而现阶段股市也把我套牢了，工作也把我套牢了。搞得我很是疲惫。”

木青云道：“股市你先放一放，好好处理合同这个事情。你别在股市里流血流汗不流泪，掉肉掉皮不掉队。”

这时，金乐元突然笑道：“你看我这只股，一天翻了十倍。”

老纪道：“也就是你投入一万块钱有十万，你投入一百万，那不就一千万了吗？你厉害啊。看到你这么分析，分析得这么透彻，我仿佛打开了一扇窗，钱还可以这么赚！”

5

白江河把金乐元给处分了，并斥责金乐元道：工作再这样疏忽，把你职务都撤了，我能提你也能撤你。金乐元被白江河疯狂咆哮和很苛刻的行动搞得自己好像没有了主心骨。心想：白江河这个家伙狼子野心。他眼睛直视白江河。白江河看到他不服气就道：“我把你立起来，是让你做事的，做事情的规矩是和稀泥吗？我们是有感情，但是你得将工作干好了。工作是工作，感情是感情。不要把它混淆成一回事。虽然我们是好兄弟，但我们得先把工作干好，明白吧。工作干不好，一切等于零。”

金乐元皱了一下眉头，出了错得找个垫背的，我负责这一块也是没有办法的事情。

白江河看到他还呆呆地驻足在那儿，就道：“我们这个团队必须把事儿干好，我叫你们来，是感觉我们一起做茶叶做得那样的团结，做得那么好。我们能够把茶做好，同样也能把这个项目做好。这个项目现在是谁埋的雷，我还没搞清，等我搞清了，再秋后算账。”

从这以后，白江河发起火来，都有些疯狂，他肚子里气有多少火气就有多少！

6

白江河透不过气来，就约木青云去项目现场看看。木青云看到施工人员正在挥汗如雨地施工，就道：“现在工人挣份钱真是不容易啊，一天累死累也活挣不了几个钱。”

白江河懒得去听他这些感慨，他去工地想找找项目的缺陷，他想谈论的重点不是在这里，而是要在施工过程中找到维系合同的一个平衡点，他的原则就是你赚钱可以，赚合理的钱。如果你想瞒天过海，并嫁祸于我，那是打错了算盘！

工地大楼已经拔地而起，像一个高耸的巨人在地面站立着。

白江河看到铺的瓷砖的颜色很不协调，就问木青云道：“这一片施工的瓷砖的样板，谁定的？没有定，就大面积施工？”木青云道：“没有进行定板，但是施工单位已经将货全部定下来了。”

白江河道：“施工没有定板不能大面积施工，这不是工程管理常识吗？先做样板，做完样板间后监理、建设单位都没有问题了，才进行下步施工的。你这整天都干些什么呢？”

白江河又批评木青云道：“抓事情抓管理，不要你怀着一颗仁慈心、慈悲心，慈悲心、仁慈心要看用在什么地方。你对施工单位仁慈了，他就会反过头来欺负你。这批瓷砖已经影响到了整个楼的颜色，要返工。”

木青云道：“他们货都已经定了。”

白江河道：“如果不返工，这些地砖不给予计量。不计量，他们也收不到这笔钱。坚决不能发生这样的事情给他们开口子。”

木青云想：夏一情帮我们忙，现在出了问题，白江河怀疑夏一情在搞鬼，他和金乐元成了帮凶。所以，他也是一肚子火没处发，就恼了起来。

木青云道：“只是颜色有些问题，也没有大碍。难道夏一情帮忙，帮成了倒忙？”

白江河道：“我信任她，才让她帮忙。她给我帮成什么忙了？搞的合同是一个调价合同，我们这些人成了为她做嫁衣的人了。”

然后白江河又道：“我跟你跟金乐元说的是一样的。我们是一个整体，我才这样直接说。不是一个整体，我连理都不理你，明白吗？”

木青云又道：“你看工人也是辛苦啊，赚个钱不容易……”

白江河道：“打住！按照现在这个合同，我们最后都要死，而为了控制住我们的目标，我们必须要在施工过程中进行防控，这是没有办法的事情！

像地面砖这样未通过看样板就大面积展开施工的，不要给他们签字，不签字就不能赚到钱。已经做完的东西，不给他认证，不给他认账。又赚不了钱啊。这样我们就能控制住合同价。”白江河就采用这一条办法，一个篱笆三个帮，一个好汉三个桩啊。

白江河真发火，才能得到最准确、最快速的消息。发火能确保下面人做事的及时性。而如果心平气和地给木青云说事，那木青云就疲疲沓沓的，得到的信息也不准确。木青云被白江河批一通，想了想，还是在原来的地方好啊。整天的喝个茶，写个诗，听两句不出声。现在就提供了个职位，整天让他的思想分叉。思想本来不是一个频道，而非要调到一个频道上去，这是上了贼船，下不来了。

7

木青云看到夏一情失去了往日的神采，觉得自己要帮夏一情一把，当初自己负了夏一情，而现在合作项目，得帮助夏一情突出这个重围。夏一情这是聪明反被聪明误。白江河一提起夏一情，马上就吹胡子瞪眼。而木青云道：“本来夏一情是前期来帮忙的，而现在出了问题却一直责怪夏一情，这样不行，不能责怪人家好心办了坏事。”

白江河道：“好心办坏事？她是蓄谋而为。谁是利益的受益者，就是谁主导的这个事情。商人无利不起早。”白江河多处压制夏一情的举动，搞得木青云左右为难。他多次找白江河说：“夏一情公司负责这个项目，公司是有经营考核指标的。我们这里都是公家的钱，看在一直帮我们茶叶及项目的前期的事情，你放过她吧。”

白江河道：“你这是佛家的心肠还是菩萨的心肠。你这样怎么去搞事情？我可怜她，谁可怜我？这个事情要是没被发现，最后我会被搞得人不人，鬼不鬼。做事情没个底线没个原则，这是不行的。”

白江河想来想去，从法律条文不行，我就在中间管控下手。他每天都在巡视现场。看到一些砖的颜色不行，马上挑出来。瓷砖质量不行，他不仅问责木青云还问责监理单位。

木青云道：“你这样做有些偏颇，且也不合规矩。”

白江河道：“什么叫合规矩，什么叫不合规矩？我就是规矩。控制的过程就是一个规矩。整体合同部署约束着我。不给她个下马威，你让他们当我是一个傻子啊。我就让他们知道我不是一个省油的灯，我必须杀一儆百来出这口气。”

除了现场管控外，白江河让木青云金乐元发函到志诚集团，明确揭露夏一情的不诚信行为，进而要求如果不合理处理就利用新闻中心资源将志诚集团的丧失道德的行为暴露于公众视野中。

第十四章

1

夜幕中的夏一情坐在海江边的石凳上若有所思地看着夜色中的海江水向东流去，她手中的文件袋里面装着一些与王二多年来的秘密，她想和王二摊牌，自己多年来在这公司辛苦辛劳地忙碌了一辈子，到头来，就因为一个项目的失误，而导致被解雇，她不甘心。

江水无意识地拍打着堤岸，如同夏一情的手指无意识地轻轻敲打文件袋一样，她呆呆地望着夜色中的江景，听着海江边游人的谈论、拍照的嘈杂声音，心神好像分离得很厉害，她无法集中精力，神思有些迷离。这样的状态持续了约一个小时，她决定打电话约王二到会所谈谈，会所就在离她不到一里地的地方，但是此时她的思绪已经走了几个世纪的路程。

她在路上思维游离着，像此时海江里澎湃的水在激荡。过了一刻钟她到了会所。

无论夏一情如何的努力与付出，也无论她曾经为他们的合作创造了多少利润，都改变不了一个基本事实：新闻中心建设项目让公司亏损了一个多亿，且加上青运山给的保底钱一个亿，等于亏损了两个亿。王二为了平衡其他股东的怒火，唯一的解决办法就是将夏一情踢出局，这是一个权衡利弊之后的结果。尽管夏一情过去给公司创造了这么多的利润，但在公司生存与发展的问题上还是让王二抛开个人感情，和股东们达成一致，决定解雇夏一情。董事会的七名人员中除了王二六人都坚持撤销夏一情职务，他们的意见是出奇的一致。

新闻中心来函通过大量的证据表明：夏一情为建设单位做好委托服务的同时，拓展项目服务主体范围，积极为新闻中心前期班子主体参与人员提供专业化服务。但随着工程项目的开展，发现合同为一个风险合同。按照建设单位购买社会服务的规定，这个全过程委托的服务单位应接受政府机构的行为道德规范，因为此项目的采购方式存在一个风险诈骗的行业操作。

该项目的服务模式，最大的事实证明点为："志诚"集团在立足项目前期合同的基础上，向项目的"上下游"拓展，向建设单位索赔利润。虽建设单位采用了项目咨询、招标代理、造价咨询、项目管理、现场监督等多元化的"菜单式"咨询服务，但出奇一致的是这些单位从未给予建设单位一些专业意见的支持，而只是按照招标合同进行管理。这明显违背了行业道德规范……

作为项目的负责人，夏一情亲手操作了全过程的业务，这种违背市场影响公司形象的戏法操作，让公司在社会上得到了非常大的负面的评价，"志诚"集团一直以来走的都是诚信、共赢的发展路线，在"志诚"集团迎来历史性发展机遇的这一刻，她自己管理的项目却将会在社会上广泛传播，若这些新闻漫天飞，则负面评价会严重影响公司的声誉和业绩的提升。对于这恶劣的事件，公司要给社会一个明确的回复。最好的做法就是辞掉夏一情。

夏一情边走边想，她成了"志诚"集团的局外人，自己整个青春及生命都给了集团，现在自己在股市里栽了跟头，没有了雄厚的经济基础，车子也被抵押了，她现在唯一的救命稻草就是集团。她不能失去自己一辈子的光环，如果她失去了在集团的位置，那么她就是一个失去了成功人士的做派与周围羡慕的目光的人……在家里会被变态地呼来唤去，那样是看不到前途与希望的，只有孤独、茫然和苦闷。公司的这个决定把她的精神抛进了痛苦的深渊，仅仅一个项目的操作失利就让她与那个近在咫尺的锦绣前程擦肩而过，那该是一种怎样的煎熬？怎样的心痛？

她以往的那种衣食无愁而又高雅的生活将一去不复返了，她因股市多套房子已经被执行了，现在住的房子也被抵押了，车子也已经抵押了，虽然她现在还开着高级轿车，但也只是一种虚假的表象，她想自己强了一辈子，不能就这样栽了，更不能去坐牢。她要过的生活还是要随时向部下发布命令，部下恭恭敬敬地紧随其后向她汇报工作，还有一个像燕子那样漂亮的女秘书为她处理文件、端咖啡……有音乐、有朋友，有羡慕的目光注视……

她想来想去，只有将和王二一起的肮脏的发家史揭露出来，才能保住她的身份。

当一切似乎都绝望的时候，夏一情多年的“证据”使她看到了一线光亮，她像是抓住了一根救命稻草，内心既鄙视自己的所思所想，又充满了自己可能留下的渴望，此时，她看不清自己了，也内心瞧不起自己。

这股情绪让她自己很怀疑自己，很分裂自己，但是她又安慰自己：人不为己天诛地灭，当自己穷得叮当响时，一切的东西都会对自己变得残忍，什么亲戚、朋友都会像躲瘟神一样躲自己，而自己能够体面的活，唯一的桥梁就是钱，金钱！安慰到这里，她眼睛瞪大了，头皮也发麻，想象自己成了过街老鼠，她不能忍受，那种狼狈不堪的情形，即使让她去死，她也不愿意过那样窘迫的生活。

她一路走，一路在奏着心里的潮水之歌。她不甘心，也不能甘心！

如果她要和王二摊这个牌，那么她的人格和尊严就已经受到轻蔑了，所维护的不过是一个打工的机会，没有实质意义。

如果她将这些内幕交给警察，那她和王二都将遭受牢狱之灾。那时，夏一情就是一个亲手将自己送入到监狱的人。她又想：当初法律不是很健全时，她和王二能铤而走险，成为企业家，是时势也是铤而走险的……

如果她交出这份秘密，王二会给她一笔费用，还是免除对她的撤职决定？还是王二会认为她会依据这个证据，继续威胁他，一而再再而三地敲诈自己，而最终采用报复的手段呢？

自己到底会不会通过这个秘密一举解决生存和事业问题……夏一情越想越怀疑，越想越觉得不能再犹豫，她的手不由地攥住了那个能改变她命运的档案袋，心里涌起了一股出征决战的悲壮。她要告诉王二，她夏一情也是能力挽狂澜的人物，非等闲之辈。

2

夏一情给王二打的几次电话，王二都没有接。夏一情决定去会所找他。在去的路上，王二回了电话，夏一情问他："你在哪里？我过来找你。"

王二道："海珠明月饭店。"

海珠明月饭店位于城中新商业区的黄金地段，坐拥幽雅的青葱园林，俯瞰海江的秀丽景致。

夏一情在海珠明月饭店下了出租车，付过车费，直接上了11楼。夏一情摁下王二房间的门铃，门开了。

王二见夏一情表情凝重，就热情地说："夏总，请进，请进。"

夏一情进屋见写字台上放着几份展开的文件，寒暄一句："正忙呢？"

王二说："不忙，你不操作这些业务了，我得让业务人员把协议最后再看一遍，看看还有没有疏漏。不能出现你那样的操作。"

夏一情坐下，摇摇头，发了一句牢骚："之前我的业务操作不也是你允许的吗？"

王二笑笑说："这种话你可千万别在我这儿说，我允许的是让你按照常规路子操作项目，获取利润。"

夏一情说："我来找你是不心甘，我这么多年的努力到头来就因为一个项目的失利而前功尽弃。"

王二说："这是董事会的决定！"

夏一情说："董事会的决定你可以推翻，你有否决权！"

王二一怔，立刻警觉起来，道："你这情况出现的是前所未有的！"

夏一情说："我不是为了能够赚取更大的利润，能够让青总赚到足够的金额吗？"

王二心里暗暗思忖：夏一情啊，夏一情，你怎么这么傻呢？公司只有将你解雇掉才能够明正言顺地让别人来实施这个项目，最终自己才能将青运山的钱转到自己的口袋。

王二一笑说："夏总你别总是回顾过去的缘由了，事实已经这样子了，你想让我怎么办？你自己好好地去想想办法就好。”

夏一情说：“这个袋子里是我和你一起从创业初期到现在的一些秘密，之前我们都曾发过誓：苟富贵勿相忘！而现在这个事情的发生还不是因为我站在公司的角度上为了给公司赢取利润？只是出现了这种意想不到的情况。”

王二看着档案袋，说：“秘密？你这样做合适吗？”

夏一情说：“如果我有一点退路，我会这么做吗？股票将我的家产都套光了，我唯一的救命稻草就是我们公司了，我不能失去公司的职位！”

王二在脑海中思考着一系列的问题：董事会决议已经定了，他也签字了，推翻决议这个责任他承担不起。如果是这个秘密断送了他们的阳光大道，这个结果他是不想承担的。如果这些秘密全部给了检察机构，那他和夏一情都会受尽牢狱之灾！他不能将这个问题给搞复杂了，要留个缓冲带，要不然最毒还是妇人心，以夏一情的做事风格，说不定她狗急了会跳墙？！

夏一情见王二沉思不语，就说：“我今天就要你一句话，我还在公司跟着你干！这个条件如何？”

王二说：“夏一情，你这么多年了也知道我们公司的规矩，现在董事会已经决议了的事情，不可能再推翻。这样你先在公司干着。你的公司职位问题，过段时间再说！”

夏一情说：“我先干着，是什么职位？”

王二说：“夏一情你的处境我明白，你的心思我也明白，先从职工开始做起吧，等过了这段风波，再将你慢慢往上提了。这样吧，咱们先定个小人协定。你仁义，我就仁义；你不仁义，也就别怪我不仁义。”

夏一情眼睛有些失望地道：“我从职工开始做起？”

王二说：“现在条件恶劣，新闻中心要将你操作的事实公布于众，那会给公司造成严重的名誉损失，你说我怎么处理？给你保持职位，什么事情都不处理？我让你先做职工，一个是对新闻中心有交代，再一个日后可以将你再提起来。”

夏一情道：“我受不了那种基础的工作，我当领导都习惯了。”

王二说：“我刚才已经说过了，你应该明白我的话！”

夏一情站起来说：“行，我知道了。”

王二起身送客，说道：“我再重复一遍，你仁义，我就仁义。要撕破脸，两人一同进局子！”

夏一情点点头，说：“我要是不仁义，咱们就同归于尽是吧？”

王二笑道：“我看你也是走投无路了，才将自己的面子和里子都抛弃了。我们都是从底层起来的，保留职工，还是能够活得过去的！”

3

夏一情从海珠明月大酒店出来，自己孤零零地走在深夜的街道上，大街上的路灯变得那么的生冷，车辆好像冷酷的刀一样从她面前晃来晃去。

她透不过气来，就沿着江堤在江堤的灯光下漫步、思考。

夏一情走在堤岸上，感觉此时自己太无力了，以前自己主宰一切，而此时即使自己这么没了脸，也无济于事。看来自己被白江河整得太惨了。人还是要保持一颗善良的心，也别太贪婪。当初自己如果只是拿到项目正常操作，按正常利润也可以了。但是，她自己也许是被青运山的贪婪给驱使了，没想到这么个结果。一股无力感及悲壮感向她袭来。虽然王二给夏一情保留职工的待遇并不是夏一情最满意的条件，但却是可以接受的条件，毕竟比自己去社会打工强了很多。

夏一情清楚，尽管王二是董事长，但是他的身份和地位是得益于其他董事的支持，至少在公司换届选举之前，董事们的意见对他肯定会有举足轻重的作用。

她思忖了一会，得跟青运山沟通下，报复白江河，要不自己这口气出不来。同时，她又隐隐地恨自己：真是聪明反被聪明误！

夏一情走了约半个小时，来到了一家“平升大农庄”处，她看着农庄突然感觉有些累了。她走进农庄里，看到农庄前有一个小桥，小桥下有一些亭亭玉立的荷花，穿过小桥来到了一个大厅，大厅很高，很宽，里面坐满了热热闹闹的人，她找了个位置坐了下来，点了瓶啤酒和水煮牛肉、麻辣香肠、油麦菜。

她这才意识到自己肚子饿了。

她一边喝着啤酒，一边在思考着什么。

她突然感觉吃着农庄饭菜的感觉真好，想起了自己当初与木青云两人一人一瓶啤酒，一人一串烧烤，在马路边的大排档吹着风扇的高兴心情，想到简单就是快乐。那时她什么也没有，有的就是对未来的憧憬，而现在自己比原来多多了物质财富，但是自己的快乐却消失了……

她喝了一瓶啤酒，又开启了一瓶啤酒，她像在用酒消除着自己的不良情绪，慢慢悠悠地吃了一顿饭，这顿饭她吃得很香，也让她吃得很有幸福感，她回忆了很多过往的时光，感觉自己以往太把自己当人，太不把别人当人了。

她打电话约了青运山。

青运山来到了农庄。

青运山坐在她面前吸着烟，表面很平静。夏一情道："我为了你的事情而被撤职了，你怎么看？"

青运山道："喝酒不谈这事，喝酒说的话都是发烧的话。"

不管夏一情再怎么说，再怎么分析、判断和自信，青运山只是坐在她面前，表面依旧平静。她想，大凡干大事的人都是这么过来的吧？除了跟青运山谈钱，他脸上会有略显动人的表情外，其余都是一副平静不惊的样子。

青运山的平静与农庄里的喝酒声、欢闹声显得格格不入，好似此时的吵闹声都成了平静的衬托物。而夏一情此时的心情却像是海江里暴风雨中的波浪此起彼伏……

夏一情既羡慕那些开怀大吃的人，吃得那么津津有味，那么高兴地在碰杯。又可怜自己，自己一路风风光光，勤勤恳恳，没想到最终迎来的却是竹篮打水一场空，应该说她领略过高山的风景，更能够平实地生活，但是她好像只能上，不能下，下来了，心头这口气憋也会憋死她。

她要通过青运山来获得最后一丝曙光，她知道求人不如求己，而现在她虽然是在求青运山，其实也是自己在帮助自己。

天上有那么多闪烁的星星，总有一颗会是属于她的。

夏一情见青运山不说话就道：“你怎么不说话？”

青运山说：“这儿说话不方便，你找我不仅是喝酒这么简单吧？”

夏一情看着桌上的菜道：“以前我约你吃饭都是在高档场所，现在在这个农庄，我已经被公司撤职了，且以往的积蓄都被股市套走了，你说我怎么办？”

青运山道：“做事情要做得稳稳当当，是你自己的思路有问题，最后导致了这个结果！”

夏一情脑子“嗡”地一下就涨了，生气地道：“你也这么说？我是为了你的意图而采取的策略，你这一句话就将我打发了？”

青运山说：“这些指责、埋怨的话能有什么作用？要么让你发泄暂时的情绪，要么让你更加地憎恨和怀疑别人，但是这些对现在的事实有帮助吗？”

夏一情震惊了，她认为是青运山已经影响了自己的当初的选择，现在说的话，就是不帮自己。

夏一情说：“你得帮我，你不帮我，我怎么办？”

青运山说：“你们都已经形成决议了，我帮你，也不能改变你们的决定！非要我帮你就是狠狠地教训下白江河这个小子！”

夏一情说：“话都说到这个份上了，我也不再说什么了。记得要帮我教训教训白江河这个家伙。”

青运山说：“白江河这个家伙不是一个傻瓜蛋，没想到能制住你。”

夏一情说：“不会让他给制住的，最终通过司法我们还是能够拿回利润的，关键是现在他利用新闻途径将我们公司推上了道德的至高地。我本来在公司就是树大招风，没想到现在自己成了一道人人议论、人人喊打的风景。”

这时，青运山看了看表，说了一句：“我还有事，这是抽空过来看你的。”说完转身走了，那种眼神里流露出的冷漠足以撕裂任何一种自尊。

夏一情被刺痛了，她望着青运山离去的背影想到：“人若没有用处，跟陌生人有什么区别！自己真是落地凤凰不如鸡！”

从农庄出来，夏一情来到了海江新城的IFC99层高楼的天台酒吧。国际金融中心99楼的酒吧，在上面能将海洲夜景尽收眼底！夏一情点了瓶红酒，喝了起来，那儿气氛很好。她喜欢这样的感觉，自己喝着红酒，看着整个城市的风景，自己主宰别人的人生，而现在自己再来这个地方喝酒，自己的心情与这个氛围是完全不同的。

过了些许，随着酒劲的加深，夏一情思维也走入了死胡同，她的神智有些不清，她多么希望自己的这一切只是噩梦，但是自己跌下神坛已是不争的事实了。

她的目光看着夜晚的海洲，城市那么大，怎么没有一个容纳她的地方？她呆呆地望着夜色中海江，感觉海江的潮水都在嘲笑她，此时一种从未有过的疲惫、恐惧和绝望交织在一起，汇成了一股万念俱灰的感觉从她骨子里丝丝往外渗透。

这时电话铃响了，她没去理会。

电话铃一直响不停，她接了起来，电话里传来了一顿咆哮：“你又跟哪个男人鬼混去了，怎么还不回来？”

她此时有一股子的愤怒突然从胸口涌出，她直接将手机摔在了玻璃上，玻璃瞬间开了一些裂纹，像此时她撕裂的破碎的心。

一位女招待发现她脸色苍白、神情异样，走过来问：“女士，您不舒服吗？”

夏一情挥了 下手说：“走开，我没事。”

女招待看着被砸坏的玻璃道：“您这是破坏公物，要赔偿的！”

夏一情神情恍惚地站起身，呆呆地看着破碎的玻璃，正如周边的人看着她一样。夏一情觉得他们那一双双眼睛好像充满了嘲讽，充满了轻蔑与鄙夷。她知道，自己承受不了这样的打击。只要从这里住下一跳她就解脱了，从此再没有痛苦和自卑，再也不用去面对恐惧和无所归依。

她凄然一笑：“我是一个多余的人！一个多余的人！海洲之大竟然没有一个能容纳我的地方！”

她突然朝玻璃冲去，接着，地面传来一声沉闷的声响。

楼下的喷水花池旁边，夏一情躺在冰冷的水泥地上，从她的嘴里、头上流出的血在黑夜的秋风里很快就凝固了。风吹动着她的头发，也吹起了飘落在地的白纸。不知哪里有音乐声隐隐传来，被风撕裂成断断续续的音符，零零落落地散布在夜空里……

第十五章

白江河改变了项目的管控思路，不再是被动管控，一直信任各部门及管理单位，因此他决定要召开一个对整个项目进行严格风险管控的办公会议，会议的参加部门有建设单位部门、监理单位部门、造价单位部门、法律单位部门等部门，他想要通过这一次大会统一思想。

一个偌大的会议室，里面坐满了各单位的业务骨干，他们都在沉默，没有一人说话，好似空气中多了一些不一样的味道。

白江河坐在主席台中间，会议由木青云主持，具体流程是各业务单位将前阶段的工作进行一个汇报，白江河听取了汇报后，对每个项目都进行了一个提问与点评。每个业务单位都被批评得面红耳赤。因为白江河指出了问题的实质所在，错误的合同大家都在不吭声地执行，我们花钱顾你们这些外包服务单位有何用？

白江河又讲道："我们不管是法规也好，制度也好，都是为了规避风险。而大家都在一风险中，还忙得不亦乐乎。这不是让风险越来越大吗？俗话说：诚实信用是市场经济的基础。诚实信用都不讲了，还谈什么经济！"这时，他看向了合约部的管理人员及前期服务的法律单位。他眼睛里全是怒火，而后又道："如果是道德偏差，绝不容忍；如果是没有用心去做这些事，那就可以归根到底按照合同条款进行违约罚款。同时要将原来的合同推倒重来。这是必须要走的一步路，且要严格管控。"

说到这儿时，他又对全体同仁讲道："我们做事都讲'仁义礼智信'。仁，就是做事不能光想自己，多为别人着想，即融洽和谐；义，就是行为适合于'礼'；礼，就是敬人为礼；智，就是知悉为智；信，就是诚实守信。你们都扪心自问下，拿着俸禄就得对得起俸禄！"

话音刚落，会议室门开了，看到单位的纪委处长身后跟着两个人过来了，白江河还没反应过来，一个文质彬彬中等个头的小伙子，用炯炯有神的大眼睛盯着白江河道：“我们是检察院的，请跟我们走一趟。”

这时，会议室里一片死的寂静。大家都惊呆了，所有的人面面相觑。

白江河看着纪委处长，感到有些摸不着头脑就道：“这是干什么？”

纪委处长道：“检察院掌握了一些情况，请你配合调查。”

白江河道：“真是人倒霉，喝口凉水都塞牙，真是遇到鬼了。”

他从主席台上下来了，跟着他们出去了，刚一出去，就听到会议室里炸开了锅……

“常在河边走，哪有不湿鞋。”

“刚才讲的还人模人样的，没想到一下子就轮到他自己了……”

会议室里说什么的都有，而此时的木青云心里想着：“是不是冤枉好人了呢？还好，身正不怕影子斜，清者自清，浊者自浊！”

木青云金乐元他们面面相觑。金乐元想：“这是怎么回事？”他的脸色都变了，变得有些深沉与迷惑。

出来会议室的白江河问纪委书记道：“老李，你这是干什么？有什么事情不能会后说吗？守着这么多人的面，没有事，也感觉有事了。”

老李对白江河道：“他们已经掌握了证据，希望你就在咱们项目办谈。你也是单位的骨干，争取把这件事情说清楚了，争取主动。单位也会为你说情的。”说完，用一种期望的眼神，看着白江河。

白江河克制了一下情绪，然后坦然地道：“没什么好谈的。没有什么事情，谈什么？有什么好谈的！”

老李和那两个检查员交换了眼神。

检查员人笑了一下，这个笑给周围的世界带来了一片冰冷。

一个小伙子道：“尊重你，才要你在单位里谈。若不考虑你们单位的人员说你的表现我们就直接抓人了。”

白江河在想：“莫名其妙！这是哪里出来的一杠子呢？”

于是他道：“这里面指定有误会！”

老李道：“你该坦白就在这里坦白吧，出了单位任何人都为你说不上话。”

白江河怒了："我没有做违法的事，我坦白什么啊？是不是搞错了？"

那两人向老李道："谢谢李处您的配合，我们带回去了，这是典型的不见棺材不落泪。"

白江河看了看老李，老李摇了摇头。

白江河被他们押着到了车上。

老李道："你不得不跟他们走，也不能不跟他们走。他们已经通过程序来进行拘捕。我们也没有办法。"

白江河坐在车上，看着起来的高楼及一个个的临时工棚，想到原来这地方是一片平地，是自己带领一班人通宵达旦地建起这个高楼。而没想到的是自己却有了这样的情况。这时他也在疑惑自己是怎么回事？

汽车行驶在宽阔的江景路上，白江河坐在后座上，后面有两个人一左一右在他两边。他点了一支烟，深深地吸了一口，浓浓的烟雾在车内弥漫开来。这时，左边的年轻人将车窗打了开来，车窗的风吹在这个车厢内，将他心头的闷气吹满了整个车厢。白江河皱着眉头，叹了口气道："我最近的事情够倒霉的又摊上你们这档事，这是怎么回事儿？你们为什么要抓我？"抓他的人，没有说任何一句话。而坐在前面的人回头道："我们能随意抓人吗？我们是检察机关，随意抓人，是滥用公权侵犯私权，我们得秉公执法。你自己做了什么事你自己不清楚吗？"

白江河脑子里思索了一遍又一遍，想来想去，道："没有事情啊，自己既没有贪污受贿又没有违法，怎么会有事？"

前面坐的人，道："你可以沉默不语，也可以早点承认。你年轻有为，是单位的后起之秀。能够早点承认，单位也会为你说情，那么这种情况我们会给你酌情着重考虑的。坦白从宽，抗拒从严，你是知道的。"

白江河想了想后，笑了笑道："我相信检察机关不会放过一个坏人，也不会冤枉一个好人。我没有犯什么事。人行得正，站得直。"

坐在前面的人后来又问了很多事情，白江河没有接那个人的话茬。他认为这个事情非同小可。说错的话可能会被当作一个证据。汽车进入花城大道，正值下班高峰期，车辆堵得慌，而此时的白江河的心也堵了起来，约过了一个小时，车驶入了检察院门口。

下车后，白江河被两个人押着往大楼而去。白江河道：“我不会跑的，我既然跟着你们来，就不会跑。不用押着我。”白江河看到“×××区人民检察院”几个大字伴着国徽在门前光彩熠熠。两个人没有理会他，而是押着他进了大楼。“立检为公，执法为民”八个大字在大厅内明亮耀眼，进入大楼，然后向右一转。他被带到一个挺隐蔽的办公室。里面有一张椅子。他被按着坐了下来。白江河看了看，难道这就是审讯室？他认真地看了看墙壁四周，装修得挺干净，且墙壁挺有特色，由一些软性泡沫物质包裹着。这就是审讯室了。他心理思忖着。

这时有人拿来一份儿盒饭。白江河看着盒饭，毫不犹豫地吃了下去。吃完以后喝了点热水。就回到椅子上坐了下来。

白江河坐了下来，他看了看墙壁的四周发现有一些监控仪器。他的一举一动都会被别人看着。

白江河看到这里，有点疲惫，且这段时间，为了对单位进行整肃他也是心力憔悴。白江河坐在椅子上，想着想着就开始闭目养神，竟睡着了。

在他迷糊儿约一个小时左右的时候。门突然开了。

那个穿着西装戴着眼镜的人，过来了，他手中拿着一个笔记本，笔记本上面别着一支笔。他在白江河的前面的凳子上坐了下来，问道：“刚才的盒饭还可以吧。”

白江河道：“还行。”

那人道：“吃饱了喝足了，我们谈谈正事吧。你说说吧？”

白江河道：“我该说的都已经说了，没有什么可以说的。”

那人道：“把你请到这儿来，我们是掌握了足够的证据的，我们不会打无把握之仗！”白江河说：“说什么，我又没做什么事情，有什么证据你拿出来我看一下。好好对峙。”

那人把一份材料往桌面上一扔，道：“我们按正常的程序走吧！”他职业性地问了白江河的姓名、性别、年龄、工作单位、家庭住址……

白江河有些烦躁道：“直接入正题，别搞一些花里胡哨的东西，他们举报了我什么东西？拿出来我看一下。”

那人道：“你以为你这是在办公室里给手下人上课吗？”

白江河道：“我该说的都说了，你直接上证据吧。”

那人看到白江河那么的不可一世就道：“你现在怎么这么嚣张和狂妄。你知道来到这个地方，官儿比你大，学历比你高，经验比你足，经历比你丰富的人有的是。后来怎么样？刚进来的时候都说没事。后来不都是坦白交代了吗？发毒誓都没有用，我们讲的是证据，我们不掌握足够的证据，怎么会把你叫了来呢。”

白江河笑了笑道：“哎呀，真是搞笑，有证据你直接办事就是了，我确确实实没有，你要我交代什么？”

对峙了约一个小时，白江河道：“刚才我又想了想，我确实没有做任何违法的事情，也没做伤天害理的事。你们这样对我。是什么意思啊？有事实按事实说话。你一直让我交代，你这有点敲竹杠的意思。”

那人被白江河激怒了，道：“谁敲竹杠？我是依法办事。”

白江河说完后不理会他了，他再问任何事情，白江河都不回答了。白江河闭着双目养神，他在想怎么回事，自己竟出现了这样的情况。

他突然想起了夏一情，是不是这个项目现阶段自己管理的严格，而被她设套了？夏一情因为这个项目被公司给开除，难道这个跟夏一情有关？不，准确地说，应该是跟项目有关！难道是夏一情设局害我？但是夏一情已经去世了。那谁会做这样的事情呢？他自己在思索，他闭着眼睛在思索，思考了一会儿，他好像有点眉目了。那人不管怎么询问他，他都沉默不语，因为该说的他都已经说了。

那个人见白江河不理睬，就出去了。过了一会儿，又来了一个人。这个人文质彬彬，戴着一副金丝眼镜儿，眼神有些睿智。他坐了下来，递给白江河一支烟，白江河睁开眼睛，拿着烟抽了起来。那人看着抽烟的白江河，眼神里充满了质疑。但是，他知道刚才白江河是沉默应对的。所以他和白江河聊了起来：“为什么不坦白呢？”

白江河道：“我已经坦白了。我没有任何事情。我还要坦白什么？”

那个人笑着说：“嘴硬是没有用的。”

白江河也淡淡一笑说：“我也不是什么嘴硬，也不是抵抗审讯。我只是一个行得正走得直的人。你们非要问我事情。我已经说了。你们说有证据，直接给我证据看看就好。”

那人道：“证据就在我手里。”

白江河道：“那你们直接定罪就好了。”

那人看了白江河道：“你真是老奸巨猾。说出来的话，都有一定的侦察性质。”

白江河听了后，面无表情地说：“说话做事，要堂堂正正。我身正不怕影斜。”

那人说：“我不否认你倔强的脾气，也不会说你态度不好，顽抗到底不好，我只想说你们单位的人要我们酌情从宽处理你，但是你必须有自首退赃或检举他人的行为，你要是什么也不说，我们也没办法了。”

白江河笑道：“笑话！我是个奉公守法的人。现在是将来也是。你却这么说。理由是什么？”

夜色在加深，他们审讯的内容也在深入。

白江河又点上了一支烟，道：“法网恢恢，疏而不漏。我就是想痛痛快快的说完这件事早点出去。”

那人略微沉吟了一下说：“想出去？进来这里的人还想出去？没有足够的证据，我们会去抓你吗？”

白江河有些不解地道：“我真的没有罪！”

那人给白江河倒了一杯水，白江河看着水中的茶叶舒展，想起了在茶山支教的生活。想了想，那时候虽然清贫，但是很快乐。而现在虽然走上高位。但是自己却受了这么一遭。他吐了一个烟圈儿，感叹道：“真的是世事难料。以前我大学毕业去支教。就为了教书育人。而现在我一直行得正，站得直，没想到却被你们请来了。”

那个人见他这样说就道：“我们是依法办事。我少跟你说废话。这次按照你单位领导的意思，只要你坦白从宽，就争取给你酌情处理。你若是这个态度，我们只能秉公处理了。”

白江河道：“没有什么可说的。我说什么？这事关重大的事情，我能乱说什么东西？”

那人笑道：“项目是块肥肉，油水多的地方人容易滑倒，只要进来了没有人是能安全出去的。”

白江河道：“您放心。把你的肚子放到你的盆骨里。我做项目廉政双责，我关心的是项目的进度质量，而不是油水不油水。”

白江河又反问道：“你不感觉贪污是内耗吗？”

那人问道：“怎样理解呢？”

白江河道：“一个项目里面的人肯定有争权的，有干事的，有想得利益的。其中争权的、有很多利益损失的人，他们都是有可能会冤枉我的。这不是内耗是什么？都是自己的同事，为什么要相互掣斗呢？”

此刻那个人静静地看着他，没有打断他的话，示意他继续说下去，白江河道：“说是争斗，只是从利益的得失角度来说，从大的方面来说就是人们的观念不一致而已。”

那人道：“什么观念不一致？”

白江河说：“不管是利益，还是权利，归根到底就是做点事。但是，在这个过程中，任何的形式归根到底就是观念的不一致。而人的观念背后的文化及经历又不一样，导致了顺应了时代的人，就是强者观念，不适应时代的人就是弱者观念。”

那人问：“你是什么观念呢？”

白江河说：“我就是强者观念，因为我走出来的路就是强者的路，我这么年轻就走上了领导岗位，说明我是有一种强者观念在我身心上。但更重要的是，我适应了时代的发展。而这些告我的人，就是弱者观念，因为他们通过正常的途径得不到的东西，就来出阴招。所以，我此刻想骂人！如果他们知道了我的处境，他们内心会舒缓一口气，这口气一直压在他们心头上。”

那人说：“有点道理。”

白江河沉默了一会儿又道：“我们项目办也是一个小社会，那里也是功德、金钱、名利的场，得到了利益和名利、权利的人，是一种强势的人，说出来的话都是对的。而未有得到的人，说出来的话再对也不对。这归根到底就是一种观念的较量，由观念延伸出来的一个明显的差距。”

那个人笑笑说：“没看出来，你还是个哲学家！”

白江河说："我不是哲学家，而是被闷在这里想出来的。本以为项目就是我的一个名利场，我要当官，只有当了官才能做点事，才能将自己的想法施展开来。"

那人说："难道不当官就不能施展抱负？"

白江河说："不当官，是清闲，是干好手头的活就好，但是我的观念不是那样的。"

"你的观念是怎样的？"那人问道。

白江河说："我心中有爱，我从一个小山村出来，我看到哪里人疾苦及贫穷我心里就难受，我想将来能成为造福一方的官员。到了一定高位，一个观念能够影响很多人。我就想成为影响很多人的人。我的观念就是那样的观念。"

那人道："好志向。"

白江河又道："我以前支过教，那也是我观念的指导，我想培养一批将来能成为社会的有用人才的孩子，这是我的真心。也是我的观念。"说道这儿，白江河又点上一支烟，道："人们说名利场最容易跌倒，我不信。没想到我也造了这一遭！这一遭，会让我对一些事情有一些不一样的看法。至少感觉人心险恶，日后心里会更加防范一些事！凡事得适可而止。"

那人笑了，问他："你是不是被这一遭影响了你的观念志气？"

白江河在烟灰缸里拧灭烟头，说："扯淡的不说了，说说我的事吧。"

那人说："工程建设项目都是肉，任何人都想从这里面挖一块钱。你难道成了唯一的清白者？"

白江河笑道："如果按照这个思维来沟通，那真的没有什么可沟通的。"

那个人又点上一支烟，说："怎么没法沟通。人就是有贪婪的一面。可能你偶尔犯了一次糊涂呢？"

白江河说道："刚才你说的话，太绝对，不是所有的人都那样。"

那人沉默了一会儿说："你本意是不收，但是别人变着法儿给你送，或托人给你送。人都不可能不食人间烟火的，你也不可能是一个格格不入的怪物，特别是在官场这个利益场中。"

白江河紧皱着眉头，立刻反问道："那你不也处在这一个官场当中，难道你也是一个违法的人吗？”那人吐了一口烟雾说道：“我和你不一样，我处在这个职位，制度给我上了一根弦儿，我是一岗双责。”

白江河笑道：“你有这个意识，难道我没有这个意识吗？现在党风廉政建设抓得这么严，全党都在构建清清爽爽的同志关系，不做利益交换。你竟说与党的精神违背的话，你是党员吗？”

那人点了点头，感叹道：“是啊，连你这样犯法的人都能说出这样的话，真的是让我佩服。”

白江河摇了摇头道：“先调查清楚再说！”

一支烟很快被白江河抽完了，他又点上一根烟，烟雾弥漫在整个屋子里。此时，白江河说：“我并不是说自己不食人间烟火，而是你要想一想：我要那么多钱干什么？我自己的劳动国家都已经给我钱了。我要那么多钱干什么？我辛苦、努力工作能够有一定的经济基础，有用武之地将来能给社会做点事。我的精神世界已经很满足了。我好好干好工作就可以，我为什么要贪？”

那人道：“你说的是一个正常的理，但是你忽略了一个问题。贪婪，人的本性是贪婪的，贪婪的本性一出来，就像狮子大开口。你想一个人平时吃青菜突然加了鸡蛋，就会感觉鸡蛋好吃，吃上鸡蛋了，就想再吃点肉，吃上肉后就想再来点小酒喝喝，等有了酒后，就想其他的东西……这些现象背后不都是人的贪婪与事物的规律吗？任何一种形式都改变不了人的本性。”

白江河哈哈哈哈一笑，道：“那你这么一说，那所有的事情都是趋于一致了，人不都是有个性的差异吗？所以世界才丰富多彩啊。归根到底还是我说的观念，不是人性。人性都是依附在观念上的。任何一种形式的体现都是观念的较量。”

那人说：“我办了这么多的案子，没有一个经得住美女、财色的诱惑，都是官商勾结，官官相护，才出现了很多的案子。”

白江河说：“我崇尚曾国藩，曾国藩一生清贫，只为家国。人都是靠勤，靠观念立起来的。”

那人道：“曾国藩他只是一个被推崇起来的人物。当然，他的精神的内核是非常值得人的尊敬的。但是我们现在的时代一定要适应时代的要求，适应社会发展的要求。过往所有的人出现贪污受贿，都是因为社会制度的缺陷、生产力的快速发展、社会制度有所缺陷，而现在社会制度完善了，法律也完善了。不能钻制度和法律的漏洞了。”

白江河道：“这是一个社会思维来的，要能干事的人向前干。我们是以马列主义、毛泽东思想、邓小平理论、‘三个代表’思想、科学发展观、中国特色社会主义思想与传统文化建立的这一个社会制度，它有无比的优越性。随着社会发展，制度会越来越完善。那么我们陷入贪污受贿的空间也越来越小。”

那人说：“有道理，一句话说就是制度规避风险。制度建设好了对人也是一种保护！”

白江河道：“制度的发展是以时间地点条件为转移而弄出来一个制约人性发展的一个产物。跟你聊聊，感觉越来越痛快。”

那人说：“既然痛快了，你就赶快把事情承认了吧。因为我们谈得这些都是很有道理的事情。”

白江河哈哈大笑起来道：“我已经说了。我都已经说得很明确了。”

那人说：“你不要给自己画圈儿。你自己画出一圈儿来。自己在里面待着，以为别人都糊涂。”

白江河道：“事实胜于雄辩！”

那人道：“你自己好好想想吧，坦白从宽，抗拒从严！”

他们又陷入了僵局……

而就在白江河与他们审讯对峙的时候，外面也乱了套了。

白江河被抓后，检察院对白江河的办公室、居所等都进行了搜查。

第十六章

1

夜幕中的看守所高陡的墙把看守所封闭成了一个围城，而唯一的出口也被牢不可破的厚厚的铁门给锁住了，站在门口的警卫像一个炯炯有神待发威的石狮子，这里面都是一些犯了法的人。准确的话，这里就是人间的地狱。这围城墙里，圈禁了一批罪恶，白江河没想到自己也成了他们中的一员。

白江河拖着疲惫的身体，被两个狱警押着来到了自己的房间。房间门一关闭，整个房间里的空气仿佛一种暴戾的气息扑面而来。

他刚坐到自己的床位上，就听见一个声音道："你犯什么事情进来的？"

白江河道："被冤枉了，来这里走一遭！"

狱友道："冤枉？可笑！看你人模狗样的，也犯事？"

白江河道："犯事？我脸上写着吗？"

那人摇了摇头，说："不信。"

这时，那人道："你先休息一会吧，一会儿有你好看的。"

白江河躺在床上在无意识地想着什么，想着想着竟不知不觉睡着了，过了约一个小时，门开了……

白江河又被狱警带进了审讯室，又在那把椅子上坐了下来，此时的他，脸上有了些疲惫，眼神里多了些冷漠。他脑袋里还是一片空白，不知道让自己坐在这里的他们要审些什么！

审讯员 A 道："考虑明白了吗？坦白交代不？"

白江河道："该说的已经说了，还有什么要说的吗？"

审讯员 A 淡淡一笑，说："还是老一套，嘴里撬不出一点信息。"这时，他将一个信封往桌上一放，道："自己看看吧。"

白江河看到这个信封眼睛明亮了起来，看了看信封又正视着审讯员 A 的眼睛，道："这是什么？"

审讯员 A 道："你不是要看证据吗？自己看吧。"

白江河心中有些不平静，他着急地打开了信封，发现信封中有一份复印材料，他认真地看了起来：

本人是志诚明德公司总经理，本人实名举报新闻中心白江河。白江河身为党员领导干部，理想信念丧失，严重违反党的纪律和国家法律法规规定，且党的十八大后仍不收敛、不收手，性质恶劣、情节严重。

在我单位中标的项目建设中，作为总指挥的白江河比老天还牛，敢明目张胆组织篡改合同，并扬言让我公司项目有亏无盈。并在工地现场扬言：你们公司要砸我的碗，我就砸你们的锅！并发函到我单位，想利用新闻中心资源在各大网络报纸上恶意抹黑我公司的合理中标行为，想给我公司造成严重不良影响。

白江河认真地看了下信，看完后，他将信放到了桌面上，其中有三个时间节点及金额让他记忆犹新：

2011 年 4 月，白江河因找我公司销售一批茶叶，从中盈利 100 余万元。

2014 年 6 月 23 日、2014 年 12 月 22 日先后收取我公司金额 500 余万元。

他点了一支烟，用手抹了一把脸，道："一派胡言，这是狗急了跳墙。"

审讯员 A 顺势说："你很生气是吧？污蔑你了？"

白江河冷冷地说了一句："她在做局，局被我识破了，我采用了合同博弈及发函到她单位揭秘其行为的方式将她打败了，而她写这封信就是想让我进来，我进来了，她就能够有掌控力了。但是她机关算尽，没想到还是被公司革了职，最终归了黄泉路。"

审讯员 A 沉着地说："虽然她归了黄泉路，但是我们法律会对违法的人追究相应的责任！"

白江河不屑地一笑，道："这些东西你们核实了吗？"

审讯员 A 接着说："法律机器的运转不以口供为条件。尤其是具体到本案，你的口供对量刑和侦破已经没有实质的意义。我们在侦破这个案件，现在已经对你家的各方面进行了搜查，很快就会水落石出。"

白江河道：“既然你们要搜查了，就等你们的搜查证据吧。这里面的情况都是捏造的！”

审讯员A庄重地说：“法律对程序和内容的要求极为严谨，我坐在这里，是法律和人道对我工作的要求，一是量化极限，二是给你的灵魂找一块净土，让你的精神站着。”

白江河一脸的不屑，道：“说白了这些都是些假证据。”

审讯员说：“我在这里不是跟你玩躲猫猫，而是跟你讲证据。”

白江河道：“讲证据？”

审讯员说：“是的。”

白江河道：“证据你们去查吧。我没有过错。而我现在最想说的是堵得慌的心情。”

审讯员道：“堵得慌？什么堵得慌？”

白江河用双手搓了一把脸道：“夏一情是个蛇蝎心肠的女人，我现在怀疑我成了由她摆布的一个棋子。她想掌控一切，她对我们这个项目，不是合理地获取利润，而是想用盗取的方式来获得大的利润。那时她在操作这整个棋盘的时候，她是强者；而我搏击回力的时候，她招架不住我的功力，她发出这封信时，她已经成了弱者。在这一个博弈关系中，她竟没有看到我的反击力量，以为自己能主宰一切，这是可笑的。所以，她写这封信目的就是为了生存，而这从本质上讲是最懦弱到家的生存哲学。”

审讯员点燃了一根烟，又递给白江河，继续听白江河的谈话，白江河吸了一口烟，将心中的堵得慌的郁闷之气随烟雾一起呼了出来，道：“我现在看不清一切了。”

审讯员A问道：“你现在的态度没有了刚来的那份底气！”

白江河认真地看着眼前这个人，静了一会儿道：“你说一个人连死都不怕，为什么还那么贪婪呢？会不会是贪婪的欲望造成了她的死亡？人追求向上，是不是贪欲这个东西搞得人往死路上走？”

审讯员A默默地看着白江河，道：“你又在思考形而上的问题？”

白江河看着吐出的烟雾，他的思绪也像烟雾一样迷蒙，道：“我只是心里堵得慌，搞不清夏一情为什么死前要告我黑状？难道是欲望将她推上了高位，又要她从高位上下来，摔下来，而膨胀了的欲望，受不了现实拥挤的巷子？”

审讯员肯定了他的话，道：“欲望大了，眼界开阔了，就很难回头走之前走过的路。”

白江河定睛看着他道：“是的，夏一情的死，可能就是害怕掉落到低谷！毕竟落地凤凰不如鸡！那她栽赃我是为啥呢？难道这是为了跟我斗的一种手段？”

审讯员顺势道：“天知道，地知道，你知道。”

白江河道：“难道是我的强烈博弈将她斗怕了？我名义上是管理项目，实际上有点斗气的私心，但是我做的所有的事情都是为了控制住管理的目标。”

审讯室里，白江河和审讯员的交流在继续进行。

白江河又点了一根烟，道：“你说人死了后还存在吗？”

审讯员没有回答他这个问题，按照唯物论人死了就死了，哪里还有什么存在不存在？

白江河看着审讯员，又道：“你说有鬼存在吗？”

审讯员皱了一下眉头，思索道：这是要干什么？难道他精神恍惚了吗？就道：“你还好吧？精神没问题吧？赶紧交代一下问题，省得遭这个罪！”

白江河说：“我没有任何问题，只是有些感慨！俗话说天地人，有人也就有神，有神也就有鬼。你说我和你谈话，夏一情会不会就在我们身边看着我们呢？”

审讯员道：“你这些感慨留着自己去消化吧！如果真的有鬼有神，那鬼和神也是按照一定规则来运行的，而我们人按照的规则就是社会的属性。扯太远，感觉你着了魔，特别在这个环境中，有人来了好好的，审了几天成了精神病。希望你不要失去理智，回归现实，如实交代！”

白江河若有所思，过了一会儿又道：“人应该珍惜生命，热爱生活，对社会奉献爱心，不能机关算尽，留一点善良给自己，也给别人，夏一情如果你在我身边的话，你自己好好考虑考虑？”

审讯员看着他自言自语，没有作声。

白江河抽着烟对审讯员道：“以前夏一情说我是海漂，说我是没有以家庭为基础的亲缘根基在海洲生存的人，所以要靠朋友，之前我的很多事情都是她来操持，比如我之前和朋友做了一批茶叶，就是销售到他们公司的。但是这个是在项目之前，没有任何的利益交涉，只是合理公平的买卖。她是帮了我。”

白江河这时又抽了一口烟道：“之前她也帮助了我，让我赶上了成长的历史机遇了，我原本是一介草夫在这个南方像浮云一样飘着，是她扶持了我几把，使我立足在海洲了。算是不‘漂’了。但是就是她极力推荐我做这个项目，我们成了共事的同事，犯了一个合同的版本错误，导致了我和她翻脸。她现在死了，我很伤心。但是想想几十年后，都要死，都要成为一抔黄土，所以，也不必感叹她的遭遇。”

审讯员说：“她帮了你，你们就进行了现实利益交换?! 相互给予生存空间！但你为什么因她搞错一个合同版本而进行严厉的打击呢？”

白江河道：“我讨厌别人把我蒙在鼓里利用我，当我是个傻瓜。这口气我下不来。”

审讯员说：“你的境界太高，为了一口气就把人推向深渊！”

白江河道：“不是我要将她推向深渊，是原则要将她推向深渊。”

审讯员笑了笑道：“你领略到了真谛？”

白江河道：“我不仅领略到了真谛，而且知道人为什么执着于功名利禄。因为在自我欺骗，每个人的观念抱守着一个属性的东西，而这个东西叫作无明。”

审讯员道：“无明？”

白江河道：“不是因果关系导致人处在高处或低处，而是人的欲望把人摆活得淌屎，贪欲推动人的进步，但人的欲望进步到一定程度就是名，权、势、利的追逐，它们都是为制人之欲而设置的拦鱼之网，只是我们不自知罢了。”

审讯员无言以对，默默地看着白江河，眼睛里流露出了一丝思考。

这次提审连续进行了十个小时，当审讯员走出审讯室的时候，已经是早上九点多钟了。

2

就是这个夜晚，木青云和金乐元两人在江边商议着什么，此时的他们内心已经没有以往欣赏美景的心思，而是心里充满了盘算。

金乐元在一棵榕树底下的石凳子上坐了下来，望着夜色中的海江，海江水在缓缓地流淌。

他在思考：白江河进去了，会不会是近期搞项目抓得太严了？导致了与夏一情的冲突太大？而夏一情虽已去了，但是她以往与他之间炒股的资金往来都是大额的，他如果被审讯，自己是浑身是口，都说不明白。事实就在那里，资金转账记录都在那里！他怎么办？

他叹了一口气，自己摇了摇头，这真是多事之秋，自己股市是亏得一塌糊涂，夏一情亏掉了家产，他何尝不是，但是他不甘心，自己将全部的家产抵押，从民间资本处借贷了资金，按照以往情况他判断，近半个月，他买的这支“原油股”一定会暴涨，然后，他就能从股市这台提款机里将自己所有的钱都提出来，到那时再收手。想到这儿他舒缓了一口气。

他不知道自己为什么这么自信？以往他炒股都是看企业的发展，看好一个企业不管中间股市如何起伏，他都不管，他只看年底的分红，因为他知道只要稳健的公司，就能有分红，而过程中的起起伏伏都是一个短期的套利小白的操作手法。因为这个全民炒股的时代，人人都在火中取栗，他们就不甘心了。于是，刚开始赚的瓢盆满钵，而最终却成了落汤鸡。

他脑海里再次浮现出夏一情说过的那些话：利润都在风险之中，不入虎穴难得虎子，你有炒股的经验了，为什么不在这个牛市中搏一把呢？就这一把博出彩了，就可以退休了……

他不应该相信夏一情的鬼话，但是他感觉夏一情都是那么成功的人士了，指定有自己的过人之处，于是这次他将全部身家压上是相信自己也是没有办法的办法了。

而站在江堤处的木青云，此时神情很悲伤，他还沉浸在夏一情的死亡中没有抽离出来，他好像陷入了自己一个思维的圈中，没有跳出来，也没走出来，他呆呆地看着海江的水往东流。

金乐元道："如果审讯方面突破不了，会不会找我们呢？"

木青云脸上有些闷色，没有接话。

金乐元道："这次白江河出事，一定是项目的事情。我跟夏一情的资金往来比较多，她一些炒股的钱转给我，打入到我的账号。我赚了钱，就再分给她，而其中有两笔钱，她说的是：给你和白江河，但是那两笔钱我用在了这个牛市中，现在成了水漂。你说会不会找到我的头上？"

木青云听到夏一情的名字，慢慢地转过头来看着金乐元道："我没有心情听这些，夏一情死了，她死了，难道我是一个扫把星？"

金乐元道："怎么这么说？"

木青云道："当初我和她谈恋爱，本想结婚但是却被棒打鸳鸯，她一气之下成了家，也没有过上温馨的日子；而本想她干上这个大项目能够赚一点利润，想好好地帮帮她，没想到却让她命丧黄泉。"

金乐元道："这个不是你的原因。那是她的命。"

木青云道："命？什么是命？命在哪里？难道死了就是命？"说到这儿他流下了男人的泪水。

金乐元看着木青云一副孬种的样子，道："兄弟，如果你处在我的这个压力中，你不已经那个了。事情过去了，就过去了。且你自己也不是有能力可以帮她的人，你有这个心，夏一情在天上是知道的。"

木青云道："她活着的时候我都帮不了她，死了以后如果她知道，能有什么用呢？"说完这话，他又陷入了沉思。

金乐元见状没有再多说什么，他在思考自己怎么走出这个股市的困局，如果他被检察院找到，他该怎么解释这么大的一笔资金的问题。

过了一会儿，金乐元从思绪中回过神来，对陷在情绪里的木青云道："去找老纪吧。到老纪那里坐坐，喝点茶，放松一下心情吧。"

金乐元给老纪打了一个电话，问他是否在相对论的快乐宝地——仓库，老纪道："还没走，还在！"

等木青云和金乐元到了仓库的时候，老纪已经下好茶了，茶水像玉米粥那么浓，也像金乐元和木青云的思绪那么惆怅。

他们在自己熟悉的位置上坐了下来，老纪见他们都不说话，都若有所思的样子，就道："今天是不是发生大事了？"

金乐元说："是的。"

老纪好奇又急切地问道："是不是白江河被抓走了？"

金乐元说："是的"

老纪道："人在做，天在看，苍天能饶得了谁？"他说完后，又询问道："白江河是什么事情被抓的？"

金乐元说："不知道。"

老纪看了看木青云，木青云神思像在游走。就继续和金乐元聊天了。

老纪道："白江河这个事情我知道时，吃了一惊。没想到他竟然出事了。"

金乐元道："不说这些了，说了心堵。吉人自有天相。"然后他问道："你这么晚还没走？在继续实现你的小说梦想吗？"

老纪将茶台上面的几张纸折了折，道："今天有兴致，就多写了点，也算是疏导自己的情感吧。"

金乐元道："老纪，你都快退休了，还一直坚持自己的梦，不简单，以前我感觉你是一个搞笑的人，现在我有点佩服你的这种精神。"

老纪说："哎，我是接受不了自己做一个平凡人，才给自己树立梦想！我的内心谁知道？"

金乐元看着茶也若有所思地道："谁能知道我的内心？"说这话时，他眼神有些忧郁气息。

他们三个人坐在这个熟悉的地方，此时都静静的不说话，但是情绪都在夜色的空间里在缓缓流淌……

木青云坐在那儿一直没有说话，老纪看到木青云一直在低着头沉闷不语，就道："老木，你说说话，说话能将心头的闷气给拖出来，那样感觉就好了。"

老纪跟他说话，他抬起头来神情恍惚，好似没听到老纪的话，而是眼睛呆呆地看着茶盘，或者是看着门外的夜色。

老纪看了看金乐元，问："这是怎么了？"

金乐元看了看，没有说话。他不能说夏一情已经走了，别伤心了，这样的话，他感觉在这个场合没法说出口。

老纪沉思了一会儿道："老木你这样会郁闷出病来的。你不是信佛吗？不是整天给我讲不管什么事情都是幻象吗？人生本没有生，也没有死，有的都是八苦吗？唯一不变的就是本性不变吗？你这样下去，会把自己搞的郁闷的。"

他终于开口了，道："有事没？没事，去喝酒去？"

金乐元说："你不是不喝酒吗？"

他说："没事就去，有事你忙你的。"

老纪说："没事，去喝酒。"

那晚木青云喝了好多，喝得酩酊大醉时，他流泪了："如果当初我和夏一情结婚了，就不会出现这个事情了。而夏一情出了这个事情，我最好的兄弟白江河却这样做，也不帮忙，反而将脸都撕破了。夏一情也跳了楼，白江河也进去了。感觉一切都是我当初未娶夏一情造成的。"

老纪说："这是她的命，也许前世和白江河有事情上的过节，和你有情感上的坎。每个人从一出生就都被老天爷安排好了。生死由命富贵在天。每个人有每个人的命。"老纪这样说道，并又说了一句："这件事，你该做的已经做了，你也劝白江河了，也算是帮了夏一情。而夏一情最终的路，是她自己选择的，跟你无关，你不必自责。"

木青云流下了泪水，记得那晚好似流了很多，最后喝的酩酊大醉。

3

老纪最后叫了出租车，汽车在夜色里像萤火虫一样游走，像木青云此时满腔情绪的心，在路上，木青云时不时地擦眼泪。

老纪见木青云这个状态一直安慰着他，男儿有泪不轻弹，只因未到伤心处，他安慰道："你这样的心态是因为你自己的情感太多，要想想逝者安息，活着的人好好活着才是硬道理。"

木青云没有说话，默然地坐在车里，一直等汽车到了他的楼下，汽车刚一停，他就下车跑到了灌木丛处，开始呕吐。

老纪付了车钱，到了木青云身边道："吐吧，吐了免得让这酒在肚子里闹鬼。"

木青云说："我自己都没明白我现在为啥会这样，我被一种情绪给蒙住了，我活在过去的情结里，活在不能解决的现在的实际事情中，我太痛苦了，我需要跟我的灵魂对对话，再不解决好灵魂的问题，我估计很快就走不动了。"

老纪点了点头，肯定地说："关于你说的灵魂，我认为每个人都要跟自己的灵魂对对话。灵魂无明，自己才无明。都是脑袋里有问题，人才会有问题。"

木青云没有听老纪的话，此时他感到头晕脑胀，一向不喝酒的他，躺在了地上，这一躺感觉整个世界都旋转了，他又猛地起来进行呕吐。

呕吐了一会儿他又道："老纪让你看笑话了。"

老纪说："笑话？什么是笑话？如果说笑话，那么人人都是笑话。我们是老友，有什么不开心的说出来宽宽心就好。"

木青云拍了拍蹲在一边的老纪的肩膀，道："你快回去吧，应该小弟我送你的，而你却来送我，这真让我过意不去。"

说完这话，他好像一下子不行了，他瘫倒在地上，自己躺在大地上看着天空中的明月，道："明月寄相思，你说夏一情能通过月亮能看到我们吗？"

老纪抬眼望去，一轮明月挂在苍穹的边缘，星空晴朗透明，淡淡的白云像水波一样轻柔荡漾，很美。老纪又看了看躺在地上的苦痛不已的木青云，道："会的。她在看着你，她通过月亮知道你这样的忧伤，她会很担心且不快乐的。"

木青云抹了一把泪道："这是真的吗？"

老纪道："月有阴晴圆缺，不就像人有悲欢离合吗？此事古难全。但愿人长久，千里共婵娟。"

木青云道："希望夏一情在那个世界能平安健康，即便相隔一个大千世界，也能通过这个月亮与我们共享这美好的月光。"

此时，皓月当空，明月生辉，夜空通天发亮，月光显得柔和、温和，像明亮的眼睛在看着整个大地。此时，一阵晚风吹过，躺在地上的木青云被风一吹又起来开始呕吐，酒味道真大，在夏风的温度中更加的扑鼻。

老纪说："我送你上去吧。"

木青云抬头看了看自己家亮着的灯，灯光仿佛让他找到了温暖，估计华悦蓉在家的客厅里在等他呢。

木青云说："家是温馨的港湾，华悦蓉在等我呢。以前我跟夏一情像是被诅咒了，没想到最后和华悦蓉成了家。而我成了家以后一直都是身在曹营心在汉！"

老纪笑了笑道："你何苦为难自己呢？为啥过自己不如意的生活呢？"

木青云叹了一口气道："我就是一个陀螺，你知道吗？"

老纪看着木青云，眼神里投过一缕疑惑，道："陀螺？"

木青云道："我做事是有些被动的，我是被选择的，而不是掌握主动权的人。"

老纪也道："人都会有这样的感觉的，我也是。有时有些事情改变不了，感觉到无力，就会有些自我怀疑。"

木青云道："现在夏一情去了，我又活在夏一情逝去的悲伤里，你说我是不是精神有病了？"然后顿了一会儿说，"我好像心里有病！"

这时，他从老纪的上衣口袋里将烟拿了一支出来并点上，默默地抽了起来，眼睛看着天上明亮的月亮，脑子里不知在想些什么。

老纪道："逝者已去，活着的好好地活，好好对待华悦蓉，好好跟人家过日子。再多想，就是自己困惑自己，自己为难自己。"

木青云抽着烟思索了一会儿，说："人的思维是不一样的，我何尝不想简单地活！"

老纪道："这个应该就是思想观念的问题，你的行为都是你的观念的产物。"

木青云道："我这种感受应该如同你未能在单位里出人头地，自己跟自己较劲写小说一样难受？"

老纪听了后，叹了一口气道："人安慰别人头头是道，到了自己心头事，都着了魔一样，所以说逃不出自己的思维圈，任何人都是魔鬼。"

木青云道："道理解决不了我的心魔。我要上去了，你先回吧，老大哥。"

这时，木青云站了起来，浑身打了一个趔趄，老纪顺势将他扶住了，道："我还是将你送上去吧，你这个样子，踉踉跄跄的，别走丢了。"

木青云笑了笑，搂着老纪，半个身子压着他，老纪感到身上一沉。

在电梯里，木青云看到镜中的自己就道："老纪，你看看镜中我还是我自己吗？"木青云好像有些醉得看不清自己了，其实他是真看不清自己了。

老纪说："还是那个少年，从没有一丝丝改变。记得回去洗个澡，多喝点水解解酒。"

老纪觉得，夏一情的死对木青云产生了一种大的冲击，感觉一向心向佛国的木青云一下子被打击倒了。

老纪最后送他送到了家。记得进门时，木青云都站不住了，没等家人开门，他就尿了一裤子。看来真是喝多了。老纪自从认识木青云来，这是他第一次喝酒，第一次喝酒就喝成了这样……

老纪没有进他的家门，因为太晚了，送他安全到家了，老纪就放心了。

老纪估计他走后，华悦蓉会狠狠地说木青云一顿……

第十七章

1

白江河在检察院被审查的第四天，单位召开了廉政学习会议。会议观看了廉政风险教育片，然后针对一岗双责问题让参会人员发言。

会上，金乐元一直在思索，怎样将事情说明白，毕竟夏一情当初是和他进行的资金往来，一些秘密也只有他知道。如果白江河有问题，一定是他这里出现了问题。

会议上别人的发言他没有去听，只是沉浸在自己的思考中，过了一会儿，他拿起了笔在笔记本上写了起来。

会后，他去了餐厅，随便打了几个菜：清炒西兰花、炸鱼、狮子头、虾。他去到角落静静地吃了起来。

跟在他身后的老纪看到他没有打汤，就多打了一碗汤来到他跟前，道：“今天的鱼汤，你尝尝味道，看你没有打汤，就多给你打一碗。”

金乐元喝了一口，说：“好汤。”然后就默默地吃了起来。

老纪问：“你怎么看今天上午的廉政会？”

金乐元吃了一会儿，道：“会议是统一思想的形式，是为了让大家思想上有根弦，做到常在河边走，就是不湿鞋？”

老纪道：“这是针对白江河来的，就是白江河没有事，出来后也成了一摊屎。”

金乐元道：“人为财死，鸟为食亡。古人说得很透彻了。想要做到淡薄而为，还得看白江河是不是有精神高地的人。”

老纪道：“听说现在白江河的办公室及家里都被查了一遍了。一些单位的人员也被叫去问话，估计很快就找到你们了。”

金乐元知道要经过审讯这个程序，却不知道是自己将以什么方式履行程序。金乐元仓促吃了几口，就站了起来匆匆忙忙地想走了。

老纪看着金乐元想："怎么这么匆忙？不像以往的金乐元。难道他有事情？"

老纪凝视着金乐元，道："你心里有事？"

金乐元道："今天上午开会，手机没有电了，没有看股票，我得回办公室好好看看。"

他站起身，若有所思地来到了办公室，继续在他的本子上写着什么。他写完后，点燃了一支烟，若有所思地看着办公室窗外。

当时股市让他们亏了很多，他有些慌张时，夏一情道："股市有风险，入市需谨慎。利润都在风险之中，不入虎穴焉得虎子。生与死的命门，就在这个过程中。要想在风险中获取利润，既要做好利润获取的生的心理准备，也要做好本赔得精光的死的心理准备。人生来就是解决问题与麻烦的，在股市里也是一样，关关难过关关过，夜夜难熬夜夜熬，事事难忍事事忍，路路难行路路行，永远不要放弃希望。"

夏一情只有这种士气，但是她没有具体的解决方法，股市是一个科学的秘密场所，没有科学金刚钻想揽好股市这个瓷器活，是不可能的。

一上午没有去看股市，他孤注一掷将房子抵押上了，又借了一些民间借贷资本投进去了，他现在心里慌了。他有些慌张，不敢正视股市。而且现在是多事之秋，白江河这个事情又要跟自己挂上钩了。都是钱惹的祸啊。

他狠狠地吸了一口气，又想起了他和夏一情当初股市赚到了钱时，白江河告诫他的话："人的一辈子，80% 的幸福快乐都与钱无关，80% 的不幸福痛苦却与钱有关。你现在炒股钱已经赚了不少了，可以全力以赴地追求那 80% 与钱无关的幸福与快乐。你再继续下去，可能会适得其反。因为久赌无赢家。"

他思维跳跃地思索了一会儿，他叹了一口气，自言自语道："我自以为是有水平的人，内心一直有一种自我优于他人的良好感觉，但是股市给我上了一课，我执着于从股市中取得更多的金钱的目标与感觉，而现在股市却在逼我上绝路。"

这时，一阵微风吹过拂过他的脸庞，让他又有了些思索，过了一会，他又自言自语道：“夏一情何尝不是被执着给带走的？利润都在风险之中，为了这个观念执着，给自己带来了痛苦，痛苦有意义还好，但是痛苦变成了害怕，变成了死亡，那痛苦的意义是什么呢？”

他想去看看股票的图，但是他知道他现在一看那K线图，内心就会有一阵阵焦灼的痛苦情绪袭卷而来，除非是股票一路飘红。

自从夏一情去世后，他孤注一掷，感觉能扳回一成。但是，现在好像越来越走进了死胡同。

办公室的人陆陆续续回来了，同事的谈话将他从自我思索中拉回到了现实。

金乐元将烟头碾在烟灰缸中，起身向门口走去，他出去散散心中的情绪。

2

下午时间金乐元一直都坐在椅子上看着眼前的合同，呆呆地坐了几个小时，他思维在神游着想一些事情。可能最重要的感受就是对股市的无力感及对白江河事情的担忧。

木青云从隔壁办公室走了过来，把房门悄无声息地关上，他声音有些低沉地道：“单位有没有通知你明天去检察院进行一个谈话？”

金乐元听出了木青云的担心就道：“没有。是福不是祸，是祸躲不过。”

木青云道：“今天的廉政会主要就是针对我们干工程的，有点像是针对白江河的。”

金乐元沉默了半天，道：“快下班了，我得看看股票。白江河的事情，吉人天自佑之。多说无益。”

木青云道：“你真是改不了炒股的德行。你知道你那是什么吗？飞蛾扑火，别把自己给搭进去了。”

金乐元道：“今天这一天都没有看股市，我全部身家都压在上面了，一看我心里就发抖。而白江河这事，我也是想了一天了，不能一直沉浸在自我猜谜的围城中。”

他边说着边打开了股市图，瞬间他就像变了一个人。没有了刚才的平静，而是眼睛里有了一道凶狠的光。

木青云道："股票飘红了吗？"

"又跌停了！今天一天亏了100多万，现在我家产已经败光了，就靠金融机构的贷款在支撑了，也就是说从现在开始，我的车子、房子都和我没有关系了。"

木青云惊诧地道："这么一周的工夫，就发生了这么大的变化？赶紧撤出来，别再折腾了。"

金乐元道："已经这样了，我没有回头路了。我要是撤出来，就真的什么都没有了。而我继续呆在里面，可能明天会有好的转机。关键我操作的这些，江淼还不知道啊，如果知道了……"说到这儿，他没有再多说，只是眼睛里多了一丝愤怒……

木青云道："那你就碰运气吧。但愿你快好起来。人生是平庸的，要将平庸作为自己的正确生活哲学，那样就会少一些痛苦。慢慢地会发现我们父母平庸，自己平庸，孩子平庸。但是，我的建议是你现在就停止，慢慢做个平庸的人，别再折腾了。"

此时金乐元脑子一片空白，思绪漫无边际地飘荡，没有什么地方可以驻足。木青云看到他这幅状态，就道："你自己静静吧。"

木青云走后，金乐元一直呆呆地坐在那儿，沉寂了一个多小时，按照以往来说他都到家了，这时江淼打电话过来道："怎么还不回家？"

金乐元道："嗯，马上回。"

他扣完电话，精神有些恍惚，自己在想这个家已经不是自己的家了，如果明天股市再没有起色，他就真的走入了深渊。

3

汽车在道路上行驶着，他的思绪在飘荡着，他仿佛看到了夏一情在对他说话："如果有来生，请老天允许我做一棵迎风傲雪的梅花，在天地间，独自绽放，拥雪为伴，点缀人间的美好，俏看世间冷暖安详，同搭那一刻与雪舞，听梅语，让爱如歌，歌未央……”

想到这儿，不知不觉地将车速加快了起来。

他透过时空仿佛又看见了夏一情，夏一情又在向他笑，他问：“你笑什么？”

夏一情道：“人很渺小且脆弱，人穷不可怕，心穷毁一生。我以前孜孜不倦地去追求自己的财富，到头来却成了一场空。其实，我们奋斗，应该好好欣赏下路边的风景。人活着就有路走。”

金乐元道：“现在股市把我套牢了，我感觉自己跌到谷底了。我承受不了这样的重负。感觉快窒息了。这个世界好奇怪，把想活着的人往死里逼，又劝想死的人好好活着，于是所有人都半死不活地苟延残喘着。”

夏一情道：“人很渺小也脆弱，但是我们有不屈的灵魂。自己要平稳，家庭才平稳，社会才平稳。每个人都要承担自己的责任，对自己负责，对家人负责，对社会负责。愿一切都好。但人最大的丑恶就是为难他人！人最大的愚蠢就是互相为难！人最大的糊涂就是自己为难自己。好死不如赖活着，你得挺过这一关。”

金乐元叹了一口气，仿佛将自己的压抑吐出来了一些。

夏一情又道：“就此打住吧，接点地气，正知正念地活着吧，那样就会很幸福。”

金乐元道：“我没法停止了，家人都不知道，我一旦说了，日子还过不过？我只有孤注一掷了。”

夏一情道：“我那时的心态和你一样，坦然面对吧。哪有什么委屈？一切都是因果！”

金乐元道：“我怎么面对？房子没有了，车子没有了。江淼知道了，家庭也就没有了，父母给我的依靠也没有了。你说我怎么坦然面对？”

夏一情道：“还是要坦然面对，疯狂到底就是走入死亡的深渊。人生最高的境界你知道是什么吗？”

金乐元道：“是什么呢？”

夏一情道：“就是生活在太平盛世，过着平凡的日子，种田种地，生儿育女，平平安安，健健康康。任何能束缚住人的，都是人设想的想法！如果脑海中都是一片风平浪静的天空，那有什么能束缚住自己呢？如果人做事像一阵狂风暴雨，那有什么能阻挡住生命的热忱呢？”

金乐元道：“我也想健康平安地生活，所以我疯狂地追求财务自由。而现在我到了破釜沉舟背水一战的状态了，没有其他的退路了。我只有走下去。”

夏一情道：“老天总是造化弄人，你执着于什么，什么就会疯狂地打击你。好好爱自己，好好善待自己。人是大自然的产物，自自然然顺心顺气地活着就好。死亡是对生命的不负责！”

车速越来越快、越来越快，突然对面的车辆的光像利剑一样刺到了金乐元的眼睛，他本能的用手遮了一下眼，就是这一瞬间，让他的时间成了永恒。汽车撞破了护栏，一下子冲入了海江中。

4

这是白江河在检察院里的第六天，在这几天的审讯里，白江河被审了多次。在这里白江河心理好像发生了一些莫名的变化。他以往好斗的风格，慢慢变成了一种内向的情绪攻击，他也进行了一个自我的怀疑，难道这个世界是自己以往都搞错了吗？

这时，一个中等身材略显消瘦的中年人推门而入，白江河看着这个人一副精明干练的样子。

他含笑地跟白江河打了招呼，然后习惯性地拿出一支烟来，问是否介意抽烟？白江河道：“不介意，我也想抽一根。”

“来这里感受如何？”他说这话时，给白江河递了一根烟。

白江河道：“再审下去，我怕把牢底坐穿。”

中年人笑了笑道：“我今天来是给你吃定心丸的，你是清白的。”

白江河道：“早知今日何必当初？为啥把我抓进来，又为啥说我清白的。”

那人道："你同事金乐元，将自己与夏一情的整个资金往来的过程都写在了生前的笔记本上了，我们排查线索时，发现了他的笔记。你才得以洗清罪名。"

白江河道："生前？金乐元怎么了？"

那人道："车子撞入海江，溺水死亡。"

……

第十八章

1

白江河从检察院出来后，一直没有去老纪的仓库。约过了一个月的下午，白江河打电话说一会过来仓库坐坐，老纪就早早将茶泡好了等地。

老纪见到白江河，看到他身上的精气神不如以往。

老纪道："这一段时间，还好吗？"

他笑了笑道："好。"

然后老纪就以一个老大哥的身份跟他说了很多的话，目的是想安慰他。

老纪做了个铺垫后，就打开了话匣子，老纪在说，白江河只是在听，没有说话。

老纪说道："生活是多姿多彩的，不是有钱就是什么都是最好的了，不是有权就是什么都是最好的了，钱是事物的一个方面，权也是事物一个方面。"

"现在的人，一说话就说，你看这个人有钱不？你看这个人有权不？应该更确切地说，这个人有素质不？"

然后，老纪给白江河倒了一杯茉莉花茶，道："这个茶清香可口，消食健脾，喝口尝尝，尝尝这味道，不是多少钱的事，是尝尝这个感觉。"

老纪又道："什么是第一？要搞明白！很多人不知道个一二三，而一干事就成了三二一或二一三，不知道哪个轻哪个重。你好好地干好自己的事，别因为进去这一趟而受到影响，别总是想着当初自己多潇洒，多么有官威。其实，事情的本质不是那样的。"

"现在关键时刻，自己不能乱，你思想乱了，外面的事情就会全乱了。

管理要先管理心！”

“成功是伟大的，失败也是伟大的，都是第一的。最主要的是自己努力了，尽心了。别怕一辈子不成人上人，天下没有事情是与你抗争的，只有你自己与你抗争！”

老纪说了很多的话，大致意思是：白江河这一次的遭遇，无论以何种形式出现，本质是一样的，如同馒头与面包其核心都是面粉和水。不管你认为这个人是多么的高尚但其骨子里说不定有着某些不可告人的卑鄙与恶毒。白江河只是喝着茶，认真地听着，没有说话。

最后，白江河道：“晚上有事吗？没事的话，去我家喝酒去？”

老纪道：“家里人多不去了。”

白江河道：“燕子带孩子出去旅游了，自从被志诚集团辞退了后她心情一直不好，我又经历了这么一遭，搞得她情绪波动很大，所以我让她带孩子旅游去了，也算是散散心。”

老纪就欣然答应了。

到了家里，白江河简单叫了几个外卖，拿出来了自己泡的参酒，道：“外人都是在外头吃饭，而到家里来的人都是知己人。”他指着酒又道，“这个酒里面的参是在白常山旅游时，一个好朋友送我的，这个参名贵，我一直没有拿出来喝，今天咱们喝。”

老纪看了看瓶里泡的参只有六条半，就道：“这里面泡了六条半参，怎么不泡七条呢？”

白江河道：“朋友送我时，有个风水大师正在给他的参地看风水，看到了我，说我在职场会有一次凶险。我问：什么凶险？他道：牢狱之灾！我当时被他搞蒙了，就问：怎么办？有破解之法没？他道：将六条半人参泡酒，那样就会逢凶化吉。我问：为什么？他道：你年轻时顺风顺水，官运鸿通，正符合一路升起的征兆，但任何事情最忌讳的就是圆满，你稍微缺一块就好，不要七条，要六条半。”

老纪道：“那个懂风水的人给你算得还挺准？你认为是巧合吗？”

白江河道：“事物发展运动有其规则。以前我有过担忧，但是事情过去了，内心阴影也就过去了。人这一辈子最大的不变就是变化，离开了变化，人就不是人了。但变化有好事也有坏事，都是双向变化。”

他喝了一口参酒后又道：“世界上就是四个字：懂事明理！管理天下事情就是懂事，管理好天下事情就是明理。你知道我为什么遭这一遭吗？”

老纪道：“不清楚。”

白江河道：“说白了，就是我不懂事明理，不懂就会吃亏。”

老纪道：“什么叫懂事明理呢？”

白江河看着窗外的夜色思索了一会儿，沉默了。也许现在他也不知道什么叫懂事明理吧。

白江河那天晚上喝得烂醉，喝得说话不像他以往那样精力充沛、风格严谨。

白江河道：“老大哥，我今天喝酒喝的是我颓废的心情，您适可而止，喝高兴就行。”

老纪道：“我也想陪你多喝点，但是我有一个特点就是酒喝多了会发酒疯。”

白江河道：“喝酒发酒疯？什么原因呢？”

老纪也冲着酒劲道：“日常实际工作、生活中的我表面是与世无争，平日里也对人客客气气的，而酒后总有一种不能控制的情绪，好像被一种无名的东西给把持着。我也不知这是为什么。”

白江河道：“戴着面具在生活，活得不真实！这就是为什么酒麻痹了你的神经后，总是那么大脾气！”

这时，老纪一笑，可能白江河说话说到了他内心的点上，道：“当我喝完酒，将情绪全部发出来后，总感觉到生命力恢复了。有时在情绪悲伤或高兴时喝酒，容易贪杯，一贪杯，就容易情绪失控，就会发酒疯，酒后会给别人造成大的伤害。所以我总是控制自己不要贪杯。别说，喝醉了发酒疯的感觉还是挺舒服的，那种感觉像树枝吐新芽，生命鲜活了起来。”

白江河道：“你是不是内心和外在表现是相悖的，没有活成内心的真正的样子，而当喝醉了的时候，真正的自己就出来了，发泄着对自己的不满。你总感觉自己有一肚子才华，却没有在单位里被人认可，导致了内心的极度的失衡。”

老纪喝了一口酒后道："也许吧，我是真的没有在体系中被认可，所以，很自卑。虽然我知道人生像下棋，胜败乃兵家常事，但我还是不能接受平凡的自己。"

白江河道："你这个紧箍咒是谁给戴上的呢？是你自己给自己戴上的，解铃还须系铃人。"

老纪道："我讨厌我这样的人，但是我自己却活成了这样的人。我必须找到一个情感的宣泄方式，让这种灰色能量流出来。在酒喝到一定地步时，这种灰色情感就流出来了，而一旦流出来则像决堤的大坝，那样的汹涌澎湃，给人带来伤害。但今天的主角是你，我就不能喧宾夺主了。"

白江河道："谢谢老大哥的体谅，我现在感觉有一股无形的力量在挤压着我，有一种像火山一样的能量在我身体中涌动，这种涌动的力量像暴雨后海江里的水那样汹涌澎湃，气势万里。我原来的价值体系好像快崩溃了。你问我的懂事明理，我搞不清了，我糊涂了。"

老纪这时猛喝了一口酒，眼睛直视着白江河道："过去的已经过去了，它是不可改变的，而未来考虑多了也没用，人最后的结局都是一样的，都是得去见老天爷！没人能搞明白，搞明白了，你就是老天爷了，等见了老天爷，再让老天爷告诉你吧。"

白江河看他这么愤青，就说道："过去了的虽不可改变，但是他给人的教育意义是深刻的，对未来也是有影响的，虽然人人都得见老天爷，但是在这个世界上活着，每个人都有每个人的特殊性。还是得做到懂事明理。"

老纪对白江河道："你进去这一遭，别灰心，看你精气神没有以往的好，千万别这样。任何事情都不是一帆风顺的。海江水从高山上流下来不是一下奔腾到海去的，而是曲曲折折地才到达大海的。大江奔腾都是这样，何况人呢？天若有情天亦老，人间正道是沧桑。讲的就是这么个理。"

他们两个人的情绪像海江水一样，在慢慢释放流动。

白江河踉踉跄跄地将老纪送下楼，老纪说行了，别送了。他执意不肯，还是继续送老纪。

2

一日，木青云与华悦蓉吵了架，内心很不舒适，感觉有一种气在自己的身体中游荡。而此时白江河心情也很不好，很郁闷，因向青运山汇报时，被青运山当众呵斥了一通，青运山还厉声道：“你能干就干，不能干，就滚蛋。”

白江河没有了以往的精、气、神，感觉自己架构的精神系统崩溃了，自己成了一个任人蹂躏的被践踏者。

他们哥俩又坐在老纪的仓库里聊了起来……

木青云和白江河正讲着家庭中的事情，白江河安慰到：“清官难断家务事。古人都这样说了，这也是古人生活出来的精髓。不要去较真，要较真，生气的还是最亲近的人。自己该吃吃该喝喝，有事别往心搁；看着表，洗着澡，快活一秒是一秒。”两人哈哈大笑了起来。就在这时，木青云的电话响了。木青云接了电话后，脸色有点难看，好似发生了什么重大的事情。

白江河问：“有事吗？”

木青云道：“今年体检的医生通知我，去医院再去复检一下。我得临时请个假。”

木青云神情有些慌张。白江河听了后，脸上没了笑容，道：“去吧，现在就去，有什么事情及时沟通吧。”

木青云匆匆起身，拿上车钥匙就去开车去了。

谁知，这一别就是永远，是他们最后一次面对面聊天。

木青云开着自己的车，匆匆忙忙地去了医院。

木青云问医生是不是搞错了，医生很镇定地对他说，再做个血液检查，再确定一下相关的指标。同时，医生问：“去年你的体检是在哪家医院做的，体检报告呢？”

木青云道：“我在我们单位指定的另一家医院进行的检查。”

医生说：“这次抽查后，你回去看一下你的这个指标，是不是超过了这个正常值。”

医生边说着，边给木青云写了一个数值。

木青云道：“怎么了？”

医生说：“估计你去年指标就高……”

木青云通过医生的眼神感觉他很淡定，而此时的木青云内心却像海啸一样呼啸而来。禁不住问道：“现在这个结果是怎样？”

医生道：“以体检的报告来看现在是肝癌的晚期，需要及时住院治疗。”

木青云拖着沉重的身体，神游似的做完了整个检查。

他知道，这个复查只是一个确诊，现在的医疗手段都是采用机器来化验的，不可能出错。所以，他内心很着急想知道去年的体检报告结果，又匆匆忙忙地回到了家。

回到家中，华悦蓉看见了他，一愣，道：“你怎么回来了？”

她看见木青云的表情那么的严肃，又那么的着急，禁不住有些发愣。

木青云道：“去年我的体检报告放在哪里了？”

华悦蓉帮他从客厅的一个柜子里将体检报告拿了出来，木青云打开体检报告，核对了一下那个指标。一下子瘫在了客厅的椅子上了。华悦蓉见状，感觉出了大事。于是紧张地问道：“怎么了？怎么了？”

木青云两眼直呆呆地看着天花板，眼泪从眼角流了出来。久久没有说话。

华悦蓉隐约地感觉到了事情的严重性，她给木青云倒了一杯水。然后，静静地坐在木青云的旁边陪着他。

过了一会，木青云道：“咱妈呢？”

华悦蓉道：“去了楼下，需要叫她回来吗？”

这时泪水充满了木青云的眼睛，眼泪顺着他的眼角流了下来。他“哎”地叹了一口气，道：“华悦蓉，对不起！”

华悦蓉看着一个大男人在自己面前流眼泪，知道这次木青云是身体出现了严重的状况，压着内心的情绪道：“怎么了？有什么事情我们共同面对，别这样，你这样我看着不知所措。”

木青云道：“我得了肝癌！”

晴天霹雳啊，华悦蓉内心禁不住一惊，好像整个天空起了阴霾。此时，她内心有些崩溃，但是她又感觉到木青云比她更崩溃，所以她要坚强些。于是道：“医生怎么说？”

木青云道："中晚期了，医生的建议就是住院。"

华悦蓉道："听医生的，该怎么做就怎么做，该花钱我们就花钱，你现在一定要坚强，但是现阶段不能告诉咱妈，老人家知道了这个事情，会受不了这个打击的！"

木青云看着眼前的华悦蓉，是那么的镇定，而自己却泪眼婆娑，道："不好意思，让你见笑了。"

华悦蓉抚摸着木青云的头，道："别说了，好好想想办法，安心治疗吧。相信能好起来的。"

木青云道："先回避一会吧，我想自己单独静静。"

华悦蓉看着泪流满面的木青云，知道他需要静一会儿，而自己也不能离开他，就道："我正好去个厕所，你静会儿吧。"

华悦蓉起身去了卫生间，当卫生间的门关闭的那一刻。华悦蓉的身体就软了，一下子瘫倒在了门上，她的身体靠着门滑落下去。眼泪禁不住地流了下来。她想大声地哭，将情绪释放出来，但是此时她又不能，因为现在需要稳定木青云的情绪。于是只能默默地任凭眼泪在脸上肆虐……

而此时的木青云躺在客厅的红木座椅上，眼泪一直在流，他感到生命快要完结了，自己该料理后事了。这是他的第一个想法。但是他眼泪一直在流，这种恐惧让他自己没法把持住自己的情绪。同时，他也很内疚，感到自己的母亲、孩子、爱人需要他的陪伴，而他自己却这么不争气，得了这个病。他恨自己，很恨自己。

眼泪流了一会儿，自己恨了自己一会儿。他想起了他的父亲。想起他父亲在医院里放射性扫描治疗的场景，那样的骨瘦如柴，那样的痛苦，那样的被摧残，最后免疫系统都崩溃了，他觉得自己没有那么大的勇气去面对这些。

他想自己还是中医治疗，不去医院治疗了，一个是因为中医治疗成本低，再一个是中医的伤害性小。

就在这时，白江河打来了电话。木青云两眼绝望地看着天花板，没有去接电话，他知道现在这个世界给自己的时间不多了。此时，他真的体会到了绝望的深渊，他在凝视深渊，深渊也在凝望着他。

时间悄无声息地流逝，痛苦在整个屋子里蔓延……

华悦蓉在厕所里哭了一会后，看着镜子中红眼的自己，对着镜子告诉自己："华悦蓉此时你一定要坚强！没有过不去的火焰山！"

她自己用水把脸洗了又洗，当眼泪好不容易停止，用毛巾刚擦完脸后，就又冒了出来。她很生气地扇了自己一耳光，道："要坚强，要坚强，你怎么这么不争气！"

时间在痛苦中流逝着，像水龙头的水一样在流逝着……

夜幕降临，整个城市灯火通明，虽然整个城市车水马龙，熙熙攘攘，但是掩饰不住人们内心的悲痛。

恐惧痛苦之后就是思考，大概人就是有这么一个思考的规律与过程吧？

木青云和华悦蓉还是坐在那个椅子上，就这样两人一直坐了近六个小时，他们两个沉默，想在沉默中释放一些痛苦，也寻找一些力量。

木青云这时张开了口道："不要告诉母亲，她老人家受不了这个打击。你还年轻，孩子还小，我得去治疗。我不采用西医疗法，我用中医的疗法。"

华悦蓉点了点头。

……

3

木青云写好了遗嘱，遗产基本给了孩子，只留下两件商铺给了华悦蓉。木青云对华悦蓉说："对不起，让你跟着我受苦了。我走后，你找个人嫁了吧。孩子还小，我走后很担心将来你们的情况，担心小强的情况，你一定要对小强好。我母亲，你尽可能地跟她相处吧，相处不好我也不怪你，毕竟你们因为我而连接在一起，因为我而相互将就，我没有了，你们就各自为安吧。财产我留给小强多些。他是我们的孩子，将来会对你好的。这样分配在小强未成年之前，所有的钱财你都管着，等小强长大成人了，你仅有两间商铺，那些也够你生活的了。多余的房子之类的，我也给了你一套……"

华悦蓉看到躺在床上的病重的木青云，眼泪止不住地流，感到精神有些恍惚，此时，她关注的不是财产怎么分配的问题，而是，眼前这个与自己相依为命的人，将要离开这个世界，她感到很无力，不能将他的生命呼喊回来。以前吵起架来，恨不得要将眼前的这个人，一刀切成两段。而现在，看着眼前这个人，却让自己那么的泪眼婆娑。人之将死其言也善。

以前木青云说自己缺乏安全感，晚上睡觉总是感觉有东西在盯着他，她还笑他，一个大男人晚上睡觉还感觉害怕，真是可笑。没想到就是这个夜晚，这一睡，成了永远。

她陪在木青云的床边，在睡意蒙胧中，自己仿佛看到了一片光明，那里的光亮极其耀眼，像传说中的佛国一样，随即她看到一束明亮的光束融入其中，那里充满了无限的光明，就在她被光亮照耀得睁不开眼时，眼前又出现了一片蔚蓝的大海，在海边碧绿的沙地旁有一个大大的别墅，在别墅那里有晨风夕月，朝花夕拾。

她看到了木青云在那良辰美景中，向着她笑。

"你笑什么？"

"我笑是因为我之前是消极的，认为人生都是苦的。现在我明白了：人生是苦，但是这个苦是警告我们不至于专门追求享受而走向错误的路。我之前是一个不合格的自己，因为我在苦中沉沦，没有从苦中找到欢乐。有苦就有乐，有善就有恶，有正就有邪，这些都会由因缘而变化，一直在变化，从过去到现在，从现在到未来。"

木青云又笑了。

"你又笑什么？"华悦蓉问。

"我笑是笑之前自己的心理。以前，每当外界的关系不能处理时，自己内心就自戕。当外界的事物与人不能很好地满足自己的想法需求时，我立刻就会生出憎恨外界的愤怒，这股憎恨搞得自己很难受，导致有种巨大的情绪在心里翻滚，这种情绪会让我走神，也让我不能把控自己的想法，总是感觉到自己想法是向南走而自己的行为及口头的话语是向北走，活得好分裂。我现在知道：我自己这块不足，只要有亏待过自己，内心是欺骗不了自己的，心里有一股强大的愤怒的力量让自己在走神，让自己睡不着觉，让自己像丢了魂一样地在田野中漫无边际地没有精力地游走着。"

他停顿了一会儿，又笑着道："我一直都在维持着'自我伪装的良好的感觉'。我对世界的'自我伪装的良好的感觉'都是从自己的角度维持的。现在看来，我自己没有好好对待真实的自己，我应该在人与人之间的对待外在事情中找到相互依存的关系，在日常事务及与人打交道中处理好这个感受。而日常我的'自我伪装的良好的感觉'一直在碰壁，没有建构起实际工作生活中的关系，最终让这种情绪化成了自身的憎恨，此时我让这种憎恨在自己全身流淌，像山涧的泉水一样流淌，突然发现我内心的气息舒畅了，以前我总是阻止我这种憎恨感，老感觉憎恨不好，而当我彻底地将憎恨等情绪接纳后我感觉有一种巨大的能量在全身流动，这种流动让我有了令人心情舒畅的呼吸。我知道只有接受了自己的焦虑及自己的恨意，才能够让这种情感在自己身上流淌，我知道这种流淌是一种力量，这种流淌让我身体充满着一种汹涌澎湃的大坝决堤的冲击的力量，而后这种冲击的力量全部流入到了我的内心深处及我的每一个身体细胞处。怪不得我自己有时遇到问题头皮发麻和呼吸紧促，其实就是自己内心的一种能量的冲击。我想我应该让这种东西流淌着，只有这样流淌着我才能够感到惬意的快乐……"

木青云说完，旋即消失了。

华悦蓉这时猛地醒了，她晃了晃木青云，木青云没有了气息，身体也变得沉了起来，她此时禁不住眼泪流了下来。后来她想也许木青云去了美丽的净土了，也许木青云去了自己理想的生活的地带。总之，一切都过去了，还好，死是人生最困难的事情，最后他走时显得那么平静，那么安详，也算是老天爷眷顾他了。

木青云走了，去了净土还是去了哪里，不知道，也许只有他自己知道自己去了哪里了。

老纪问白江河："你说木青云去了哪里？"

白江河笑道："可能他去了虚空处吧。"

老纪道："虚空？什么虚空？哪里的虚空？"

白江河给老纪看了一首诗，道："自己看吧。这是木青云以前跟我交流的一首诗。"

老纪拿起诗看了起来，纸上是这样写的：

《虚空》

虚空可纳百川，亦可纳万物，无量亦无边，大至万万个银河系，遍至整个宇宙；虚空凝力处，可排山倒海，可天翻地覆，可沧海变桑田；虚空无象无形，于性处，大至为无量无边为空；于量处，量化为疾如电不能量；于身处，闪寂为每一个细胞处；于物处，暂寄为每一个原子处；可为能量，可为宇宙；那么的变幻莫测，那么的难以名状；五蕴假合处，虚空汇合处；心动虚空成，虚空的虚空；虚空本无量，又怎能虚空？虚空之虚空，乃心之虚空；心于形而上，在无量无边；心于形而下，在外见所执；心于中正处，虚空的虚空。虚空在事物运动中，有辩证法，有对立统一，有否定之否定；虚空在实际中，有实事求是，有理论联系实际，有在实践中检验和发展真理；虚空为啥？为啥？为正无穷，为负无穷，为中间点零。

老纪看了后，一脸茫然。他叹了一口气道："人啊，自己得给自己找生路，找乐子，死亡不是人生的意义，自己别难为自己，顺心自然地好好地活就好了。写了这么多深奥的东西，自己搞不清，别人也看不懂，搞的故弄玄虚，好似能活好这一生，不过自欺欺人罢了。还不如像我这样充满烟火气地活！"

4

木青云走后，华悦蓉精神恍惚了好一阵子，感觉自己的世界好像缺少了什么重要的东西，甚至想起这件事来自己总是泪眼婆娑，每天睡觉总是睡不着，辗转反侧。那样的感受，也许只有当事人知道是什么滋味。

在一个月的中旬，步行街的商铺的租客打来电话道："商铺不想租了，最近生意不好，想终止合约。"

这时，华悦蓉才晃过神来。

事情已经过去了，悲痛的伤感不能一直笼罩着自己，未来的路还需要去一步一步地走……

华悦蓉约了老纪，说让老纪去帮个忙，一起去看看商铺的事情，老纪答应了。老纪和她来到了步行街的商铺，看到一些实体店已经关闭了，有些正在转租。这是怎么了？

老纪记得以前木青云拉他到这儿喝茶时，这儿是人头攒动，万人空巷。现在怎么就这么冷清了。这些话，老纪只能憋在心里，不能对华悦蓉说，因为这商铺是她的口粮。老纪怕说起来，她在这个时候会更加的恐慌。

老纪和华悦蓉见到了租客，租客脸上一脸的疲惫道："当初的不夜城，现在门庭冷落。生意冷淡，铺租又高，虽然不想终止合同，但是现在实在是举力维艰。"

华悦蓉没有多说什么，就按照合同与对方终止了合同，对方赔了点违约金，说："下个月中旬按合同约定进行交铺。"

华悦蓉道："嗯，嗯。"

老纪在过程中跟租客谈论过，为什么不租了呢？也劝华悦蓉，将租金降低一下，毕竟现在家里没有经济来源，现在的经济来源得靠收租维持。

华悦蓉没有说话，感觉整个人精神有点恍惚。

老纪将华悦蓉的情况对白江河说了，白江河没有多说，而是给老纪做了一首诗，道："我也不知道怎么安慰华悦蓉，但是木青云生前还做过一首诗，你将这首诗带给华悦蓉吧。"

天蓝蓝，水清清，宽阔路，车辆骋；
蝶恋花，光恋影，云行空，不住空；
你世界，我故事，世间事，荡漾情；
过去心，现在心，未来心，不可得。

第十九章

1

时间像一个少女，不经意时就成了一个老姑娘了。老纪今日就要退休了，他看着这个朝夕相处的仓库，以往的一幕幕又回到了他的眼帘。

而青运山现在虽是单位一哥但也快退休了。他一辈子跑得快，人提升得快，思想上升得也快，屁股决定脑袋，但再美的太阳也有落山的时候，他也要落山了。他这一辈子是真刀真枪地做事情，从不黏糊，从不犹豫。

老纪来到仓库门口看着窗外的风景，看着这个单位，这个单位对于未来的年轻人是一个崭新的地方，对于老纪来说，这是羞辱也是温水煮青蛙让他活生生“殉葬”的地方。

老纪自言自语道：“快退休了，为什么还有一种毁灭的心理感觉呢？我退休了，得有个新的开始。我如果能活到 90 岁，就还有 30 年的大好时光，所以，我要好好地活着。”

他看着这个单位，回想着过往的一幕幕，不知不觉太阳已经下山了。

这时夕阳的余晖照在了老纪的脸庞上，他长舒了一口气，禁不住作诗一首：

仓库门，蓝色天，满腹牢骚在心田。
夕阳红，心情愁，满肚愁肠，蹉跎华发，
愁，愁，愁！
生如歌，歌似人，哀歌唱遍日月天。
花甲日，往事过，不负自己，安度晚年，
好，好，好！

2

女婿和女儿本来是雇了保姆照看小孩。但是老纪退休有时间了，他不放心保姆照看小孩，更别说教育了。如果保姆行为不好的话，对小孩的影响也是很大的。他有信心自己能教育好这个小孩。

姑娘刚开始听了老纪的想法后，不愿老纪来。因为女儿老感到和父母在一起有些压抑。按照女儿的话就是父母都在和她竞争。只要她一开口说一些事情的时候，老纪总是说老纪自己的看法，不管她的看法有多正确，老纪都想压制她；而她母亲就是跟她比谁打扫卫生干净，谁攒钱攒得多。她不想和他们一起住，特别是有了小孩，总感觉和他们在一起有压迫感。

直到孙女上了一年级，这两位家长老被老师请去学校做客，她才想起老纪对她的良好的教育。

当他们邀请老纪去帮他们看孩子时，老纪是很高兴的。因为老纪是有自己的一套教学方法的，至少闺女就是一个成功的例子。

老纪刚一到闺女家，看到外孙女小琦的吃饭习惯，老纪就想要给她改。

小琦到了吃饭的时间还在玩，一家人都追着她让她吃饭，而她就是不吃，一家人为了一个孩子吃饭也是操碎了心，急了后，闺女指责女婿教育孩子有问题，女婿埋怨闺女这孩子不是一个人的孩子，是两个人的孩子，孩子这样难道没你的责任吗？

老纪看着他们要烽火连三月了，就说道："这个孩子让我来管教一周，如果一周之内没有效果，就按你们的教育方式来管教孩子。"

他们刚开始不同意，说老人家教育孩子会溺爱孩子，对孩子的成长是不利的。

而后，老纪又说道："就只是一周，这一周的时间只有我来管教，你们不要给孩子撑腰，在管理孩子的过程中，你们都要坚持我的管教方式。如果一周没有改善，那就按照你们的方式处理。"

老纪说了这话后，小两口商量了一晚上。第二天，说让老纪试试。

老纪笑了。很开心。老纪的第一步就是从小孩的吃饭开始抓起。

下午放学后，老纪接到外孙女后说：“从今往后你爸和你妈让我来管理你，我可是不和你爸你妈一样，我要给你树立规则意识。”

小琦听了老纪说的话后，当作没听见，把老纪的话当作耳旁风，刮过一阵后就消失了。

路上，小琦经过零食店要买东西吃，老纪不予理会，而小孩就是不走，在那里发脾气。而老纪继续往前走。孩子生气了，就在零食店里挑起东西来。等挑完东西后，再找老纪，怎么也找不到了。这时，孩子紧张起来了。零食也不要了，大声地喊老纪。而老纪就是没有回去，老纪知道：若回去了所有的规则都会被打破。其实，那时老纪的心是紧张的，与其说老纪在向前走，不如说老纪在和她在角力。其实，老纪在远远的地方看着她，老纪就是要让她有种依靠突然消失的感觉，让她知道什么事情能干，什么事情不能干。老纪知道，哪怕这一辈子没有成就点什么事情，也不能因为溺爱孩子，让孩子养成不良的行为习惯。老纪知道，这样的教育，不能一直靠自己这样孤立行动下去，过了这周后，如果有成果，老纪得和孩子的父母沟通好，定个规则，以书面形式写下来。对于孩子的问题该批评就批评，该惩罚就惩罚，目的就是使孩子养成规则意识。

老纪知道，现在这样是因为以前保姆接孩子，每次经过小卖店就给她买东西，而留下的毛病。老纪知道，保姆是好心，保姆做做家务，照顾孩子的生活起居可以，但是要将孩子教育好那得有很好的理念才行。

老纪看到小琦往前跑去追自己，最后跑了一段路没有找到，然后哭了，这时，老纪还在远处远远地望着她，慢慢地小琦的哭声越来越大，看来她是焦虑了起来了。以前的习惯形成了，现在突然瓦解了，而来接她的人又突然不见了，她惊慌了。在小琦哇哇大哭时，老纪又出现在了她的身边。刚开始，小琦一直哭。老纪也没管她，老纪在前面走着，她在后面跟着，就这样一直哭哭啼啼地走了约 20 分钟回到了家。

小琦晚上见到爸爸妈妈时一直告老纪状。女儿跟女婿很是心疼。

3

在看外孙女的时间里，老纪是比较的吃香的。因为女婿能和老纪聊得来。他经常有思想疙瘩，而老纪能将他心里的疙瘩给解开，舒展开，再一个，可能是因为老纪比较接地气，一辈子了，都在这样唱着平凡且挣扎的自己内心的歌，现在唱出了优美动听的旋律了。所以，女婿有问题，跟老纪交流时，老纪总是能对症下药，虽然说不出具体的指导方法，但是能说出一些宽慰心灵的话语。

而老纪老伴呢，总是一副气势十足不可侵犯的威严的样子，按照相学所说：这是一种贵人像！因为，女子相貌庄严为贵人相！

有时，当老纪和女婿聊起来时，小酌几杯时，基本都是顺畅的。就是，喝完酒后，时间较晚了，饭菜没有收拾，到了第二天，老伴总是唠叨老纪。而老纪女婿第二天又要上班，所以大部分时间，老两口就在拌嘴。

而女婿有时说出观点来时，老伴一般都不认可他这样处理的方式，认为事情应该按照她分析的情况来处理。但是，有什么事情是绝对的？一个人能否成功，是天时地利人和的总体原因，而不仅仅是一个能力素质的问题，当然能力素质是不可缺少的。天底下有能力素质的人多得是，但是能够成长起来的人确实是少数。毕竟社会的框架在那里。框架里的位置就那么多，不能人人都去当领导吧。当然，当上领导的人是有他的过人之处的，但是这也不能说明他干什么都行。

老纪就是这个观点。但是，这个观点落实到自己身上时，自己却难以接受，所以这不一直让自己难受着呢？

而当老纪跟女婿谈起写小说来时，他总是支持老纪，老纪说：“写了这么多年了，还没有写出来，是不是感觉我在吹牛啊？”

女婿说：“没有啊，没写出来才是高水平，如果写出来了，就不是你的意思了？到时小说写出来看着是实实在在的，也是你所追求的。但是就像这个酒盅一样，它的厉害之处并不在于它的成型而在于它成型后里面是空的，可以用来装酒。我想您能写出来好的小说，写出来的小说会如您跟我说的这些道理一样通透，您现在没有写出来，是张弛度还没有掌握好，当您写出来了，您的意境也就差不多出来了。”

女婿说的话，句句打在了老纪的心坎上。老纪一直认为女婿是个有爱心的小伙子，现在确实也证明了这一点。家务活他在家时基本都会干了，除非是喝酒太晚了，老纪不让他打扫卫生。

这就是老纪退休后的生活了。

虽没有“世界那么大，我想去看看”的行动，但是这些琐碎事让老纪忙活起来了，写小说又成了像当初在单位里没有当上领导一样的纠结，老纪想这就是欲望吧。好像也隐约地感觉到：欲望大于自己的实际能力，或者欲望不符合实际状况，自己的内心有一股气就一直在冲击自己，像自己让自己折寿，因为欲望总在折磨自己！人是自然的产物，将自身的气运好了，比外在什么好条件都强。

4

白江河的小孩和老纪的外孙女是同一个小学的。老纪是每天都雷打不动到学校去接外孙女，而白江河的小孩一般都是白江河的父亲来接，他们很少见面。而这天下午正巧遇到白江河来接小孩了。他们真是一日不见如隔三秋。

近一个月没有见到白江河，这次见到白江河，他的白头发好像增多了不少。

老纪道：“突然发现你白头发多了好多啊！”

白江河笑了笑，说：“人到中年万事忧啊。上有老，下有小。啥事都操心。工作事情一大堆，家里事情一大堆，都是事啊。长几根白头发也好，显得成熟、稳当。”然后，白江河又说道：“今天看微信群，语文作文全校比赛你孙女拿了个一等奖，教育得挺好啊？您是怎么辅导的呢？”

老纪得意地笑了，道：“教育是有方法的。因人施教。我一辈子没有扬眉吐气过，看到孙女争气，我就感到很高兴。”

白江河道：“这个确实是个本事。昨天小孩做作业又磨蹭到很晚，我一直督促她做作业，而她就是要跟我唱反调。要么不做，要么做一会儿就跑掉了；然后拽回来再做，让她自己做，而她就在那儿玩，要么玩铅笔，要么玩橡皮，要么就是拿着白纸画画。真是气人！养成个学习习惯真是不容易。”

老纪对白江河说：“其实，我的女婿和女儿在对待小孩的教育问题上，好像也是很受伤的。教育小孩，像有说不尽的理论，道不尽的真理。而他们说出来的东西，经常被孩子忽略，从没被孩子重视过，但是又是那么执着地教育小孩，总是在不适合的时机说道理和真理，这就是他们受挫的原因。你受挫不？”

白江河说道：“不是受挫的问题，是太受挫了！一般是我和媳妇，轮流上阵，她发火时，我看到那样的方式教育孩子不行，就让她休息，然后说我来辅导她做作业，最后辅导一会，我火气也上来了。真是压不住火！昨天，辅导孩子作业时，你知道孩子怎么说不？”

老纪说：“怎么说的？”

白江河道：“孩子竟然说，她想杀了我和妈妈？！说她以前在幼儿园的时候很快乐，然后上了小学后，我们就逼着她为我们写作业！感觉她不为我们写作业，我们就生气，就拿她出气！”

老纪说：“孩子就是孩子，说话别当真。说破就无毒。说出来了，就好了。”

白江河道：“是啊，我说你想杀爸爸，那你留着妈妈。以防你都杀了后，没人管你了。你想什么时候杀，就什么时候杀吧。”

老纪大笑了起来。

白江河也大笑了起来。

笑的是童言无忌，又笑的是好像每次小孩发火了都要说狠话，孙女说狠话时老纪是鼓励她的，因为只有让孩子将心里的不满说出来，他才能够有正能量去学习，要不这个气一直在心里发不出来会将小孩的心理给扭曲的。大人都会发发牢骚，何况小孩呢？

白江河接着又道：“孩子一听我这么说，然后说：我才不会杀你们呢，我就是说说话，出出气。以后你们别拿我当工具，为你们做题，做作业！我又不是生下来做作业的。”

老纪笑道：“会吓唬大人了。看来你小孩挺聪明啊。”

白江河道：“小孩挺聪明的。她那么一说，我就说：你别去上学好了，既然那么不喜欢做作业的话！你知道孩子听了这话，怎么说吗？”

看到白江河说的那么有趣，老纪笑着问道：“怎么说的？”

白江河道：“小孩说：我只说我不想做作业，没说我不想上学啊。我喜欢上学，你知道不？我可喜欢上学了。我就问她，为什么喜欢上学啊？小孩说：因为我快乐啊。我就问：那既然你上学那么快乐，为啥不愿做作业呢？小孩说道：我喜欢上学，就当作去旅游。你听我给你讲啊。早上起床你开车送我去学校，就当作我们从酒店出发去玩。到了学校，上学就等于玩游戏，然后中午托管就等于回酒店休息，我把学校当作游乐场，那里有好多小伙伴一起玩。可开心了！”

老纪听到这儿哈哈大笑了起来，白江河也笑了起来……

然后老纪说道：“辅导小孩要有‘回首向来萧瑟处，也无风雨也无晴’的心境，唯有这样才能够获得真实客观的指导。如果事事都按照大人的想法来做那就不行了，其实，做作业最要紧的就是孩子管理好自己，家长管理好家长，相互做自己。你小孩既然把学习当作玩游戏，快乐地玩，你就将教小孩当作玩游戏就好。开开心心地陪伴她，慢慢就起来兴趣了。当兴趣起来了，她自己就是自己的老师了。”

白江河说：“你是这样培养的小琦吗？”

老纪说：“是的，但是具体的还是要因人施教。”

他们两个只顾着说话，没想到白江河的小孩小花已经出来了跑到白江河身后了。

白江河一看到孩子，眼里出现了快乐的光，小花跟白江河在捉迷藏。孩子就是孩子，以为大人没看见自己，自己就躲到大人身后，不让大人发现，而一旦发现了，就像小朋友做游戏一样玩耍。那种感觉总是让人很快乐。

其实，老纪想人们要孩子时，当初可能不知道是什么原因，可能是在按照社会轨迹走，可是当真正有了小孩后，会发现生命丰满了起来。

老纪对白江河说：“暑假能否请个假，一起带着小孩到国外去玩玩。”

白江河说；“没有时间，工作将自己绑架了，下面的人总是时不时地找我，休假还不如不休呢，那么多事情都要处理……”

老纪说：“青总马上就退了，你怕他个啥？”

白江河道：“别人都不怕，就是怕青总……”

老纪道：“你可能被青运山给熊晕了，找不到自己了，成了别人的马夫了……”

白江河道：“宁给英雄好汉牵马坠镫，不给王八羔子当祖宗！”

老纪叹了口气，道：“我何尝不想当个狗腿子，但是别人看不上我，且我也感觉自己高贵得不行。总之，一句话：我是吃不到葡萄说葡萄酸，现在退休了，管他那么多了……”

5

这次从国外度假回来，老纪给白江河带了点东西。毕竟情分在那里。生命里走进了人，很难将他们抹去，毕竟进入了生命里了。单位还是不去了，那里有许多老纪不想面对的地方。好不容易退休了，还是不回去，面对那些人了，虽然不是仇人，但是也不是亲近的人，总之，大家虽在一块，但是好似大家都是平行线。除了表面的点头之交，面带微笑地打打招呼，内心却几乎没有交集。老纪讨厌那样的生活方式，从骨子里讨厌。即使去了，也是找找白江河与青运山这样的人，大部分人与老纪都没有共鸣的语言。既然退休了，老纪就好好地过好夕阳红的生活好了。再也不想去面对那么多年不如意的场所。

老纪约了白江河喝茶。白江河来了。看到老纪精神奕奕，说道：“好久不见，别来无恙！容光焕发啊，老大哥！”

“外出旅游挺不错，心情好啊。这次外出有了很多收获。”

“有收获好啊，对您写小说有好处。”白江河说了这个后，又道，“您小说写的如何了？是不是可以发表了啊？”

“正在写作中，打算今年年底写出来。”

“哈哈哈哈……”白江河笑了。

老纪道：“笑什么？”

“你这个小说，估计写出来也得是世界级殿堂级的了！”

“嗯？对我这么有信心？”

“从我接触你的第一天你就在已经写小说了，到现在近十多年过去了，你还是在写小说……并且每次问你什么时候能发表，你总是说年底。我就断定你这个小说要么不发表，要么一发表就是世界骨灰级殿堂级的，你肯定是一个横空出世的人才啊！你如果作画的话，我想你一定能赛过达·芬奇，如果你创作音乐的话，一定能超过贝多芬！”说完后，哈哈哈地又大笑了起来。

“这次是真的！快写完了。”老纪说。

“是吗？快写完了吗？”白江河道。

“君子一言驷马难追。”老纪说。

“是不是还木板上钉钢钉，一钉一个准啊！”白江河又笑了起来。

“你是又在嘲笑我？”老纪笑着问了起来。

“没有嘲笑你啊，感觉你写的一定是个好故事。好故事不怕晚啊。”

“嗯，嗯，看你小子这么相信老大哥，老大哥还是信任你了。到时你就看好吧。”

“别人是一个字、一个字地写，而老大哥是用金子一个字、一个字地在铸造。”

“你小子啊，话里有话啊？不相信我，是吧？”老纪也笑了起来。

“哎，你写这个小说，对你以前思考的生命是什么有帮助吗？思考透了吗？”白江河问。

那时，老纪与木青云、金乐元、白江河总是探讨一些生命的意义是什么。老纪那时特别信命，像木青云一样。

“以前我认为命是定的，命运也是定的，而现在我认为生命是无机的，命运是可以突破的。”老纪道。

白江河笑了起来：“这个问题没有人能解得开，如果你能解得开，那你就是圣人了，横空出世的一个圣人！”

“我能感觉到，但是我不能用文字表达出来，感觉任何的文字都表达不出我内心的思考，所以我这本小说一直没有发表，因为我不满意我写的这些。”老纪说。

“最美不过夕阳红，有个事情让你感兴趣也是很好的，不在于发表不发表。毕竟是个爱好嘛。自己与自己对对话，也挺好的。人就是吃五谷杂粮的一个生命复杂体，不能吃了睡睡了吃吧，那样跟猪栏里的猪有什么区别？有点爱好，是好的，能让生命丰满，精神矍铄。其实，我感觉生命就是一个体验的过程，没有其他的。”白江河说着他的看法，这让老纪产生了浓厚的兴趣，老纪认真地听着。“我有时也在想或者大部分时间都在希冀明天变得辉煌，而当明天到了，又希望将来变得更加辉煌，其实当下就是最美好的。当下就是命运给的最好的礼物。”白江河说得有点像绕口令。

“你现在也在思考这些问题了吗？”老纪说。

“我只是随口这么一说。没有去深思。”白江河道。

“虽然是随口一说，但是这是你内心里综合想法的一个表述。就像大海里的冰山的一角一样，下面还是有很多东西的。”老纪道。

“看来作家就是有大头脑，大思维啊。”白江河道。

老纪说：“你不信是吧？”

“信！”白江河笑了起来。

“我说的是真的！真不是假的！你不信吗？”老纪又道。

“信！信！信！没有不信啊！”白江河道。

老纪道：“千真万确的能写出来，写出一部好的作品来。”

过了大约半个钟，他可能被老纪缠得不行了，就说：“你整天说写小说，写了这么多年了，我连个标点符号，都没有见到！我信你，就是整个宇宙毁灭了，我也不相信整个宇宙毁灭，只相信你能写出全世界最好的小说来。”

“嗯？你这是夸我，还是表扬我？还是讽刺我？”老纪道。

“纵使沧海桑田，天地变换，星辰斗转，都改变不了我对你的信任！好了，别聊这个话题了。我们聊点别的吧。”白江河说道。

老纪感到他冷漠了自己，这时，老纪从口袋里拿出写的一部分小说让白江河看看，他说现在喝茶回头看，老纪说不行，必须现在看。

白江河拗不过老纪，就看起来了。老纪有些生气，真的有些气愤！一个人认为的真挚的东西，被别人那么的轻视，内心感觉就会有一股无名的愤怒！

白江河看着老纪写的东西，好似看进去了。他将整个神思投入进去，看了一会道："这是你写的吗？"

老纪生气地道："不是我写的，难道是你写的？"

他笑了笑道："你知道我看到了什么？"老纪没作答，而是用眼睛有些敌意地看着他。老纪那时的感受是"狗嘴里吐不出象牙来"。

白江河的脸仿佛变成了一副赞赏画，口中却说了与刚才不一样的话语："一副春江山水画，江山澎湃生命之春潮。"

老纪听了后，心里像枯木逢春，又似沙漠中来了甘霖。白江河又道："你有这个生命创造力，而为什么不能在原新闻单位上发挥出你的才能呢？"

老纪道："我在原单位上没有话语权，一篇文章被改的天翻地覆，有什么动力？被那种感觉折磨了好多年了。而最终，到了那个仓库，在那里我才有了话语权。"

白江河听了老纪的牢骚后，没有作答，而是继续看老纪写的东西，他喝着茶，好像也在用他的心灵在啜饮着这小说中的文字。过了许久，他道："老纪，你写的这个小说真不错。你虽已到夕阳红的年纪了，但是你的生命通过文字鲜活起来了。你大半辈子的蹉跎在这纸上满满的都是自信，凯旋。"

老纪道："你说的这个感觉正合我的心意。我一辈子积累的压抑被文字给渲染出来了。文字给予了我生命的力量，当我拿起笔挥洒起自己的思绪时，我仿佛感觉到整个世界都注入了我的心田，仿佛心田上开出了满湖的亭亭玉立的荷花。"

白江河道："你的文字，像长矛，像利剑，直指要害，仿佛与你实际做事不一样，你平时做事总是慌慌张张，不管做什么事情都啰啰唆嗦说一大通也说不到点子上，做不到根本上，而你的文字却直奔主题，直击要害，没有一点废话。"

老纪道："我以前行为的慌张，做事情的不知所以然，那些表现都不能直达我的内心，而我的内心就是文字的表现，奔主题，直指要害，这文字表现形式才是我。”

白江河沉思了一会儿道：“那说明你是一个表里不一行为与内心有着矛盾的人。你本质上就是一个自我戕害型的人，是吧？其实，你深刻地埋藏了自己真实的想法是吗？”

老纪听着他这样说的，自己的内心仿佛被触动了。

这时，老纪想起了在单位里的那段蹉跎岁月，想不到白江河这么肯定他写的东西，就道：“我在单位中一次一次地在各种机会中被淘汰，内心死去了不知多少次了。而在单位的仓库中，我不知内心又有多少的孤独感，主要原因是自己瞧不起自己，内心有些封闭，就与外界划了一条长长的线，这线让我把外界屏蔽了起来。而最让我惬意的就是你、木青云、金乐元、火麒麟来仓库坐，我那份释放不良的情绪才得到缓解。而现在听到你这么肯定我写的东西，我好像是找到了退休后的一种责任。”

白江河继续看着，过了一会儿后道：“我何尝不是和你一样，任何人都会有些怀疑自己的，特别在一些到了能力边界的事情上时，不管怎么努力都逃不出那个圈，真的很无助。但是，有句话，一直鼓励着我：不管你行不行，只要尽力了，就是你不行，你也知道了，自己不行！虽然实际感觉自己会越来越封闭。很崩溃，像崩溃了个鸟！”

老纪道：“无力感真的让人很崩溃，不是崩溃了个鸟，而是崩溃了个老鹰！”

白江河道：“崩溃个老鹰？啥意思？”

老纪道：“雄鹰翱翔在蓝天上，像风一样自由，像海阔天空那样惬意，最后被关在一个狭小黑暗的囚笼里然后崩溃了，这本不是个鸟，鸟在笼子还可以，但是老鹰在笼子里最终就会崩溃！所以就崩溃了个老鹰！”

白江河道：“世界上每一个生命来到这个世界，生命必定被赋予了不同的特殊使命。”

老纪道：“也许吧。”

白江河笑了，老纪也笑了。

饭后，白江河用他的座驾将老纪送回家。在车上老纪看着一路沿江如雨后春笋的建筑，想起木青云、金乐元、白江河他们经常在这里喝茶、吃大排档。然后老纪突然说：“还是你厉害啊，经受了这一遭，还能坚强如初。木青云谈淡泊、谈放下，最后自己因郁闷结病而死。金乐元谈金钱、谈方向，最后也是欲壑难填，将自己拽进了无底深渊。”

白江河道：“经常想很多，但是那又怎样？生活还得继续。过去的事情，就别考虑了，因为每个人最终都会消失在时空里。我们离开这个时空的时候，可能对后人来说就是留下了几句话。也许将来我的重孙子问起我的孙子来，我家老老老爷爷是什么样的？我家孙子可能会说不太清楚，也可能说是一个有爱心的人。因为我支过教。这点可能留下点为人称道的东西，其余的不过和芸芸众生一样而已。所以没什么厉害不厉害。重要的就是好好活吧。活好每一天。”

白江河又说道：“过去的事情就不要提了，人生出来，就意味着走，这是一个规律。他们走了就走了。别说太多了，人不应该活在过去里。好好对待自己的每一天就好了。”老纪看到白江河的眼中好似有些沉思。

老纪说：“现在退休了，说不定哪一天也走了，走的时候没有给这个世界留下点东西，感觉很平凡、不甘心。”

白江河道：“有什么不甘心的，都是平凡的人，在不同的环境中又得到了不同的塑造，走的路的轨迹不一样，但是人都是为社会的发展作过贡献的。不违法乱纪，将孩子养大成人，就算是为社会做贡献了。”

老纪说：“一辈子就是没做出点事来。”

白江河道：“能做出什么事来？大部分人不都是平凡的吗？有几个爱因斯坦，有几个高官显赫！都是凡人。吃五谷杂粮有七情六欲。不管什么样的境遇都是对心性的一种考验与磨炼。别人吃山珍海味，我们吃百家小炒，精神愉悦就行了，都是对心性的磨炼。”

老纪对白江河说：“你对事物的认识，还是挺深刻的。我写的小说要是有这么深刻就好了！”

“要写小说就学学《红楼梦》吧！世事洞明皆学问，人情练达即文章！人与人相处，人与人交往都是学问，都是文章，都有得写，都可写。但是最后，写完后，回头一看都是乱糟糟的你方唱罢我登场，都是为他人作嫁衣裳。

所以，你能塑造出一个世界来，你就能写出好的小说来。我在班门面前要大刀，显摆了啊，老大哥。”白江河说道。

“你是很精明的，什么事情都那么明白！”老纪说。

“什么明白！因为不明白，才是乱说。明白？世界上哪有人真正地明白。古代有个郑板桥，那叫明白吧。可是他写的一手好字“难得糊涂”，却成了经典。你说，他到底明白还是糊涂？”白江河道。

老纪说：“都是相对的吧。可能这件事情上明白，那件事情上糊涂吧。都是相对来说的吧。”

白江河说：“假作真时真亦假，真作假时假亦真。都是一场梦。好好地做梦就好了。你将小说的梦做好就行了。我看你也得要写出来了，要不你有何面目面对江东父老。”

老纪说：“我写了好多了，每次想写的时候，不像那种从山坡上哗啦、哗啦流下来的小溪流，那样舒缓，那样甘甜，那样清澈，都很苦涩。我是对自己的写东西不满意啊。”

白江河说：“苦涩就是生命给你的感觉，你将苦涩慢慢疏导出来不就是真情实感嘛，真感情就是好文章。文章不是生搬硬套出来的，而是从内心里流出来的。你如果能化苦涩为清泉，就能化腐朽为神奇。”

老纪听了白江河的话，看着窗外，看着窗外的江水汩汩地向东流，想到这么多年了，都是雷声大雨点小，江水都不知道流了多少个大海了，老纪还在“年底写出来”，真是服了自己了。

刚一回到家，老伴就唠唠叨叨开了。真是少年夫妻老来伴。现在老纪还真习惯了她的唠叨。若是她不唠叨了，老纪还真的不知道这日子该怎么过了。

“今天闺女打电话来了，说我们旅游回来了，得过去给她看小孩了。”老伴道。

“好啊。”老纪答道。

“你别什么事情都好好好的，你倒是拿出个谱来，打出个主意来啊。到底什么时候去呢？”老伴道。

“什么时候都行，你看着安排就好，我随时都可以走。”老纪道。

“真是一辈子甩手掌柜了，什么事情都是我安排。给你个机会让你做主，你都不知道怎么弄了。”老伴道。

“我好不容易退休了，现在得好好享受下了。等到我将我的宏伟巨作写好后，给你个惊喜，别总说我魔怔了。”老纪道。

“快别提了，该干什么就干什么吧。老大不小了，越老了越没点正形。好好看好外孙吧。别整天说些不着调的事。”老伴道。

“我是正儿八经的要写点东西的，不是闹着玩的。”老纪道。

“哎呀，别提了。我脑袋都听炸了。耳朵都起茧了。还说写作，我说你先写出来再说，拿个底稿也好。你现在就是写了个圈，就整天对亲戚朋友说写小说、写小说的。刚才我跟咱们亲家视频了一会，人家还问你的小说写的怎样了，能发出来了不？发出来了后，给他们几本。”老伴道。

老纪说：“你怎么说的呢？”

“我连说都没稀说。说了让人脸红。活还没干呢，就把庆功酒的阵势都摆好了。做事浮浮夸夸的。”老伴道。

“不跟你瞎说了，我去写点东西了。防止你总说我吹牛。到时我写出来了，吓你们一跳。”老纪道。

“我对你说好，你现在在家爱咋写咋写，到了去看外孙女的时候，你别整天跟着了魔一样的，整天念叨这个事情。”老伴道。

老纪跟她掰扯了一会，又去书房去写东西去了。

老纪认为他老伴啊，很务实，做事情干什么精什么！年轻时，搞任何事情都比较较真，做任何事情都不是为了别人的眼光而做，做就是为了自己的标准而做。只要是出自她手的东西，都是质量过硬的。你说这个人懂事不？说懂事吧，也懂事，说不懂事吧，也不懂事。就是精明里带出糊涂来。做个事情总是要完成到什么标准，家里的东西总是摆得整整齐齐的，该放到什么地方就放到什么的地方。而如果不这样做，两个人必定吵一架。老纪就是不听她这一套。她想改造老纪，改造了一辈子了，还没改造成。现在退休了，她是有闲有精力，是正儿八经地改造老纪。幸亏有了外孙女。要不，老纪要被她唠叨的体无完肤了。

老纪知道他们这种磨合已经进入了彼此的生命。磨合一辈子了，还是磨合着，有时不争吵一下就像平静的水面不起波澜一样，而吵多了，就好了。

老纪始终坚持一点就是吵架是两口子的事情，外人别多加干预。如果小两口在吵着架，外人一干预就会成为一个新的吵架态势。搞得很尴尬，不可收拾。

第二十章

1

就在这个学期，青运山退休了，老纪退休了还有事情干，接接外孙女，给外孙女辅导下功课，写写小说，而青运山退休了，好像有些不适应，毕竟忙惯了，突然放松下来，就感觉少了些什么。

一天，学校组织活动，白江河也来了，活动结束后，老纪和白江河带着小孩在学校里玩。

看到小孩玩得高兴，老纪说：“多年前我以这个学校为荣，多年后这个学校以我为耻？”

白江河笑了下：“别抱怨了！报怨让人走进黑暗的深渊，你看你孙女现在成长得多优秀，能歌善舞，且学习又棒，不都是你培养的吗？”

老纪得意地笑了笑，道：“是啊，在培养她这方面我没少花心思。这是时间与精力投入的成果。我知道要用心血好好培养外孙女，让孩子茁壮成长。”

白江河道：“这就够了。想想令人高兴的事就挺美好，别老活在过去及虚幻的未来幻想中，好好活在当下吧，老大哥。”

老纪说：“遗憾的是一辈子都没有当个官，过过官瘾。”

白江河笑了：“过去的事情就过去了，就是神仙也改变不了，成了既定事实又改变不了，那就放下吧，放不下就多想想愉快的事。人生之事，不如意者十之八九，常想一二。”

老纪说：“咽不下这口气，放不下啊。内心里总有个梗，憋得难受。”

白江河道：“你换换心态喽，你用一颗感恩的心看待过去，你就能放下！你现在退休金不少吧，在单位里没人坏你的事，也算是帮你了。如果你总是感觉自己才高八斗，感觉在单位是屈了才，为啥当初你不去争取下？”

老纪说：“那时，我不想像青总那样殚精竭虑地去求一官半职，那样永远不会满足，就像喝海水，喝得越多越口渴。”

白江河道：“人就是这样，有了吃的想喝的，有了喝的又想要更好的，有了车子想房子，有了房子想位子，就是这样一环接着一环，所以要知足常乐。”他说着，眼睛里好似充满了困惑，也叹了一口气。老纪问他：“叹什么气？”

白江河道：“我说得是头头是道。但当经历重大的事情时，内心也是不稳定，总是自己在跟自己打架。行了很多路，看了很多书，本不想去这样计较、计量，但最后还是败给了现实。”他又叹了一口气，接着说，“当初在山村支教，虽不富有，条件也很艰苦但内心总是很快乐。特别是看到茶山孩子的童真眼神，感受到孩子天真的求知欲，内心总是很快乐，我就将自己知道的尽可能地教给他们，可最终还是败给了实际！如果在那儿支教下去，女朋友就会跟我分手，久而久之就会跟社会脱节，慢慢地就活出了围城式的人生。来到了海洲也不过是忙工作，忙房子，忙车子，忙孩子，忙位子，说白了，都是在为了维持自己的生活而做功。看看身边的人觉得自己好像也不差，虽然算不上最好，但是比上不足比下有余。但自己的坚守与内心的贪婪总在博弈。其实，想要幸福就将自己想要的东西降到最低，将欲望减少，人生就会幸福。但是，实际呢，人都不满足，满足了就没有动力了，社会也不进步了，人是更适者生存，所以欲望是好也是坏，看怎么用。”

老纪说：“都是金钱、名利惹得祸！”

白江河道：“其实，人有时聪明有时愚蠢。金钱其实就是一个工具，若把它当作目标来追求时，一个人的灾难就会来了。你看看金钱让世间多少人失去了本来的样子？这不都是金钱名利惹的祸吗？”

就在这时，老纪的电话响了。老纪没有接，继续听白江河讲着，白江河示意老纪来电话了，老纪说：“不接了，退休了，一般人没人找，给我打电话最多的都是房产中介、保险之类的人，也不知道什么时候，手机号被他们知道了，太烦人了。”他们又继续聊着，白江河说道：“以后过日子要是也像你对待电话这个态度你就坦然了。人哪里有那么顺心，有个及格就是合格的人生了。如果跟强者比，人比人得死；跟好货比，货比货得扔。理智一点，做一个有热忱的平凡人挺好的。”

他说到这儿时，电话又响了。他示意老纪接一下。老纪说：“指定是房产中介打来的，都这个年龄了谁还找我。”他说：“接一下嘛，房产中介很辛苦的，也算是在凭本事赚钱，实在不想接可以把它设置成黑名单，日后就不会收到这样的电话了。”老纪感觉他说的有道理，于是从外孙女盛水、盛衣服的包里找来手机。

一看，原来不是中介打来的电话，而是青运山打来的。

“青总打来的电话，是有什么事情吗？”老纪寻思到。老纪将电话拨了过去。那边迅速地接了电话，电话里传来一个女人急促的声音：“老纪，不好了，老青刚才摔了一跤，不会走路了，现在昏迷了。”老纪一听这急躁的声音，人好像没了主意，于是道：“我马上过来，你现在拨打120急救。”那边青运山的爱人官红道：“你帮我打吧，我没打过，也乱了分寸。”于是，老纪扣了电话，打了120，说了具体的地址及联系电话。

官红是青运山当年作为知识青年下乡时认识的，那时青运山年轻有知识，而她爱人没上过学，但人心地很善良。知识青年下乡，最后都一个个回城了，只有青运山还留在农村。青运山也想返城，但想到爱人他有些犹豫。官红就说：“你是有知识有文化的，应回到城里去，去做点事。在农村呆着会耽误了你这个人才。”青运山道：“我走了，你怎么办？”官红说：“你去了，如果发展得好，将来愿意带我出去，就带我出去。如果你发展好了，遇到了好的人，我也不拖你后腿，反正还没孩子……”

青运山执意不走，说在这山里待一辈子就待一辈子吧，出去了，意外多，现在这样也挺好。但是官红知道青运山回去的心，这话只是在安慰她，于是官红就找了村里管事的人，最后让青运山回城了。

青运山也是个重情义的人，回到单位有很多人给他介绍对象，但他就认定了官红。按照青运山的话语，这一辈子虽然将官红从农村弄到城市里来了，但是他还是亏欠官红太多了。因为忙于工作，全家的重担基本压在了官红的身上。官红性格好，也任劳任怨。老纪也经常说：“你们是命运的共同体，有了她的善良与付出，才有了你的成长与进步。”

而此时，他们的孩子在国外。他们当初养孩子的理念就是让孩子接受好的教育成为栋梁之材，孩子争气，去了国外留学后，就定居在那儿了。按照老两口的话就是：孩子大了不由爹娘！只要他好，我们怎么着都行！

而青运山这一倒，正是用人之际，她爱人知道老纪是个有情有义又对青运山很好的一个人，就给老纪打了电话，也是一种信任吧。

老纪对白江河说道："青总病了，已打 120，我得去看一下他。"白江河随即叫小孩上车，并用车将老纪载到了医院。

2

青运山在医院住了两周，通过打点滴治疗，病基本好得差不多了，就是下床后走路一瘸一拐的。

医生说这是脑血栓，幸亏送医院送的及时，要是再晚的话，治也治不好。可能会瘫痪，也可能会成为植物人。

官红那几天真是热锅上的蚂蚁，在青运山治疗期间，医生说严重后果是植物人或瘫痪时，她泪眼婆娑，不止一次地对老纪说："若老伴青运山瘫痪了怎么办？儿子还在国外，就自己一个人在大海洲，而自己识字又不多，怎么办？"

老纪总是安慰她道："现在医疗条件好，会治好的。"她总是着急不已，好似天要塌了……

3

时间悄然过了两周，老纪接到放学的小琦后去看了下青运山。

青运山病情好多了，看到小琦心里满心欢喜。

官红又是给小琦削苹果又是给小琦塞糖，喜欢得不得了，好像看到小孩所有的欢喜都在小孩身上一样。

老纪知道，这是因为他们的孩子在国外，他们见不到面，唯有的就是视频通通话，也是潦潦草草的几句。久而久之，慢慢地好似与孩子的距离就越来越远了。

老纪看到青运山的病情稳定了，心情也好多了，就放心了。

青运山看着小琦，突然说："这一辈子本来感觉自己活得很明白，现在看看自己好像活糊涂了。"

听到他突然这么说，老纪没有理解到他的意思，就问道："怎么说？不明白你的意思。"

青运山道："你看我现在和官红过得不错，都退休了，有了自己的养老金，但是孩子在国外，每次我们两个孤寡老人在家，好像都是冷冷清清的，一点生活的气息也没有。你看你退休后，一家人团聚在一起，享受天伦之乐，多有生活的烟火气息。"

他这么说，让老纪心里很高兴，因为老纪一直羡慕青运山，没想到青运山也在羡慕老纪。感觉自己突然有了幸福的感觉。但是，老纪不能直接表露出来，而是违心而喜悦地说道："你们培养的孩子成功啊！我是没本事，女儿也不听我话，只能留在身边了。"

这时，官红接过话来："以前感觉培养孩子是成功了，也为孩子感到自豪，而现在老了，再看看其实还是在身边好。我和老青到国外去，去看孩子好像去围城一样，周边没有认识的人，生活习惯也跟不上趟，社会习俗也不适应，去了就是活受罪！"

青运山道："别提那个畜生了！以前送他外出上学，是感觉国外教育条件好，能学点先进的东西，那时我们国家落后，也希望他学有所成后报效国家。他反而在哪儿学着、就留在哪里了。孩子大了，思想独立了，我们也说不过他们了。现在的观念也不知道是怎么的了？只要老人家一说话，基本都是错的，难道活了大半辈子一句有用的话也没有吗？"

说到这儿时，老纪知道青运山是受不了孩子的气了，在外面学了东西，现在说起父母的不是来了。不听就罢了，但是也别全部否定老人家走过的路，毕竟有句老话：老人家走过的桥比孩子吃过的饭还要多！

官红给老青瞪了个眼色，老纪知道她是不想让老青再说自己孩子的不是了，因为她认为家丑不可外扬。但是青运山强势一辈子了，以前都是忙于事业，而现在退休下来了，将重心放到了家庭上，却感觉哪里都不对劲。去了一趟国外看了半年孙子后，差点没被活活地气死。只是，他闷着气不说，只是孩子真的特别不像话。

青运山跟老纪说过最不能让他释怀的是：青风想和他爱人捐钱给一些残疾人，而青运山当时在国外，老家的堂弟找他借点钱，给孩子上学用，自己那时手头紧，没有多余的钱，想让孩子青风将钱借给他堂弟，而青风却不借给堂弟，说是残疾人更需要帮助。青运山说那是你的亲戚，以前你父亲年轻困难时人家帮过我。现在人家有困难，需要我的帮助，哪有不帮忙的道理。他儿子青风说："他自己没钱是他自己的报应，那么大的年龄了，不自食其力，却整天仗着亲戚的情谊到处东凑西借的！我就看不惯这些不努力的人，他不努力，才有现在的结果！自己做的事，自己就该承受。"那时，青运山已经将钱全部用在国外儿子这边了，手头拿不出这么些钱来，以至于发脾气，一气之下就回来了。

官红看见青运山又生上气来就道："医生说的你忘记了吗？不让你生气，身体要是气出个好歹来，不是还是自己受罪吗？你气出个三长两短来，我怎么办？"

青运山看了看官红道："不提了！都是自己的孩子，说那么多干啥！要怪就怪我当时关心得太少了！"

说完后，看着小琦在客厅里玩耍一个摆放的飞机模型。小琦很喜欢那个飞机，爱不释手。

青运山和官红看着此时的小琦，好似看着自己的外孙女，又是羡慕又是喜爱，那种感觉真是无法用语言形容了。

大概人越老越喜欢孩子吧，孩子就是一个生命力的延伸，或者是一个生命力的寄托吧。

过了约莫半个小时，老纪跟他们告了别，青运山身体好多了，老纪就放心了。

原本按照青运山的意思是让官红在家里好好地炒两个菜，他们哥俩好好地喝一顿。但是，老纪说今晚他们一家人要外出，周末要泡温泉去，孩子安排好了，就是不放心老大哥，就过来看看。要不去了外面心里还挂念着，感受不是很好啊。

青运山和官红送老纪到楼下，老纪不让他们送，他们执意要送，老纪执拗不过就恭敬不如从命了。

在夜色中，青运山和官红一直看着老纪和他外孙女的背影，直到他们拐弯了，看不到他们身影的时候，才肯罢休。

青运山对官红说："没想到这么快就老了，你看老纪的外孙女都那么高了！"青运山不想上楼，想在小区里转转，说回去了，两个老人家在家里，没有生气。再一个，他也忙惯了，突然闲下来，好似生命里缺少了很多东西，没有了归属感，而唯一可以归属的地方就是家。但是家里除了他就是官红，除了官红就是他。老两口干靠着。就那样的，你靠他，他靠你，简简单单靠。也没有年轻时，你爱我，我爱你，简简单单的爱的浪漫了。有的只是相依为命的伴了。

官红对青运山说："以前小青小时，我们都盼着他长大，而当他长大后，离开了我们，我们又想他别长大，还是呆在我们身边好。"说着说着好像有点泪目的感觉。

青运山说："小青是在国外待住了，我们别指望他给我们养老送终了。我们两个人好好过吧。少来夫妻老来伴。只要我们身体好，就不需要人照顾，等年老时再说年老的事吧。"

官红说："到时我们老了，走不动了，怎么办？"

老青说："到时候爱咋咋地。不行买一瓶子安眠药喝了，一觉不醒就过去了，哪里有那么复杂。"

官红听了青运山的话，连续说了好几个"呸呸呸"！

然后两人又笑了，反正现在还能自理，管他那么多呢。

他们看到小区里的小孩在嬉笑打闹，看到老人家看自己的孙子、孙女，他们突然又感觉好孤单。

以前，他们对青风说："你知道你为什么这么轻松吗？"

小时候的青风说："不知道啊。"

"你之所以轻松，是因为有人替你负重前行。"

现在青风已经长大了，翅膀硬了，飞到国外去了，但是，青运山和官红还在为孩子负重前行。虽然不是经济上的，而是精神上的。而青风呢，自己一直在国外忙碌，他哪里知道年迈的父母的心事！总感觉父母经济无忧，身体还是那么硬朗，但是事实是他感觉的那样吗？

青运山在小区里和官红转了很久，两个人也聊了很多。

官红想养条狗，每天下来遛遛狗，他们也转转，心情也好。

而青运山想养狗不是办法，现在他们经济是不差，但是就是身边缺人，要不领养个孤儿吧。官红认为，自己现在身体不如以前了，青运山也走路一瘸一拐的，走一步踢三步的，还是别领养孤儿了吧。养了孩子就得对孩子负责。我们都六十多岁的人了，说不定哪一天一觉就没有了。所以要慎重。

他俩沉默了。最后官红说还是养条狗吧，毕竟狗在家里，还是一个有生气的东西，养什么都不如养狗，因为狗对主人忠诚！

……

3

青运山面对退下来的空虚而感到无所适从，特别是又生了一场病，心里的感觉变得有些不一样了。青运山病好后经常约老纪喝酒，退休了，反而大家内心都舒服了，他也没有了在单位上被捆绑装的腔作势的样子。而老纪也有了自己的世界了。这个世界不是那个自我安慰的世界，而是自我思考的兴趣的世界。人活一辈子不容易，大家都不容易，虽然不容易但是看着大家又好像都在容易地向前活。

人人都说老人有死亡的焦虑。在老纪看来青运山应该不会有，即使表面有这种焦虑，内心也不会真正的有这种焦虑。他年轻时就是天不怕地不怕的，与天斗其乐无穷，与地斗其乐无穷，与人斗其乐无穷！他就是那种气概，老子天下第一，谁敢与我争锋！正如他的话：人活着这也怕，那也怕，还活啥？活着就是为了好好地活。

第二十一章

1

青运山退休后，新上任的领导对白江河是百般不满意，搞得白江河身心疲惫。白江河没想到这么的操劳，却换来了这样的不适，这是怎么回事？

一天晚上白江河为了工作方案，忙到了很晚，这时，燕子在餐馆吃饭左等白江河不来右等白江河也不来，就给白江河打电话发了一通火：“饭店都快关门了，你还不来？”

白江河来时，车子油已经不多了。

燕子看到车子油不够了，内心那种焦虑就像是火热的蚂蚁在灼热的铁锅上爬，紧张的情绪时不时地戳自己的心，搞得她喘气都有一种前所未有的焦灼。

燕子对白江河满是埋怨，又是指责，又是骂。而白江河这时道：“车子没油了，也会有办法解决的。大活人不会被泡尿憋死。总有办法的。”

燕子道：“我真的很焦虑，让你去加点油你不去加，你知道我现在的焦灼感受吗？”说到这里时，燕子的鼻子流出了鼻血。她太焦虑了。自己知道这样的心情不好，但是自己的内心就是这样地焦灼着。

再看油表，已经到了尾声，她担心车子随时都会停在马路上，于是更加紧张起来。

白江河道：“这个油足够我们到加油的地方，以前我试过了，而且你不管怎么着急，车子该停还是会停在路上，你着急管什么用呢？还不是得想办法？”

燕子道：“我确实着急了，并且紧张地厉害。以后你提前加好油别让我这么担心好不好？提前加油这个事情我对你不止说了一次了！怎么老是这样？”

白江河将车停到了加油站，加满了油。问燕子："还紧张吗？我说过的我有把握。"

燕子道："心还是扑通扑通的。不知道什么原因，这种情绪再继续下去我会崩溃掉的。真的让你气死了，真的焦灼得要难受死了。"

白江河笑了笑道："将心放宽就好了。即使车没油了，也是能够解决的，大不了给保险公司打电话送油。让自己的心焦虑起来，是得不偿失的。"

燕子道："我也知道这个事，但是就是控制不了自己内心的这种情绪。"

白江河道："这说明你内心有这样的一种焦虑，只要遇到类似的事情就会被触发，这种焦虑既是一种好东西又不是一种好东西。如果你能将自己的焦虑转化为行动力去创造出一些事物，那这种焦虑那这就是一种动力的源泉；如果你不能将焦虑转化为一种外在的事物，或者通过外在发泄出来，就是一种在你身体内聚集的死能量，那么你就会出现一种不能很好与外界相处的感受，慢慢地这些感受就会淤积在你内心里，久而久之对身体不好。"

燕子还是未从刚才的情绪中抽离出来，但是她感觉白江河说的有道理。

而这时，白江河说道："我最近工作上总是受挫，搞得很不顺心，所以也在解剖自己。"

这时，白江河看到燕子的鼻血一直在流，未有停止。就直接从加油站去了医院。

没想到真是屋漏偏逢连夜雨，白江河不舒心就算了，与此同时，燕子也被查出得了癌症。

2

他看到化疗中的燕子，又感觉自己没有时间陪燕子，内心突然百感交集，流下了一种不知是什么滋味的泪水，男人有泪不轻弹，只因未到伤心处……

他自己一个人在海江边抽着烟，看着海江的水不停地流逝，他此时无力的心像滚滚的水一样向东流去。自己算是怎么回事？以前自己年轻时，支教时很快乐，而现在在别人眼中自己已经成功了，但是，别人能知道我内心的感受吗？我们只知道梅花的美，不知道梅花经历的风寒！这里面一定有哪里不对！他想起自己当初心地单纯，自己是一个好人，正直善良。他感到真是世事弄人。他想起了木青云、金乐元、夏一情，想起他们的眼睛，里面带着一股凶光看向他，这些让他感觉透不过气来。他内心的想法是与人为善，而自己却成了这样一番景象。他感到自己的内心是扭曲了，但是又好像还坚守着一些东西，总之，他很纠结。而这时，他又想起了燕子，想起了燕子知道这个病症后的惊恐的表情及对未来害怕的眼神，仿佛感觉到了她对未来的担心，对死亡的恐惧，对孩子家人及白江河的放不下。

想想他和燕子在这个城市里这么的努力，而现在却出现了这么大的变故。他知道这里面一定有问题。但是不管怎样他还是要面对：因为他知道太阳落山了，明天依旧能上来。

他看到万家灯火，在夜空中都闪着亮光。

他想到了：卖掉房！辞去工作，陪燕子去旅游世界，去实现她没能实现的梦！

他将房子卖了，这个江景房卖了 1500 万元。白江河想，要将这些钱全部提取出来，提取出来看看这些钱到底有多少。他将钱全部提出来了，一皮箱、一皮箱地往自己的老房子里运，将钱全部放在了一个大柜子里，慢慢地盛满了两大柜子。当他运完这些钱后，打开柜子一看，真是吓人啊，这一辈子真的没想自己能看到这么多钱。这些钱真是让人解气！看到这些钱，他内心好似舒坦了，感觉自己辛苦的这一辈子也值了，真是值了！

他准备好这些后，去医院拉着燕子来到了这里，说给燕子一个惊喜。

燕子和江河来到了租住的小家，这时正值下午，阳光从窗外照射进来，整个房屋的阳光像金子一样，那么的温暖又那么的宝贵。

燕子看到这个小家，想起了过往的一幕幕，感叹如果她不生病的话，他们的日子会一直红火下去，一直好下去，于是她禁不住流下了泪水。

白江河说道：“我带你去浪漫的美好的世界去转转。我们一直为了钱而忙活。不是为了房子就为了职位，现在你得病了，我也在这个城市呆累了。让你看样东西。”这时，他将柜子拉了开来，一柜子的钱呈现在了燕子的面前。

燕子看到这些钱，首先想问的是哪里来的这么多的钱。

白江河说，自己将江景房卖了。

燕子看着白江河马上责备起来：“这么大的事情也不跟我商量！”

白江河说：“不商量了，我们已经进入了自己设的牢笼里了。”接着，他又拿出了辞职通知书。

燕子道：“你疯了吗？孩子还需要你养！你这样想干什么？”

这时，白江河一气之下，将柜子扳倒了！一柜子的钱，哗啦啦地全部倒在了地面上。真是让人触目惊心，1500 万啊，1500 万说起来感觉数字不是很大，当你亲眼看到这么多钱时，那真是不可想象。

燕子看到这些钱，自己也蒙了！

白江河说道：“孩子我已经想好了，在老家让她上最好的学校，再买套房子给她，由父母照顾着，而我们用 1200 万来给你治病和实现你不能实现的梦想。”

白江河又道：“以前我们都在努力地向前跑，虽然跑着、跑着得到了这么多的物质，却少了欢乐。我现在好似找不到活着的意义了。感觉自己内心很崩溃。现在你又是这样的情况，我想与其让自己被这些东西折磨死，不如自己解放自己。我们刚开始，都想买房，然后才能过上幸福的生活，可是幸福的生活来了后自己却出现了这么多的问题！真是颠倒了！我们一直以来为钱而忙活，即使有了那么多的钱，我们还是不满足，还是想要更多。我现在真的感觉世界封顶了。我看不到大千世界的美好。你死了，我也不活了。这个世界除了父母和孩子再没有什么可以留恋的了。怪不得人们要靠一代一代的人来维系，来生长。因为精神都寄托在家庭上呢。人真是丑陋的东西。”

白江河点了支烟，看着燕子道：“你别再责备我了。我听你的这些抱怨的糟糕话已经大半辈子了。你也该消停消停了。当初我在乡村支教时，我是快乐的。而我为了你才来到这个地方，你如果走了的话，我也要走了。我已经准备好了遗嘱，剩下的所有资产都是给我们的孩子的。”

燕子责备白江河，净说胡话，孩子还得他照顾，她去了后，他还是找个好的姑娘，来照看孩子吧。

白江河说："你这是异想天开，没有血缘关系的孩子，没人会真心疼的。孩子有孩子的命。"然后，又问道，"你不是说当我们发财了，要去海江渔村吃那个大虾吗？一只大虾做出来得五千多块钱的。"

燕子说："太贵了！不去吃！"

白江河拉着燕子的手，从地下捡了两沓子钱，装进口袋里就往外走。

燕子问："这是干什么？"

白江河道："干什么？挣了一辈子的钱，还不舍得花，这不是金钱的奴隶吗？现在你都得病了，不花留着干啥用！去海江渔村吃大虾去！"

他们开车来到了海江渔村，看到池子里的大虾，点名要了两只最大的。

按照斤两，这两只大虾金额为1.5万元，再加上人工费加工费约1.8万元。

然后，白江河点了一个最好的包间。从那里就能看到整个海洲的夜景。

白江河看着这个夜景说道："花这钱真解气！我感觉我又活过来了！"

这时大虾上来了。给燕子一个，他一个。两人用钳子镊子，一点点地拨开了。"咱们就这样吃，不够再点。"

"把钱花光了，怎么办？"

"花光了，过程也舒坦！要不这些钱还能带到棺材里去吗？该花就花！管他什么东南西北风的。反正这些钱是我们辛苦赚来的，自己整天的像个孙子一样的，过着守财奴的生活，把自己越活越紧巴了！你现在得病了，也顾不了那么多了，我们不仅要花，而且要全部花光！这些钱本来就是我们赚的！花了总比把我们给拖累死好。该花就花！"

这时白江河又道服务员："来两瓶一万一瓶的好酒。"

燕子道："你要那么贵的酒干啥？我不喝！"

"喝，喝不完就倒了它！我花着这些钱就解气！就是这些东西，把我们给摆活得淌屎。真是，奇了怪了。所有的人都是为了这个东西而忙活，不管是名誉还是职位，有了这个钱，一切问题就都解决了。但是，在你的生命面前这些东西又算什么东西？算什么玩意！当初我们上学时也没有这么多的钱啊。反而上学时更有生命的活力，而现在有了钱，反而变得不一样了。这是干什么呢？反而越长大越被这些东西给摆活得淌屎，我真是压不下这口气。真是邪门了。”

这时，白江河对燕子说：“你好好养病，钱不是万能的，你养不好病，这些东西在我们面前就没有任何意义！活好就好，别管那么多了，都是这些东西，搞得谁是我们的朋友，谁是我们的敌人，谁是清醒的，谁又是困惑的，都乱成一锅粥了！这真是见鬼了。”

燕子刚又要说，白江河接着道：“你好好听我的，我的眼光一直是不错的，至少我们留了300万给孩子。我给孩子都买上教育基金。其余的，我们自己来花，不花赚了这么多的钱也是没有任何意义的。你心中的遗憾是什么？”

燕子说：“我想去大千世界转转。这是我一直以来的梦想。”

白江河道：“梦想都给你实现了，这是我们的凭能力赚来的钱，让这些钱来实现你的梦想。这样，在离开这个世界时，也不会有什么遗憾！我也没有什么愧对你的。按照现在的生活方式继续下去，我也会死掉的。只是早晚的事情。你走了，我就走了。”这时，他拿出了遗嘱放在了桌面上。

燕子意识到白江河这次真的是认真的。她知道只要是他认准的事情，就是八匹马都拉不回来。

这时白江河让服务员过来买单，将钱一张一张地点给服务员，服务员说3.8万元。白江河给了4万，并说不用找了。这就是活一口心气。以前我们是守财奴，现在该为自己的守财奴生活松绑了。

燕子道：“你花这么多就这么多了，为什么还要多给两千元呢！”

白江河道：“这是为我们之前的抠门、小气而付出的心气！该花就花，我将1200万存到银行里，一年的利息都有几十万，这些钱算个啥？”

燕子一听将钱放到银行里，一年有那么多钱，心又乐开了花。

白江河道：“反正这些钱，本来都不是我们的，只是到了我们手上让我们保管，既然到了我们手上，我们就好好地利用它来实现梦想，别让这些钱把我们给摆活了。摆活得淌屎！”

就在这时，燕子好像也开了眼界，道：“花，花，花，孩子自有孩子的福气。再给父母留点，我们都花了它。辛辛苦苦地为了它转，到头来，还是被它套得紧紧的。将这些冰冷的东西花掉，让它形成水流掉！”

白江河道："反正我越来越讨厌人的本性了，都是这些金钱搞得人的本性在压抑着。我们既然赚了这些，就好好利用起来。好好地快乐起来，没有什么东西比我们的爱还珍贵！没有什么比我们努力的过程更令人感受到惬意！既然找不到这些东西了，我们为什么不去远方？这些钱都是我们赚来的，都是我们委屈自己而得来的。这是我们的资本，人不管是什么样的姿态及表现，最终都会被这个东西摆活得淌屎。"

燕子道："我一直相信你，你说怎么做，我们就怎么做！"

白江河道："从明天起，喂马劈柴杖走天涯。红尘做伴，活得潇潇洒洒。策马奔腾共享人世繁华。"

燕子说道："在医院里会看到那些生病的人，我不喜欢那种氛围，不想待在那里面，待在里面感觉真是不好受，每天不是这个走了，就是那个病情恶化了。想想还是中医治疗吧。"

这时，白江河真是吐了口气。远离这个让内心苦楚的地方。远离这个困住自己的地方。去远方的城市去舒适下。想想还真是有意思。这里一群人就是这样的有意思。表面说的是人话，其实，都是说一套做一套。就是不说一套做一套也是自己内心的意欲在驱使。真是丑陋无比。是自己内心出问题了，还是世界上的人都是这样的？不管了！这些事情，自己也想不明白，因为此时，他活在自己的主观世界中。

吃完大虾，白江河拉着燕子又回到了当初两人租住的小家。白江河看到散落一地的钱。

他们将钱从柜子里和散落的地上一点一点地叠起来。看这一堆的钱！燕子和白江河都认真地看着这些钱。这么多的钱，真是可以了，以前只知道钱多少多少，而不知道口头说的那么多的钱，真的一百一百的一沓一沓的摆好在眼前时，是那么让人提神。好似内心立马就舒服了起来。

看着这些钱，好似有了内心的坚定；看着这些钱，好似有了内心的满足；看着这些钱，好似有了人生的价值；看着这些钱，好似感觉自己找到了存在的意义和人生的希望。他一想到这些，就内心不停地欣喜起来。真是有意思。但是他也想到了：自己被别人排挤，自己被别人打压，自己又站起来，去打击压制别人，这样的一幕幕让他内心矛盾和困惑极了释放自己的矛盾及困惑了。

就这样他们两个看这一堆钱看了两个多小时。这么一堆钱真是既让人兴奋，又给人提神。看到这些钱，他们感觉自己的内心充盈起来，看到这堆钱，他们感觉自己人生已经到达了高潮。

白江河道："这么多的钱，已经超过了我的认知了。我知道钱有很多，但是我确定是现在才亲眼见到这么多钱。当我从银行一皮箱一皮箱地分次地往这家里取，往家里运的时候，你知道我内心的起伏吗？"

燕子此时也忘记了忧愁，忘记了自身的病情，只是认真地看着这些钱，道："真是好多啊，我看着这些钱，感觉真好。我看着这些钱，内心很激动，但是我不知道你内心的起伏是怎么样的！"

白江河道："一皮箱子钱，我搬都得费好大的劲，就用皮杆箱拉着它。拉到车上。当时我还真怕别人起歹心，路上将我给劫了。一路上既兴奋，又忐忑。"

此时，白江河又说道："真是过瘾！"他笑了起来，眼睛里起来了亮光，真是过瘾，过瘾，真过瘾！白江河本来觉得自己不能很好地处理这件事，没想到最后自己能处理到这个境界。白江河本以为自己是一个很真实的人，很正义的君子，但是在这些钱的面前，还是眼睛亮起了光。自己也感觉变好起来。

这时，白江河将钱一沓一沓地平着摆起来。

燕子问："你这是干什么？"

白江河道："我要将这些钱，摆起来，摆成能将凉席铺上。今晚我们就在这堆钱上睡。整日为这个东西忙，现在真拿到了这么多钱时，我是真的想感受一下这个感觉。平时那么劳累，那么辛苦，那么尔虞我诈，最后不都是为了这个吗？既然有了这些，我就要好好感受下！"

燕子道："整日辛苦，整日忙，忙来忙去都是为了这个，现在有了就感受下吧。"

他们躺在凉席上说着一些过往。想着这些年发生的事情，内心的情感越来越得到释放，好似感觉活过来了。

自己当初很快乐，而现在却没那么快乐了。是什么原因导致的？

“现在这些财富在我们的疾病面前有什么用呢？”白江河道。“当初我们为了幸福来这个大都市淘金，来追求自己的梦想。而路途走了一半，却发现梦想不知道哪里去了！幸福也没来到！而且过程中总是伴随着痛苦与忧郁！现在对我来说，你的健康就是一切。”

“当初你在山村支教时，总是那样快乐，虽然那里偏远，条件也艰苦，但是总是能看到你满脸的笑容。好似整个茶山都有你的充满个性的快乐的阳光，那时你总是说想在那里待下去，培养一批又一批的孩子。你感觉那样很快乐。而现在你来海洲这么多年，却感觉并不快乐。”燕子说着顿了一下，又道，“现在想想自己得了这个病，我的时间是越来越少了，我陪你再去那个茶山看看吧，如果我走了，你继续在那个地方支教吧。那些孩子需要知识，需要人引导。”

白江河笑了笑道：“现在回过头来看，自己好似什么也没得到的。唯一得到的，就是陪你来海洲走了这一程而体会到的感受与心灵的痛楚。在茶山支教，那里有大自然，虽然那里也是穷山恶水出刁民，但是大部分人都是善良的。我挺想去那里看看。我挺想去那里居住一段时间，在那地方将内心性格中的快乐因子找回来。”

燕子道：“嗯，我也想去看看。”

白江河给家强打了个电话，说要过几天过去茶山。家强高兴坏了。家强很感激白江河，要是没有白江河，他也娶不到自己心爱的姑娘——玲子。他和玲子忙忙活活将家里的一间屋子给收拾了，以迎接着白江河的到来。

3

白江河和燕子来到了茶山，看到满山的茶树在风的吹拂下像江面的波浪在翻腾，在阳光的照耀下显得生机勃勃、欣欣向荣。他们心中好像开出了一朵美丽的茶花，在内心山谷的田野中芬芳着。

白江河道：“这里能找到心里的宁静，但是这里的人却缺少知识，也渴望外出，走出大山，去外面的世界，看看世界的繁华。我在这里能找到内心的宁静与快乐。这种宁静与快乐像一股清泉一样滋养着身体的每一个细胞，使感觉到生命的美好。在这里我既能看到茶山的美丽也能看到自己清澈的内心。”

燕子听了白江河的话，道：“现在经历过大场面了，再回来看这里感觉如何？”

白江河道：“山还是那山，水还是那水。但是过往经历给了我太多想法，如果这些想法被时间拉长，再回过头来看，那么还是像当初一样，这山还是那山，这水还是那水。这里的人是需要帮助的，因为贫瘠的土地一定是盛产生命的摇篮。大城市有大城市的好处，但是大城市也有钢筋混凝土般易折的脆弱！”白江河看着这茶山，感叹了一下，“这里有很多需要帮助的人！”

燕子看到白江河叹了口气，就道：“如果我病好了，我一定会让自己帮助更多需要帮助的人。”

白江河道：“嗯，帮助人的方式有很多种，当初来支教就是想到教育要从娃娃抓起，要给他们内心埋下一颗希望成长的种子，让他们知道将来他们只要努力就能像这茶树一样碧绿参天。”

燕子说：“是啊，不一定非要再来支教，可以想想其他办法来帮助人！”

这时，他们两个看着茶山，或许是因为对内心的思索，或许是因为对生命的探索，也许是在面临燕子生命快要结束时的一种感悟。他们看着大自然的风景，内心仿佛平静了起来。

这时，白江河对燕子又说道：“是不是这样出来流浪，心中的不适感都烟消云散了？”

燕子说道：“是啊，近来自己心情挺愉悦的，也没有感觉到身体的病症，感觉自己好像又回到了年轻的状态，感觉是那么的快活和美好。”

白江河道：“我心情也挺好的，同时我也感悟了许多，年轻时《老人与海》的精神曾深深地吸引着我，经历了一些事后才发现我们的人生又何尝没有那种精神呢？记得老人使出全身的劲战胜了大鱼，没有被大鱼咬死，他是胜利了；但，他将大鱼用船往回运时，大鱼被鲨鱼啃光了，最后只剩下一副鱼骨头，竹篮打水一场空，他也失败了。但他在失败中依旧保持着风度，有时甚至还有点闲适优雅，从容幽默，直到最后筋疲力尽，一无所得地回到海边茅棚，脸朝下睡着了，还梦见了狮子，于是，他又成为了胜利者。可再想开去，他身上的每一部分都显得老迈，海既永恒又辽阔，他能在海的怀抱里再搏斗几次呢？”

燕子笑了笑。

白江河和燕子看着满山的茶树在微风下，是那么的有生机，像雨后的海江一样，那样的澎湃。

白江河看着茶树突然想起了木青云，想起了他们一起来茶山时寻找茶源的景象……

白江河看着古茶树在山中愈发地有生机，而枝头的嫩芽像一个个喜人的生命在枝头伸展，此时有两只蝴蝶在枝头翩翩起舞，他想：“这是木青云和夏一情吗？”想到这里，他微微一笑，感觉自己真是无厘头地在瞎想……

燕子道：“笑啥呢？”

白江河笑了笑道：“没笑什么。说了你也不懂。”

燕子道：“你不说，你怎么知道我不懂呢？”

白江河道：“我写吧，写了你看看能懂不？”

燕子道：“好。”

过了一会，白江河写下了自己的遐想，让燕子看：

不知不觉绿叶又爬上了树枝头
落叶纷飞后
春风化雨时
枝头又载满了绿色
落叶和发芽像一对鸳鸯
在时间魔法师的魔化下
让树的灵魂在
一年一年的流转中成长
不知不觉成了树的年轮
灵魂可以在年轮中倔强

任尔东南西北风
依旧如影随形的落叶、发芽
树的信仰就是年轮的增长
因为展现了灵魂的歌唱
人像树吗?
人最终是化为灰烬
还是化为蝴蝶?
化为蝴蝶,
是否能
翩翩起舞弄清影
芬芳丛中觅知音?
真的不知道
……

第二十二章

1

青运山与老纪退休后，他们两个有很大的差别。因为老纪一直在琢磨写小说，当老纪以一个小说者的身份来写小说时，突然发现实际生活的素材，在他头脑中被加工与整合了，形成了一个观念性的东西，这使他认识到了自己观念的可贵，一个人只有有了卓越的精神自由，才会对观念性的东西尊重和敬重。而原来老纪一心想为权利、地位、财富努力，到头来，老纪发现，在退休后，过着闲暇的生活时，自己有了一种独特的能力来面对闲暇，这种能力是他用一辈子的汗水、苦水、泪水和血水换来的，这让老纪豁然开朗。而青运山虽然以前获得了权利、地位而退休后的生活基本就是打打麻将。老纪的精神内在好像比他强多了。

老纪经常问他："你那样整天打麻将有意思吗？"

他的话总是："打麻将没意思？那什么有意思？"

老纪说："那种方式是不是很无聊？"

他说："不打麻将才无聊呢，也没人能够说说话，也没人能聊得来，打麻将能锻炼脑力，使自己不容易变得痴呆，再一个打麻将让人有精气神，看着对方的牌，想着对方口袋里的钱，感觉能打发时间同时也刺激，也挺有乐趣。"

此时，老纪笑了笑，想道：人花一辈子的时间换来的闲暇却不能很好地享用，不是不想好好享用，而是没有享用的乐趣，真够有意思的。此时，老纪脑中想到了外孙女问的一个问题。更加快乐地笑了起来。

青运山看到老纪笑，问道："你笑什么？"

老纪说："我外孙女老问西游记师徒四人去西天取经，路上除了打妖魔鬼怪，其余时间，他们几个人干什么？还问沙僧怎么老挑着个担！那个担子里装的是什么东西啊？”

老纪顿了一会道：“指定是麻将。他们像你一样遇到事情都勇往直前，义无反顾，而一旦停下来，没事可干时，就从那个担子里拿出麻将来打，那样才有乐趣。”

青运山一听这个乐了，哈哈大笑起来道：“一定是麻将，因为打起麻将来，那种对精神的刺激与娱乐是越来越强烈的，这种享受的感觉太令人舒服，太棒了。”

这一幕情景的出现，让老纪认识到了写作中的自己精神的高贵，更为可贵的是个人有兴致来享受这种闲暇。此时，老纪认为青运山工作就是让那些事务性的事情来消解自己的无聊，所以他才不断需要工作中的东西，现在退休了后，没有那么多的事务让他工作，他反而不知道如何来打发这用一辈子换来的闲暇了。

但是不可否认青运山在现实中是有自己的性格特点及敏变的头脑的，如同他问老纪的话一样。

青运山问道：“你说你要写好小说，干点事是为了什么？是为了自己在他人眼中的看法，为了让别人尊敬你？”

老纪说：“是的，工作时我没能干出点事情来，没有获得社会的认可，现在退休了，这口气一定要吐出来。”

青运山笑了笑道：“你这是鸿鹄之志，如果你能写出一篇好的小说来，那你这口气就是真的出来了，因为好的小说会流芳久远，但你得能够写出来；而你工作要得到别人的认可，非得有一番实干，且干出成绩来不可。但是前提是你得有机遇，得有人赏识你，你看我工作了这么多年，这些都赶上了，也干出了点成绩，这也算是走得挺远了吧，但是现在退休下来了，单位里还有几个人认识我，就是我之前所干的事，也可能会被很多人给推翻甚至会被否定。因为干出来的成绩除非彪炳史册，不然久而久之就成了什么也没有干了。过程就是一个心劲而已。但是如果你能够写出好的小说来，这个是不以机遇而论的，这是依靠你的思想及写作的风格，你好好写小说吧。我到时买一些给你宣传宣传，也算是我对你的支持了。”

老纪道："我要的不是那样的小说，我的小说写出来后，是为了别人能够发自内心感觉好才买来读的，而不是为了推销而推销的，那样是对我思想的一个践踏与侮辱。"

青运山道："众口难调，你以为你写的是好的小说，别人不一定也这么认为，也许你精心做的饭菜，在别人那里会难以下咽，一部好的作品，是很难评价的。正如工作成绩一样，工作成绩就是通过做出事来，别人来认可这个事情，但是人的观念又是不一样的。而如果你写出了好的作品，就像《恋曲1990》《童年》等歌曲那样，一经出来就能给人们带来很多的情感，使人产生很多的共鸣，这样就成了不朽的作品了。如果你的小说像这些歌曲一样，那你也就有成就了，也就被人所知晓了。"

青运山说到这儿，突然顿了一下，又说道："好的作品是要经过好长时间的打磨的，因为优秀的东西都是慢慢成熟起来的。就像十年树木，百年树人一样。但是，你要有个心理准备，不同的人喜欢不同的作品是正常的，就像一个快乐的人，不想听到悲伤歌曲，而一个悲伤忧郁的人却急需要快乐一样。所以，作品保持自己的初心就好，要保持你骨子里的高贵。当然，每个人自己写的东西，自己都会喜欢。因为，一个人与自己写的东西完全是一回事，这个人的所思所想都能够通过作品淋漓尽致地表达出来。"

2

老纪在写小说写不出来的时候，总是很难受，特别是当老纪看到过去写的东西，自己又不是很认可时，自己就会很沮丧。

而一段时间老纪除了关注小说外，其余别人说什么谈什么，他都提不起兴趣，也懒得去听、去想，总是一副走神的样子。

青运山这天和老纪一起到白云山的听云轩喝茶。看着夜晚中海洲的夜景。青运山说着一些当年的话题，而看到老纪明显地在走神，也感觉老纪对聊天无兴致。他很不开心，感觉老纪忽视了他，以往别人都在推崇他，而现在找老纪聊个天老纪也爱搭不理的了。他说道："哎，退下来了，什么都不是了。说个话连你也不爱听了。看来，还是在位比较好啊。还是你好啊，有个写小说的兴趣，而我是除了麻将和干点事外什么爱好都没有……”

一说到小说，老纪内心就活跃起来了。

老纪说道：“写小说是我完成遗憾的最后一根救命稻草，我不像你那样成功。别人也没有尊敬过我。你在位时，别人都毕恭毕敬地尊敬你，可谁尊敬过我？我就要写部好的小说，来证明价值，让别人看到我也尊敬我。”

青运山一听到他过往的风采，立刻也精神了起来：“过去他们并不是尊敬我，而是尊敬我手里的权力，我虽然知道他们尊敬我手里的权力，但客观是我还是很享受他们在我面前表现出来的尊敬，不管他们是不是出自真心的，但客观表现出来的都是对我的敬重，这就是我为什么越来越有动力的原因。”

老纪道：“你当年是风光的，也是受到了人的尊重的。而我，谁把我当棵葱？”

青运山道：“再次感觉你写小说不是为了写小说，而是为了从社会上得到别人的敬意，是不是？”

老纪道：“是吧，应该是有这方面的原因。”

青运山看着白云山下的夜色，沉默了好一会儿，道：“其实，你太看中身边的人对你的看法了，你越在意他们，就越会看中他们对你的看法。我当初也有这种情绪，其实，人都是活在自己的内心中，别人对我的尊敬总是出于各种原因，也许了解了别人喜爱我们的原因，并不会让我们感觉更加尊贵，有时知道了，可能还是相反的感觉。因为，人骨子里的本质是不愿意别人强过自己，而是喜欢求全责备，说别人的不是，如果愿意承认别人强过自己就等于贬低了自己。如果愿意承认别人强过自己，一定是有别的动机及考虑。”

老纪想了想，看着这满城的夜色，说道：“你说得很有道理。你活得是成功的，我是一口气一辈子没吐出来！”

他道：“我之所以成功是因为我知道对于我身边的人，我改变不了他们，我就是最大限度地利用他们的个性特点来做事，每个人的个性是独特的，也是不可以改变的，但是共同的特点就是个性中都有不足的劣性，如果想让别人将自己的劣性忘掉，就等于扔掉千辛万苦挣来的钱一样难。当你明白了这个道理后，就明白了管理的一个学问。”

老纪说：“一切还没盖棺定论。我还能再活几年，在盖棺定论之前还是可以有扳回一城的机会的。因为，就像你刚才所说的，人的看法对自己真是太重要了，不管这个看法是对的还是错的。总之太重要了。”

青运山道：“此时你很平静，看来你是有些决心的。”

老纪说：“是的，写小说我是认真的。但是，我好像越来越痛苦，老虎吃天，越来越无从下口了！”

这时青运山听了老纪的话后，又显示出领导的派头了，这种派头在他的一举一动中表现得淋漓尽致。他道：“要写好小说就要有他山之石的学习态度与素养，要让这种态度常态化、正常化、生活化。

老纪说：“这个年纪学习很吃力，脑子也转不大动了，眼睛也有些花了，一口气上一楼，还呼哧呼哧的，精力不大允许了。”

青运山说：“学习本来就是让人很抵触的。因为学习是一个接受新鲜事物的过程，要很好地理解、把握那些新东西，且将那些东西转化为自己的东西是不太容易的，如果能做得如鱼得水，那就说明这个人有很强的学习能力。”

老纪道：“说起来容易做起来难。过程让人抵触，如同人人都想过好每一天，但人人每天不是被别人难为，就是被事情难为，当别人和事情不难为自己了，自己又难为起自己来了。”

青运山听了老纪的说法，点了点头后道：“是这么个道理。因为任何事情的发展最美好的过程及结果就是一个圆的轨迹，最美好的图形就是圆圈；若做诸多事情，那么诸多事情会叠加，叠加在一起，就由许多圆圈组成；所有的圆圈都有一个点的中心，最终圆圈勾勒叠加出一个个实心的球体。

青运山说的这话，老纪听得云里雾里的，感觉好像他说了些圈，说了些球？于是老纪笑道：“你刚才说的是不是除了圈就是球？你想说什么？”

青运山也笑道：“你可以看一下大自然，你就会有所启发。你看地球、月球、水星、木星、火星、土星、金星等一切的星球，最后是不是都一个球的形状呢？这个不仅是大自然的鬼斧神工，也是宇宙给人的启示。”

老纪笑道：“好像是有点道理哦。”

青运山接着讲道：“你有没有感到圆形及球的形状，彰显了或暗示了自然或宇宙的一个道理？”

老纪听着青运山的话，不知道他想说什么，但是又感觉他讲得有道理，就道：“什么道理呢？”

青运山道：“这个道理就是任何事物的发展，最终都会是一个‘曲则全’的轨迹。”

老纪听到这个“曲则全”，感觉没听懂，但是青运山前面讲的老纪感觉好像是一个圈或者一个圆吧。于是老纪就道：“什么是曲则全？”青运山道：“曲则全就是‘曲成万物而不遗’。直，只是曲的一个小段，只有圆才是完满的。直线的，强硬的，干涉的，都是不合乎自然的；唯有曲线的，软弱的，不干涉的，才能成长壮大。”

老纪听了道：“不明白！”

青运山解释道：“你写小说也好，做事情也好，都要有一个曲则全的过程就好了。一点、一点地去做，慢慢就会出现自己圆满的结果了。”

老纪想了下，说道：“说的有道理。但是我感觉自己内心有时很痛苦，而自己不能很好地处理这种痛苦，比如写不出小说来，或者日常中做事情受到了阻碍或者受到了别人的不尊敬或侮辱，就感觉挺痛苦的。有时这种痛苦，自己内心不能释怀，一旦不能释怀是饭也吃不好，觉也睡不香。”

青运山道：“这是一个正常的心理路程。因为这符合一个规律。”

老纪问道：“什么规律？”

青运山道：“其实你所有的痛苦都是来帮助你提高的，因为痛苦将一些东西留下来转化为一种肯定，而肯定积累多了又会转化为一种前进的否定。当前进的否定多了就又会转化成为一种前进的肯定。这是事物一体的两面。肯定与否定不断在较量着，慢慢就出来了你要的东西。当然你要写出小说来，肯定是要战胜否定的。因为你否定的目的是肯定。慢慢地进行较量，你自己就提高了。当获得提高的时候，你就能够发现自己的真实自在的东西。这个过程一定是痛苦与抛弃，忧愁与快乐的一个较量，在前进中经历着曲折，在曲折中向前进着，而最终前进和曲折就达成了高度的统一。过程中一直有两种力量在人的内心中争斗。”

老纪道：“你说的有道理，归根到底还是离不开‘曲则全’，虽然我不知道你讲的那种意境，但是大体上都知道，前进中有曲折，在曲折中向前进，总体是前进的，是吧？那样才有自然的生命力，对吧？”

青运山道：“是的，就是这个道理。你写小说要看看自然界，也要看看事物。自然界如此，事物亦然，人亦亦然。事物中包含了好多的东西，其中最可贵的就是天地之灵——人。”

老纪听着他的话，不知道他要说什么，就继续认真听他讲着。

“人有喜、怒、哀、乐、爱、恶、欲的‘七情’，也有色、形貌、威仪、言语音声、细滑、人相的‘六欲’，即七情六欲。这七情六欲，像花、像雾，但又不像花、不像雾。‘花非花，雾非雾’‘雾里看花，花似雾，花中看雾，雾中花’，这七情六欲，像阳光、像空气，像白天黑夜那样交替出现，且无时无刻地伴随着人，你说这七情六欲来自哪里呢？”

青运山好似在问老纪，也好似在自言自语。老纪道：“你说来自哪里？我是在听你在讲啊，老大哥。”

青运山笑了笑道：“这是你要考虑的，你把握好了这个东西，你的小说就能写好了。但是你要把握好一点，不管什么样的人他看事情都源自人的动物性，动物是纯功利的，是唯利益是图的，逐利是它们的本能。所以，人的本能有动物性，但也不是完全那样的。人受社会文明的左右。社会的文明又不是源于人的动物性，而是一股宏大的有规则的集体意识。所以，人的动物本性和社会属性结合起来就能写出一个有血有肉的色彩的人来。你好好体会。”

老纪说：“你认识这么深刻为什么不写一下呢？”

青运山道：“万物各有归宿，我的归宿不在这里，也不喜欢这些东西，只是谈一下自己的认知。”

3

一天周末，老纪因写小说受到了阻滞显得很郁闷。

外孙女那时正在看《西游记》，看到老纪那么郁闷就道：“姥爷，我感觉你挺厉害的，别郁闷了。”

老纪笑了笑道：“为啥这样说？”

外孙女说：“你挺聪明的，我觉得你挺厉害啊。你这么大年龄了，还在学习。”

老纪道：“哎，姥爷一辈子没成功！活了一辈子活成了一个干瘪老头，得有点追求！”

她问道：“您为什么说您不成功呢？我感觉您挺厉害啊。”

老纪看着她道：“我呢，现在才自己悟明白，就像你看的《西游记》一样，其实里面早就给了答案。”

“什么答案？”

“西游记里面的师徒四人其实都是一个人，孙悟空想去哪里一个跟头就能去哪里，那是自己的心；八戒好吃懒做，又花心，是人的欲望；沙和尚埋头苦干，不苟言笑，是人的理性；而唐僧认定取经不放松，不管艰难险阻，一直坚守取经，那就是人的信念；而白龙马一直被人骑着，忍辱负重，一步一个脚印，那就是实践。你说姥爷聪明是姥爷的头脑一下子就能看到一些事情的真相，但是姥爷呢，没有去践行，没有带着信念和理性，最终只是被欲望折磨得体无完肤。这就是为什么姥爷自己没有做成事的原因。这个做成事也不是要达到什么目标，而是自己的想法能够被实现。正如每一个念头的响起都是一次生命，如果这个念头能够得到实现，就是生命有了成长，反之得不到实现就成了一个死胎，内化为了自己内心的死能量。而姥爷现在明白了这个道理，就要将小说写出来让自己的死能量转化为生能量，这样姥爷这个生命体才能发光发亮。”

她听了后笑了，道：“你说的好深奥哦，不过我还是感觉姥爷挺厉害的。”然后她就又看起了书来。

呵呵，也许外孙女长大了才能够明白这里面讲的是什么？毕竟是名著嘛。现在她可能只是看看这里面一会师傅又不知不觉地被抓了去了，一会孙悟空又72变了，一会八戒又要散伙回高老庄了，一会沙和尚又要问：师傅，大师兄去哪里了？二师兄去哪里了？大师兄快回来了？二师兄快回来了？

这时，青运山打电话来约老纪去白云山的“听云轩”喝茶。在那儿喝茶，能看到海洲的整个景象内心也会变得开阔。

见到青运山，他没有直接谈老纪写的小说，而是说先散散步，他就是喜欢在白云山顶会当凌绝顶一览众山小的感觉。

跟老纪在白云山顶散步过程中，青运山看老纪挺郁闷的，感到老纪郁闷的情绪像这满山的浓雾一样将整个白云山给裹起来了。于是，他对老纪说道：“我看了你写的书，其中还是有一些思想的，但总体来说我是凭着咱们的感情去阅读的。但是，对一个不了解你的人来说，无缘无故去读你的书，他们脑子是进水了还是养鱼了？因为你没有名声，没人知道你，在这个浮躁的时期，每个人都忙得像狗一样，他们怎么会耐得下心思去看你的小说呢？再一个，就是对于不读书的人来说，你就是将一个美好的世界放在他们面前，充其量就是一个脑袋和一个本书搁在一起。如果你执意要说自己的作品好，那么他们会感觉你玷污了他们的耳朵，他们不会相信一个像他们那样的普通人能写出小说来，因为他们认可了你，就感觉贬低了自己。有种气不顺的感觉。所以，正如你所说的，走自己的路，让别人说去吧。”

老纪道：“谢谢你认真看我给你的部分小说，我期望我小说是好的，但你这样说，我感觉没有符合预期，我的期望好像被土给埋在了地下。内心堵得有些慌，也不开心。”

青运山道：“你的期望就是自己能获得别人的认可，但是要获得别人的认可后，才认为自己有价值，那是很悲哀的。因为，一个人到底是什么，又在为什么而做事，是由其自己本身的特性牵引的理由的。如果为了别人认可，在别人的眼中活着，那就是很悲哀的事情。”然后，他捡起一片树叶，随手扔了出去。他虽用了很大的力，但是树叶又被风吹了回来，好似这个树叶压根就没有被扔出去一样。

他又说道："如果我扔的不是一片树叶，而是一块石块，那么就不是这个距离了。同样你用多大的力，要扔多远，首先要找到对的东西。既然你想写好的小说，那么你的取材要好，就是要找到大家共同认可的东西，你可以将这些东西作为素材进行加工，那样写出来的东西才会有人买账。这个才是你要考虑的。"

老纪听了他的话后，感到他说的有道理。于是道："怪不得你能当领导，说话都头头是道的，关键是不仅能说出话来而且说的话还有指导意义。不是酒囊饭袋，肚子里是一肚子草，而且是干草。"

4

一天，老纪在院子里散步，电话铃响了。是官红打来的。这次电话的内容让老纪内心很震惊。青运山被抓了。老纪扣完电话，知道青运山被检查机关带走了后，就陷入了不安之中。

记得以前他在高位时，老纪和他交流过。

老纪对他说："我们这个年代的人，经历的多，要好好走好自己的每一步。别看那些人，今年闹得欢，小心秋后拉清单。"

青运山听到这话时，顿了一下笑了笑道："纪兄，我是被时代检验过的人，又深知这里面的一二三，不会那么傻！"

而这时，他被抓后，老纪的内心极度不舒适。

老纪回到家，心情很低落，老伴问老纪："有什么事？"

老纪没有作答，而是呆呆地坐在沙发上。老伴见状道："又在构思小说吗？"

老纪还是没有作答，她见状又道："哎，老纪，你一大把年纪了，别整天搞些不着边的事。人生各有各的欢乐，别老想不开。咱们都是平常人，平常人怀平常心做平常事就行。别整天把自己整的像要拯救地球一样，地球少了谁都会转。"

这时，老纪憋不住了，实在忍不住她的唠叨，就道："青运山被抓了！"

老伴一惊后道：“多行不义必自毙，抓了就抓了吧，自己做了什么事，他自己清楚，你不用咸吃萝卜淡操心。人在做天在看。”

老纪听了她的话，有些不爱听，就道：“我去看看母亲。”

老伴知道老纪心情不好就道：“去吧。”

5

母亲家里还是那样干干净净，当日中午的阳光照着明亮的窗户，屋子显得格外明亮。

跟她聊了一会儿，说到青运山被抓了，而被抓的原因，官红至今还不知，老纪也不知道什么原因，这个家伙把秘密隐藏得这么深！老纪既可怜他，又憎恨他！

母亲听了老纪说的话后，一直沉默着，好像有话要对老纪说，却欲言又止……

这时氛围有些凝固。

然后，老纪看到今天的窗外阳光较好，就说：“带您出去转转吧！整天待在这个小屋子里，待的时间久了对身体不好，再一个平时您转基本就是在小区里，很少带您出去。”

她摇了摇手道：“身体不行了，一天不如一天了，算了算了。”

老纪说：“以前就这样说，多少年了，就在这个小地方窝着，海洲这些年发展变化挺大的，带您转转吧。我开车出去，就是转转，看看城市的变化，也让我这个儿子表表孝心。”

老太太笑了。

老纪拉着母亲在整个城市中转，看着城市的江景，她突然对老纪说道：“纪儿，你拉我到烈士陵园吧。”

老纪说：“去那儿，干啥去呢？”

她说：“想去看看，好多年没去那儿了，我想去看看。”

到了烈士陵园，周边车水马龙一片繁华，老太太非要让老纪去烈士陵园的一角。那儿有一颗大青松，在春天的阳光中正参天吐绿。老人家伫在那儿，久久没有离开。

老纪说："咱再去看看其他地方吧，拉着您再转转去？"

老人家说哪里也不去，就在这儿坐坐就回去。

老纪说："这儿有什么好看的？"而这时，母亲却掏出了手帕，擦了一下眼角，好似流出了泪水。

她说："纪儿，我有个事情要对你说一下。"

老纪看着老人家的泪水，心里充满了疑惑。

"纪儿啊，60 多年前，这里还是一片荒地。而那时，我和你父亲来到这儿时，听到一个小孩在这儿哇哇大哭，我们就在这儿左等右等，等了几天就是不见人来接这个小孩，于是后来就将这个小孩养了起来。"老纪听到这个消息，心头一震，仿佛有道闪电劈过整个头颅。"而在养的过程中，我和你父亲曾想将这个真相告诉孩子，但是怕孩子内心不能很好地抒解这个事，就商量将这个秘密一直保存下来，直到死去也不能说。"老纪问："这个孩子是谁？"

"就是你！"

老纪内心突然感到很崩溃，好似跟眼前这个人很远……

"你父亲临去世时对我说，让我不要对你说这个事，怕你受不了这个打击，所以在你整个的成长过程中，我们都给予你足够的爱，但你今天对我说青运山被抓，你还不知秘密时，那种憎恨的情绪让我感觉到你很生气。所以，我觉得要告诉你这个事。因为，我知道你内心是痛苦的或郁闷的，不知道这是不是跟你的父母丢弃你有关？"

老纪低着头，感觉到内心既害怕又没有力量，又出现了梦中那一幕：一个婴儿在歇斯底里地大哭，哭得浑身在颤抖！

老纪点了根烟，抽了起来。抽着抽着，突然泪流满面了起来。老纪控制不住，同时又有一股巨大的恨意从心中涌动出来，而眼前的母亲顿时让老纪感觉是如此的陌生，这个秘密竟然藏了这么多年，有一种浓浓的恨意像狂风卷杂着乌云在狂风暴雨的大海上汹涌澎湃。老纪对母亲恨，也对母亲感到陌生。同时，老纪也恨将他抛弃的父母……

晚上回到家，老纪喝酒喝多了，又搞得家中不愉快。女儿又跟老纪大吵了一顿。老纪不知这种情绪及力量该如何抒发，总之，这种情绪将老纪搞得异常的分裂。

跟一家人吵完架后，老纪晕晕乎乎地去了自己的书房。

老纪在里面痛苦流泪，此时，没人知道他的心是怎样的。他们在外面，生着老纪的气。因为老纪说了很多恶毒的话。这些恶毒的话，说在人身上，没人能承受得住。老纪内心是分裂了，所以，老纪把持不住自己。但愿他们能好好的，老纪并不是针对他们，而是自己有问题。

老纪在小书房里，关着灯，将头靠在墙上，内心自我挣扎着："我是不是有罪？亲生父母为什么抛弃我？"

一想到这儿，老纪感到没有力量去面对这种事，感觉自己在逃避。老纪感到他生来就是被抛弃的，在单位这个框架中，老纪也是被抛弃的。老纪找不到自己的"家"。

"当初父母为什么抛弃我呢？"

老纪不敢去想。一想，老纪就感觉被这个世界给孤立了。

老纪分裂的思绪及复杂的情绪在黑夜中蔓延着，不知不觉就睡着了……

半夜醒来，老纪静下心来强迫自己去面对这个事实时，他情绪还是激动。老纪害怕，想逃避，然后又将逃跑的自己给拉了回来，强制自己面对事实。老纪很害怕，像周围有一些眼镜蛇在围绕着老纪，要咬老纪。老纪感到快窒息了，快要死了。那种惧怕让老纪的心脏快跳出来了。老纪害怕得想哭，像一个不知所措惊恐万状的孩子，老纪又逃跑了。

老纪不知道父母为什么抛弃他，总之，任何的理由，他都接受不了。

老纪恨，老纪愤怒，而同时，老纪又无力面对这群咬人的眼镜蛇。每当老纪想到这里，内心里总是充满着恨意，眼中又是泪眼婆娑。老纪知道，他一直没有找到自己的家，不管是在社会中还是在工作单位中，他没有找到自己的家。

"我为什么来到这个世界？整个世界都不欢迎我，自己亲生父母不欢迎我，将我抛弃！而社会不接受我，又将我抛弃，让我活得像条可怜的摇尾巴的狗，可怜的笨笨的猪一样，苟延残喘地活着。难道是我有罪？"

这个疑问出现在了老纪的头脑中……

突然老纪的养母，她的仪容相貌在老纪面前出现了。她道：“纪儿，别自责。这世间任何人都有罪。”

老纪道：“什么罪？”

她道：“人来到这个世界都是哭着来的，如果人是来享受的话，一定是笑着来到这个世界的。书上说：神用土造了亚当后，感觉亚当孤独，就在亚当沉睡时取了他的一根肋骨造了个女人——夏娃，有了夏娃后，亚当和夏娃在乐园里快乐地玩耍。乐园里有各种树，树上长满了果子，果子都可以吃，但是分别善恶树的果子不能吃，夏娃经不起蛇的引诱，吃了分别善恶树上的果子，并让亚当也吃了。结果神就发现了。亚当夏娃违反了神的诫命，被神赶出了乐园。从此以后，女人必多有生儿育女之苦；男人必汗流满面才得糊口，直到化为尘土。人与神的关系因罪而断绝，人再也无法吃到乐园里生命树的果子，得到永生了。”

老纪没有听进去，只是感觉自己被抛弃了，那种分裂的痛是不能够用任何语言来描述的。

对于她说的，老纪感到愤怒、可恨，特别是在现在被这种绝望感受围着时。

原本老纪退休后对外界的感受慢慢地丰满起来了，而此时却得知了这桩晴天霹雳……

此时，老纪身上的那种焦虑的情绪像一只老鼠跑出来跑到他的身上，照着他的脸及鼻子及生命的根部狠狠地咬。这个急慌慌的老鼠慌张又凶狠地急慌慌地啃食东西。

老纪大声喊了一声“啊”！

老纪的内心的惊恐让幻觉中的这个老鼠逃避了，此时，老纪感到快窒息了。这种窒息像是以往经历的所有的郁闷汇集而成的。

老纪的情绪在缓缓地流淌着，过了好久，一种日常的郁闷情绪来到了老纪身上，老纪认为那是一种病，但是，老纪不知道这种病是从哪里来的。老纪想不能再逃避这种郁闷了，自己的这种郁闷像自己身上的肿瘤，时不时地隐痛着，勒紧着他的内心及全身的神经。比如：当他对事情想象得很丰满时，而实际做事情却遇到各种阻力使老纪的意图不能很好地展现时，老纪内心就愤怒起来，但是愤怒时老纪又不表现出来，而慢慢地就感到自己很郁闷，这种情形有时会化为老纪的愤怒及变成对人的狠，不管这合不合逻辑。而有时老纪将愤怒化为自责，总是感觉自己这也不好那也不好，慢慢地这些情绪都化成了身体的郁闷。

这时，养母道："好点了吗？"

她仿佛又来到了老纪身边道："人类因为始祖犯罪，大家身上都有原罪的血液，罪的代价就是死亡。"

老纪突然明白了，养母为啥一直看那本书，因为书里面有她的精神寄托。而老纪呢？老纪的寄托是小说？

过了一会，老纪突然想到，养母现在怎么样了？

今天她对老纪说这个事情时，老纪很气愤，并向她表示了老纪的冷漠！

"怎么我会突然想到她的音容笑貌呢？"

想到这儿老纪内心种有种不祥的感觉，老纪想去看看母亲，而现在天还没亮……

老纪就这样在夜色中挥发着他的情绪……

老纪想了想，虽然之前被父母抛弃了，但是现在的养母还在。说到生母：老纪感觉被这个世界孤立着，这个世界是这个世界，而老纪只是老纪，老纪不是其中的过客，而是和这个世界平行着。

而说到养母，老纪感到的是爱，更准确地说是大爱。

没有血缘关系，却将老纪当作亲生儿子一样的把他养大，若不是为了老纪，她能说这个秘密吗？

6

第二天，老纪来到母亲家。

清晨的阳光将母亲围绕起来。她见老纪来了，没有说话。

老纪坐着，坐了好久。此时，老纪感觉跟她有很大的心理距离。

最终母亲说话了："不能否认你有别的父母的事实，尽管你没有见到你亲生父母。"

老纪道："嗯。"

"也许，你永远也见不到你父母，因为按照年龄推断他们可能都不在了。"

老纪听着这句话，内心在翻腾，但是，老纪能发火责怪养母吗？毕竟，她年龄也那么大了，也将老纪拉扯到这么大了……

"你要相信你父母是爱你的，正如神爱她的孩子们，虽然我们看不见神，但难道看不见就是没有吗？正如你没有看见你父母，但是你没看见就说你父母不存在吗？天下的父母对孩子都是有爱的，正如神爱他的孩子们一样。"

老纪道："我一想起这个事情，内心就逃避。我感到自己来到这个世界是不受欢迎的，自己来到这个世界没有得到父母的爱。虽然您很照顾我，但是我内心里还是不好好对自己，总是自我贬低、怀疑自己，不能很好地和自己相处。我不知道是不是因为没有跟亲生父母接触有关？"

"孩子啊，人没有必要对自己进行贬低、怀疑，人应该活在关系里，而不是一味地逃避。我现在在这个世界上是没有一个跟我有血缘关系的人了，不也活得好好的吗？我的兄弟姐妹的生命都献给历史革命了，就是他们的抛头颅洒热血才有了我现在美好的今天，生也好，死也好，都要活在美好的世界关系中。"

老纪沉默了。后来，老纪想了很久，是的，人应该活在关系中……

约莫过了两个月，母亲走了。

老纪透过时空仿佛看到了她，她对老纪说："孩子啊，你好好的，别再不好好地对待自己了。"

老纪道："好多了。"

她又说道："我的一生的经历了很多事情，但是都像用手抓风，感觉伸手抓了很多东西，但是最终除了抓了一阵清风，还抓到了什么？"

老纪笑了笑，认为她反问的有道理。

第二十三章

自从青运山被抓入狱后，官红一蹶不振，走了。老纪作为他的老友，不去看看他，感觉他挺孤单的，于是，老纪去检察院看了他几次，每次青运山见到老纪就感叹。

老纪知道，现在也就只有他能与青运山聊聊天了。

青运山每次都对老纪说差不多的话："我这一辈子，蠢到家了。以前年少时，辛苦拼命，想争取一劳永逸，而做的计划大部分也实现了。我自认为自己比任何人都聪明，而直到现在才发现，自己被所计划的给围了起来。我本想退休后就可以安享晚年了，但到了晚年时我发现自己的精力及身体已无法消受用汗水、苦水、泪水、血水换来的东西，而现在，我却成了狱中之人，这是我一辈子也想不到的。"

老纪总是劝他："别去考虑那么多了，过去的就让它过去，好好改造，争取宽大处理，早点出来。"

青运山听到类似的话，总是哈哈大笑，而后由笑变哭。

他道："以前都是我在教育人，没想到忙了一辈子现在却在被人改造。"

老纪道："以前我总想得到职位，而总是得不到，而你总是轻而易举地就得到，你总是说，当得到时，总是精力有限，感觉好似没有那么多的精力来做这些事。其实，我当时是羡慕你的。你的处境已经这样了，就别想其他的了。正如你说的，时代在发展，我们所做的任何事情，新一代人都不会理解。再一个，我们贡献的那个年代年轻人也不会理解。你现在处在了与曾经的高端相反的低端，可以说是人生的最低谷了，既来之则安之吧。现在你想法越少，你在里面待的时间也就越快乐。"

老纪有时想说："对犯了罪的人，应该像痛打落水狗一样。"但是，想起青运山，他心里就软了下来。

青运山道：“你是有福气的，我老年在狱中，而你却可以享受天伦之乐。我在人生的巅峰时期，在我人生走向黑暗的拐点时，如果足够明理，就不会有今天的这种局面。”

老纪道：“你是被冤枉的！我不相信你能做出这事来。”

青运山道：“你总是羡慕我当官威风，当年我也认为我自己干什么都行，就是摘天上的月亮我也能摘下来，我当干部的时候，工作干得有声有色，单位年年被评为优秀的处级单位，我也渐渐得到升迁。外部地位的提升搞得我得意忘形了。在我被选拔为新闻处处长时，身边围了一大群人，不知不觉地就成了朋友，他们经常约我一起吃饭、打牌，并故意输钱给我，又时常买一些礼品送给我。一来二去，我和这些人越来越熟。当时就是吃吃喝喝，也没什么，又没犯大什么错误。感觉他们也没什么求我的，也没有利益关系，有的只是大家的聊聊天之类的。但是，天下没有免费的午餐。”

老纪道：“人之常情，社会不就是人靠人的吗？”

青运山道：“我知道那是人之常情。但是，我是被他们用长线钓到的一条鱼！”这时，他擦了擦眼角的泪。后又道：“组织培养了我几十年，让我走到了权力的巅峰，而我却没有坚守住原则底线，我对不起组织，对不起党和人民。”

老纪道：“这些你应该对组织说，别对我说，我只想知道，你怎么蜕变的？”

青运山道：“酒色害死人！在与王二交往时，他经常带着年轻貌美的女子，有些就是当时逢场作戏！但是，有一次他带来了宵姬，宵姬年轻漂亮且有思想，我与她相见恨晚。那天他们饭桌上喝了好多酒，后来散场时，我提议去 KTV 唱歌跳舞。王二知道了我的意思，安排得妥妥当当的。我们在 KTV 唱歌跳舞，搂搂抱抱中，两人越贴越近……”

这时他又擦了擦眼泪。

老纪道：“宵姬是你的导火索！真可恨！”

青运山道：“当时我认为宵姬是不一样的女子，后来证实她确实是不一样的女子，她是有心计的人。那一晚后，她就怀孕了，怀了我的孩子，我知道这个消息后，心里就慌了。但是，她执意要生下来，说一个人负责，不用我负责。这都是她自己的行为，她为自己负责。”

老纪道：“那时，你为什么不告诉我？我可以帮你想办法！”

青运山道：“我谁也不敢告诉！我自己一向精明强干，身处高位，我不能让任何人知道这个秘密。”

老纪道：“真是没想到啊，一失足成千古恨。”

青运山道：“不仅你没想到，就是我也没想到，人一时的错误可能就会造成一辈子的愧疚。我知道得为自己的行为负责，既然宵姬怀了我的孩子，我就得负责。刚开始我也不想负责，但是后来想想还是迈不过良心这个坎。后来我想到了王二，王二够义气，够兄弟！我除了王二外，其余的人都没有帮助过。我帮助王二，王二就给宵姬工作、生活等各个方面安排得妥妥的。我是被女人给缠上了。”

老纪道：“那时，你说你是清白的，我当时在想你也不是那样的人，只是感觉当了那么大的官是有些猫腻的，没想到最终是这样的事情把你拖下了水！”

青运山道：“人心不足蛇吞象，偷鸡不成蚀把米。”

老纪问道：“是怎么出的问题？”

青运山道：“王二贪婪，利用我职权介绍给他们的新闻中心的项目，最终出了问题。应该收手就风平浪静了。”这时，他擦了擦眼泪，又道，“女色的代价太高了，害了家庭、败了道德、坏了风气。生了儿子，现在都进来了没法抚养他了，使儿子孤苦伶仃，得不到应有的父爱，害了儿子的一生，害了儿子的母亲，有儿子比没儿子更为痛苦。”

老纪道：“孩子你放心，我和白江河会照顾他的。你放心就好。”

青运山道：“白江河是个好小伙子，不枉我当初提拔了他，他对得住我对他的信任。”

老纪惊讶地瞪大了眼睛道：“这个事情怎么和白江河擦上关系？八竿子打不着的事情竟然也凑到了一起！”

青运山道：“你知道夏一情的那个项目吗？夏一情的项目就是王二的公司搞的。他们都是穿一条裤子的。本来想通过这个项目获取一大笔费用，但是，白江河软硬不吃，坚持原则搞得夏一情跳了楼。”

老纪道："怪不得白江河辞职了呢？怪不得那时做什么事情都是不顺心呢？"

这时，看着面前这个满头白发，泪眼婆娑的老头，老纪仿佛很同情，也感到不可思议。事情怎么会变成这个样子。

青运山道："人一辈子不能太聪明，聪明反被聪明误这句话是有道理的。在聪明中慢慢就将青春耗尽了，自从我与宵姬结合在一起，回头看看，这一辈子活了些啥？我当初就认为自己比别人聪明，人人都不如我，你就更别提了，我连正眼看你的眼神都没有。但是，我现在活成了啥？活成了一个罪人，活成了让孩子将来写简历，一提笔就憎恨的人，我这是聪明了些啥？我这是活成了啥？"

"怪就怪我认为自己太聪明，认为自己能将一切事情都能瞒天过海。可是，一切都晚了。"这时，老纪想起了火麒麟，火麒麟的女友不就是宵姬吗？这里面的关系有点乱，老纪得捋捋，总之里面一定有人在捣鬼。火麒麟说孩子是王二的，而现在青运山说孩子是他的。这里面一定哪里有不对。

看着眼前的青运山，老纪感觉人生就像一场梦，一倏忽而已。

当老纪走出检察院看到路上的行人，想到这些人可能表面上堂堂正正的，谁知道行为上犯下了多少错误，又有多少内心的不为人知的事情呢？谁晓得，可能只有天晓得吧！

以前老纪认为自己不如意，到了晚年算是看开了，关键是他明白了一点，人与外界的关系就是自己内心的关系，自己内心顺了，外界关系也就顺了，自己内心不顺，外面世界怎么也不会顺。

他已经走出了心理的困境，因为这个困境是困扰了他一辈子的心理阴影，但是，他更加知道，走出困境并不能保证未来会有一番美景，因为生活中矛盾是普遍存在的，你不为这个愁，就为那个忧，正如古人所说："人无远虑，必有近忧。"不管现在多么难堪，未来如何困窘，请一定要相信自己是好的，自己是棒的，自己是自己挣脱一切束缚与困难的唯一动力力量！

木青云、金乐元他们是怎么折磨死自己的，是怎样走不出这个心灵的世界的？对于忙忙碌碌的众生来说，不会去体会，因为他们都不是别人生命中的浪花，在人心中掀起浪花的只有那些走进他们生命中的人；而青运山，他自己在监狱中偿还天道的规律，他在国外的孩子，也是无动于衷，因为，已经隔了整个大洋彼岸的孩子，已经忘记了他是谁，说起来，可能还感觉很恨自己有这样一个父亲。

这些都不重要了，老纪突然开朗了。什么成功，什么失败，什么情绪郁闷，什么情绪良好，这些都是一些海江上的浪花，随着时间的流逝，都会归为一种风景，这种风景在漫长的岁月中偶尔淡淡徐徐地像画卷一样慢慢在熟悉的人的记忆中舒展开来，但是，每个人看这幅画的侧重点又不一样……

老纪笑了……

他迈开了年迈的步子，他知道：年纪大了，自己得多保重好自己的身体，不能给子女拖后腿，自己一辈子不容易，孩子们一辈子也不会轻松！

江、景、人让老纪禁不住感慨起来：人就是大自然的一部分，好好地将自己的胸中之气与大自然相和谐，顺其自然地活着，比什么都好，若奢想脱离实际或超越自然的发展水平，那人一定是用生命或福德来偿还。

这时，他禁不住跑起步来，发现人还是自己快活了，世界才能快活……

跑得快乐的时候，他嘴中不禁唱起了歌：

滚滚长江东逝水，浪花淘尽英雄。是非成败转头空。青山依旧在，几度夕阳红。

白发渔樵江渚上，惯看秋月春风。一壶浊酒喜相逢。古今多少事，都付笑谈中。

第二十四章

1

白江河和燕子在茶山看到了家强和玲子的朴素，也看到了大山深处的思维的贫瘠。

燕子道："人的生活就像一个圈，但是人人都想突破那个圈，其实，我们经历的及拥有的已经比他们多得多了，为什么我们没有他们那样的快乐呢？"

白江河道："我想任何人内心都有一把锁住了自己的锁，解铃还须系铃人，要想打开它唯有靠自己。我以前在海洲慢慢地把自己变成了一个神游的木偶，精神总不能集中，好像自己的神回不到自己的身体里一样。"

燕子道："我不理解你的这种状态，但是，我知道我自己的神不在我身体中，我处理不了的那些恐惧才慢慢地到了我身体上，以至于得病。"

白江河道："这可能是因为我不能很好地处理自己与实际的关系，或者说遇到了瓶颈不能很好地突破，已经到了自己能力的边界，自己不知该怎么办了。自己的神对自己的身体不满意，或者在身体里感到很痛苦，就出来了。神出来后，身体与周边的连接消失，我就像一个木偶，没有气息，也没有精气神。人真正的气应该是由丹田发出来，而我却不是那样的，我的神气好像全都上了自己的头脑顶部。我不满意自己，很不满意自己。我曾经有一段时间感觉活着没有意思，不知道活着的真正的意义是什么，觉得自己要窒息了，我也想到过要自杀，但是，我回过神来，看了看我自己的责任，上有老下有小，我还是要把责任担起来的，这就是维持着我存活在这个世界的原因。而我又不甘心自己在深灰中的这种状态，我精神及自己已经很努力了，但是我不能改变一些事情，这搞得我很疲惫，精神将自己都内耗了。有时，我走着路，也在神游着。而现在我放弃了一切，陪着你这样旅游着，反而感觉到了轻松，感觉到了有一种前所未有的快乐。这种快乐灌注到身体中，自己的神好像也回来了。现在感觉，神在我整个身体中支撑着我。让我身体的每一个细胞都快乐。让我好像活过来了。”

燕子听了白江河的话，思索了很久，道：“听你说了这么多，我感到有些不理解，因为我自己就是一个很真的人，有事情就发火的很真的一个人。而你可能就是自己将自己打造成了一个观念中的人，自己心强而事情又达不到你的理想，所以你就不能接受现实的自己。而我，可能是自己不能很好地处理外界的一些事情，而让我很恐惧，这种恐惧慢慢变成一种火气，通过火气或愤怒，来发泄这种情绪，以维持我自己想要维持的那种事情的理想的状态，这也是内心情愫的一种反馈。”

白江河道：“我们都得让自己回来。不管年龄有多大，让自己回来是一种生命的状态，现在不晚。虽然，我们放弃了自己的一切，但是能有这样的收获也是值得的。我们还年轻，让生命的精气神回到我们的身体，好好地去体验生命的各种感受。那就是人生最美好的一种风景。”

燕子道：“任何人都要经历一段心路的跋涉，这段心路正如这茶山雨后，走来的这泥泞的小路，车不能进，人走在这上面会留下深深浅浅的脚印。”燕子看着眼前这条宽约六米的被人和车轮碾压过的小路，日常虽好，但被大雨淋过后，就变成了一道泥泞的难以跋涉天路。

白江河沉思了一会，道：“我们给这里修条水泥路吧。”

燕子道：“可以啊。做点事情有意义就好。”

燕子以往花钱都不能很好地处理自己的情绪，而现在自己却突然开朗了，一口答应了修路这个花费不菲的提议。

白江河问道：“现在没有花分钱像身上扎针的感觉了吗？”

燕子道：“以往自己是那样，只要一花钱，自己与自己的整个身体就在做斗争，就是这种的状态让自己成了一个病人，我有病，就得治。我自己受不了那样，因为你的这样的一个反常举动，卖了房，辞了工作，带我旅游，我好似明白了很多。既然，都要失去，为啥不能让自己变得快乐呢。”

白江河笑了笑，道：“既然有了想法，就快去落实，要不又是压在心头，又像一场心灵的跋涉与负重，还是赶快落实吧。”

白江河找来家强，联系了村里的主事的人，自己出了50万元，将一条茶山的小路，变成了一条硬实实的路，就像此时的白江河与燕子的心，原来一片泥泞而现在却有了生机。走在茶山的路上，大家心情都很踏实，很快乐。

此时的白江河，站在茶山上，看着满山的茶树，觉得自己像一个巨人，身体中的气让他站立得像一个坚挺的人，像一个国旗护卫队的站军姿的军人，眼神中充满了坚定，充满了精气神。他看着这个茶山，感觉自己在与这个茶山在对话，他想到了自己当初支教时，那个有生命力的自己，而此时，经过一段时间的在这里的居住与反思，好似当初的自己又回来了。像经过生活历练再见鲁迅却叫老爷的闰土，那样的世界上死了的一个人，又回来了，又成了那个拿着钢叉在野地里捉獾，眼睛里炯炯有神的少年了。

白江河看着燕子，燕子在清晨的阳光中显得那么的神采奕奕。

白江河道："你精神状态好多了，感觉整个身上的气息就像春水一样在荡漾。"

燕子道："我这段时间身体上的病痛好似减轻了，在这里放松也想了很多，我感到自己当初的那种愤怒，自己都能很好地去处理了。我自己是一个情绪处理中转站，不能让自己的恐惧和愤怒将自己的好情绪破坏掉，我们在这里，我们不但感受到了那种最纯真的质朴，而且也发挥了自己的价值。我看到在给他们修了这条路后，他们那种喜悦的眼神和对我们的友好的态度，让我感觉自己好似从没有这么的幸福过，以往都是感觉财富多少都不够，有了还想有，就像吃饭没个饱一样。现在自己好像好多了，就是好多了。我也说不清楚，总之，好多了。"

白江河笑了笑道："我也是，好像自己的神也回到了自己的身体中。我有着前所未有的快乐，前所未有的轻松。"

燕子道："我要向你说声对不起，我不应该对你妈那样的苛责。我以前太不能接受她的那种懒、馋、自私的特点，总是到处指责她。你可能对我很失望。"

白江河道："是的，我是对你很失望。当初是老娘将我一把屎一把尿地拉扯大，就是再怎么有不足，那也是我娘；而我娶了媳妇，媳妇反而将老娘推得远远的，且争吵不断，我内心的这条生命力的东西就断了。如同自己与母亲的精神脐带被人无形中剪断了一样。我很痛苦。你容不下她，让我很痛苦。我真的很痛苦。特别是，你们那种水火不容的状态，我感到自己精神很恍惚，像一个奄奄一息的快要窒息的婴儿。”

燕子道：“你的一些特点很像她，我不能接受你的特点，就将这种愤怒发泄到你母亲身上了，因为你身上的很多的东西其实都是受到了她的影响。我自己知道这样的日子就是无止境地折磨你，折磨我。其实，这是我自己想控制一切的想法的延伸。我就是想掌控一切，而当一切都不能按照我的思维来进行时，我就很愤怒，而这种愤怒，来自我内心的恐惧，这使我很恼火，而我自己这段时间已经将这个问题思考过了。我考虑明白了，不是考虑明白了，而是身体给我的感觉我体会到了。我自己现在有活力了。”

白江河道：“金无足赤，人无完人。不要求全责备，人都是有缺陷的，以自己的观点去苛刻地要求别人，既是一种对别人的磨砺，也是一种对自己的捆绑，但是，自己又是有特定的性格，性格又很难改变，所以自己也难受。不是别人不行，而是别人的行为方式在你的眼中不能接受，这是你内心不能接受自己缺陷的一种显现。”

燕子道：“是的，我自己不能容忍，所以通过发火来寻找力量，这就是我把自己搞得这么狼狈的原因。”燕子又道：“以往我是很不乐意你们家重男轻女的，所以，我也是内心对你母亲有种隐约的仇恨。这种无名火让自己很难受。所以，就将这些不愉快全部的都发泄出来了。”

白江河道：“人都是不完美的，用完美来要求任何人都是错误的。如果人都那么完美了，我想老天爷的位置就会让去了。人那么完美，干什么都行，又勤劳又有美德，又找不出缺点来，我想只有老天爷那里最需要这样的人。这样的人谁不喜欢？我们不能要求自己完美，也不能要求别人完美，任何人都是带着缺陷在这个世界上生活的。从某种程度上说残缺也是一种美。”

燕子听了后，笑了道：“人就是行走的艺术缺陷。”

白江河听了后，也笑了。

他们看着这满山的茶树，在春风的吹动下，像一江春水，充满了活力。

2

白江河和燕子回城的倒数第二天，家珍带着孩子来到了茶山，这一天刚好是清明节的前一天。

他们来这里是来给崔老汉上坟。此时的崔老汉，真的是跟茶山永远在一起了，他的坟头上长满了野草。而家珍的孩子，已经不知道他这个姥爷是谁了。只是在茶山上快乐地玩耍着。

家珍跟白江河聊了起来。

家珍道：“白江河哥，出来旅游这段时间还好吗？”

白江河笑了笑道：“挺好。”

白江河问道：“火麒麟怎么没来呢？”

家珍沉思了好一会，道：“他做律师挺忙的，现在钱是赚到了，但是人却变了！”

白江河看着眼前的家珍道：“他变了？怎么变了？”

家珍道：“有钱了，仿佛成了暴发户，一点涵养都没有，懒得去说他。”

白江河听到家珍说这样的情形，不知道具体是怎样的一种情况，也不知怎么去安慰她。

家珍又道：“火麒麟终于在海洲赚到钱了，但是还不如当初没有钱的时候，我们两人过的日子舒坦。”

第二天，白江河和燕子一早就要回城了。

家珍和家强两大家子一起送他们，送了好久，白江河道：“别送了，天下没有不散的宴席。我们都要好好的。”

大家都点了点头。好像一个“好好的”都变成了一种最有力量的话语。逝去的安息吧，活着的好好的。因为岁月经不起太多的情感的宣泄。人活着是干什么？活着是来享受生活？还是要光宗耀祖？还是其他的什么？他们没考虑清楚。但是，他们知道，他们活在这个世界上，为这个世界增添了些色彩。这个世界一波人来了，走了，另一波人又来了。在这个世界上一个人刚开始是在自己的原生态家庭中成长，慢慢又到了社会中承担一些角色，再后来又成立了一个家庭，而这个家庭又或多或少地受着原生态家庭的影响，或多或少地进行原有的一些东西的轮回。我们来到这个世界上，怎会离得开生活环境的影响呢？

3

燕子回到了海洲，白江河和燕子去了医院，结果……

听到医生的感叹，燕子激动地哭了。

医生透过厚厚的眼镜片看着体检报告，道："奇迹，真是奇迹。你的癌症细胞没有了。"

燕子和白江河听了后，喜极而泣。

从医院出来，燕子道："我现在病好了，我们得在海洲有个家，还得好好工作，养娃。"

白江河笑了笑，道："是的，还得有个家。"

燕子道："早知今日，何必当初？我们折腾了一圈，还是回到了原点，还是得好好地工作。"

白江河道："我们是转了一圈，但是这一圈是有意义的，至少搞明白了，活着的意义。"

燕子道："活着有什么意义？"

白江河道："有爱人就活着，有爱人间就是处处有真情。我们做的这些事情，到头来就是为了给世界增加一点爱，为了世界能有更好的明天。"

燕子道："是的，我们的努力就是为了孩子，为了孩子就是为了下一代。"

白江河笑了笑道："人活着，总该为这个世界改变点东西。至少，我们改变了些。而世界也在改造着我们。相互砥砺，在岁月中前行。"

晚上白江河做了一个梦，他梦见了自己走在一个迷宫里，很困惑很费力很艰难地在努力地走着，那种崎岖的跋涉，那种达到能力的边界的无力和疲惫，那种绝望的呐喊等等，让他在梦中自己与自己角力着，但是慢慢地他找到了一条通道，穿过通道他看到了大海，面朝大海，春暖花开。

醒来后，白江河依然清晰地记着这个梦。

他想，这是对的，是的，是对的。

此时，他不知道，像家珍、华悦蓉、江淼等人吃过了感情的苦，又经过了情感的波浪起伏，他们要多久才能够将这些遗忘；他们又要多久才能面朝大海春暖花开……

此时，他不知道，像青运山、火麒麟等人要走过多少的心里路程才能够面朝大海春暖花开……

这时，他看到了夜幕中的小蛮腰，禁不住作了一首词：

《小蛮腰》

梦中醒来，想起小蛮腰。
钢筋铁骨天地间，日烤雨淋何等闲。
漆黑夜幕挂空，蛮腰光亮其中。
家中遥看身影，更加傲骨苍穹。

白江河知道自己通过卖房辞职这一举动，将自我这个容器给打碎了，打碎了后，又找到了自己的生命力。人的生命力是什么呢？自我成长成为一个封闭的我，而后就变成了一个承载很多东西的容器，而当这个容器承载不了更多的东西后，人就会到达一个痛苦而不能自拔的境界。其实，当将自我这个容器打破后，会发现自己有了更大的空间，这个空间就是一个更真正的自我……

他又感叹道：时间就是一个世界。我们赤手空拳地来到这个世界，而后又赤手空拳地走，在这个过程中时间给自己呈现了一个世界。这个世界以自己与周边的人的感知经历为依托而呈现，这个就是时间的世界。而在这个时间过程中，自己的世界，跟别人一毛钱的关系也没有，但是每个人在自己的世界里为这个现实的世界做了什么大家都是知道的。你做了好事，大家都会受益。做了恶事，就会有人遭殃。所以，善不积不足以成名，恶不积不足以灭身。不要认为小善无益而不为之，也不要认为小恶不恶而不去之。